CB127836

A última expedição

Olivia Maia

primeira edição

Editora Draco

São Paulo

2013

Patrocínio

LEI DE INCENTIVO À CULTURA

BR PETROBRAS

Realização

Ministério da Cultura

GOVERNO FEDERAL BRASIL PAÍS RICO É PAÍS SEM POBREZA

Olivia Maia
é paulistana e começou a publicar literatura em 2006, com a novela "Desumano". Editou dois livros independentes, "Operação P-2" (2007) e "Segunda mão" (2010), além de dois livros de contos policiais. É formada em Letras pela USP e dá aulas de Comunicação e Expressão para Ensino Técnico.

© 2013 by Olivia Maia

Publisher: Erick Santos Cardoso
Produção editorial: Janaina Chervezan
Revisão: Eduardo Kasse
Consultoria cultural: Sandra Helena Pedroso e Amanda Leones
Capa e arte: Ericksama

Todos os direitos reservados à Editora Draco

Dados Internacionais de Catalogação na Publicação (CIP)
Ana Lúcia Merege 4667/CRB7

M 217

Maia, Olivia
A última expedição / Olivia Maia. – São Paulo : Draco, 2013.

ISBN 978-85-8243-013-2

1. Ficção brasileira I. Maia, Olivia.

CDD-869.93

Índices para catálogo sistemático:
1.Ficção : Literatura brasileira 869.93

1ª edição, 2013

Editora Draco
R. José Cerqueira Bastos, 298
Jd. Esther Yolanda – São Paulo – SP
CEP 05373-090
editoradraco@gmail.com
www.editoradraco.com
www.facebook.com/editoradraco
twitter: @editoradraco

A última expedição

São Paulo, Brasil;
(é tarde, ou cedo demais).

Havia algo de estúpido no silêncio do apartamento e no relógio de ponteiros dançantes pendurado na entrada da cozinha. Fosse culpa do álcool e um pouco também da tontura, porque a música alta ainda ecoava no cérebro. Lembrou-se de fechar a porta depois de entrar e o telefone tocou. A chave na fechadura: o gesto repetido era tarefa impossível quando tão bêbado e os gritos do telefone. Encontrou o aparelho metido sob uma das almofadas do sofá e atendeu — trouxe o fone à orelha e custou a dizer *alô* porque a língua se perdia num movimento parvo.

— Estevão Timber?

Era uma voz masculina, desconhecida, mas.

Todas as vozes soariam desconhecidas àquela hora da madrugada.

Estevão Timber.

Timber não era ele. Timber havia sido a mãe, e antes dela o avô e adiante — ou para trás, retrocedendo — que ele pouco sabia sobre esse lado da família. A mãe e o avô lhe eram desconhecidos: o avô morto em acidente de alpinismo um ano antes de nascer e a mãe em complicações de parto.

— Timber?

Na outra linha o barulho de talheres e louça. Gente que conversava em uma língua estranha: espanhol ou italiano.

— Estevão Timber? — o homem repetiu.

— Desculpa, número errado.

— O senhor é Estevão Timber Tavares?

O nome do avô era César Timber.

Estevão estaria pensando que *aventureiro* era palavra boa para se colocar em um cartão de visitas. César Timber, *aventureiro*. Como se fosse nome de profissão: muito prazer, meu nome é Estevão Tavares e sou aventureiro. Pago as contas com minha ousadia e a insensatez do patrocinador.

Um acidente de alpinismo. Como é que a gente vai chorar a perda de alguém que morreu escalando uma montanha?

Mas os nomes.

Alpinista, piloto, guia de expedições, aventureiro. Pouco importavam os títulos depois de tantos anos fazendo o melhor e recebendo o pior: negligente, displicente, imprudente e muitos outros adjetivos que também rimam; uma música mal composta para fazer lembrar que devia estar em um escritório dois por dois fazendo cálculos e despachando assinaturas e chaveiros com a logomarca da empresa.

— Tavares — disse. — Estevão Tavares.

Quis mandá-lo à merda, mas o raciocínio estava lento e já lhe era esforço fora do comum manter o fone próximo à orelha. Pensando em cartões de visitas, canetas esferográficas, chaveiros em que se pudesse ler *Estevão Tavares, aventureiro*. Jogou-se no sofá e sentiu que a sala rodava junto do relógio ao lado da porta da cozinha.

Timber Tavares. Seu nome não era aquele.

Houve silêncio. Estevão pôde ouvir o ruído das pessoas conversando do outro lado da linha. Falavam em espanhol, teve certeza.

— Meu nome é Heitor. Sei que é tarde, mas não te encontrei em casa antes e esperava que o senhor pusesse me ouvir por alguns minutos.

— Precisa ser agora?

— Estevão, estou em La Paz e amanhã de manhã viajo para Amsterdã. Fico lá por menos de um dia e volto para São Paulo, onde espero encontrá-lo. O senhor precisa entender que agora é o único momento em que teremos a oportunidade de nos falar antes que eu esteja de volta em sua cidade.

Em sua cidade. Estevão nem tinha nascido em São Paulo, na inconstância que era a vida de seus pais até o seu nascimento. Quis lembrar desde quando aquele lugar havia se tornado sua cidade. O homem ao telefone era brasileiro, sem dúvida, e falava em códigos, e era tarde demais para se falar em códigos. Qual podia ser a diferença de horário entre La Paz e São Paulo; uma, duas horas?

— Estou um pouco bêbado.

Teve vontade de rir. Não, meu querido, *único momento em que teremos a oportunidade* e La Paz Amsterdã São Paulo essa voz muito correta de executivo em reunião com os investidores não espere de mim nenhum grande lapso de sensatez.

O homem hesitou. Estevão deixou que o corpo afundasse no sofá: a cabeça parecia cada vez mais pesada e o braço fraco demais para continuar segurando o telefone. Sentia o estômago se revirar. Pensou em desligar e dormir ali mesmo, enquanto a sensação agradável de cansaço ainda lhe apertava o peito e o mantinha imóvel quase sem sentir o peso do próprio corpo braços pernas pés. O sono vinha quando era proibido, sempre, e talvez se desligasse o telefone todo o cansaço se dissiparia e seria como todas as noites insones em que passava contando manchas na retina e imaginando conversa com o pai em que voltariam a se falar e o pai entenderia por que havia sido necessário assumir a culpa naquela expedição fracassada. Estevão lhe contaria sobre o fim do noivado com Regina e o pai lhe diria que tudo bem, que ia ficar tudo bem, que a gente sofre e dói e não dorme à noite, mas depois fica tudo bem.

— Estevão?

— Pois não.

— O senhor comandou a expedição Gatto ao polo sul há oito meses, certo?

Que o homem o chamasse de Estevão Timber e dissesse que havia comandado a expedição; que merda andava bebendo em La Paz? Onde era mesmo La Paz? Ora, Estevão, não vá culpar o álcool por uma aprendizagem preguiçosa de geografia na escola primária. Com algum esforço o mapa imaginário da América do Sul e o passeio mental pelos países *hermanos*. Montevidéu, Buenos Aires, Assunção, Santiago, La Paz, La Paz: capital da Bolívia, sim?

E a expedição Gatto? Havia estado com a equipe, havia comandado o navio que os levaria à Antártica. Ele e o pai

Quis se levantar. Quis dizer que tinha mudado de área e olha só, sou barman numa casa noturna com um nome bem metido à besta, trabalho três noites e quatro madrugadas por semana e na madrugada em que não trabalho, bebo. Mudei de área, mudei de vida. Também era hora de mudar de apartamento e quem sabe assim pagar as dívidas que havia acumulado naqueles últimos três meses.

— Tenho uma proposta para o senhor.

— Não estou interessado.

Levantou-se com alguma dificuldade. Andou cambaleante até a cozinha e abriu a geladeira. Havia ali algumas latas de cerveja, um pote de manteiga, queijo, leite.

— Imaginei que não estaria.

A resposta veio impaciente e abrupta e um pouco grosseira. Claro que imaginou que não estaria. Devia saber o desastre que havia sido a expedição Gatto e devia saber que Estevão havia assumido a culpa e afogado a carreira no mar gelado do polo sul. Que mais ele podia saber? Estevão buscaria em sua memória por algum Heitor, mas só lhe veio o herói da guerra de Tróia e Regina falando sobre Homero, o poeta grego.

— Qual seu nome mesmo?

— Heitor.

— Heitor de quê?

Heitor! Grande merda de nome. Que tudo o fizesse pensar em Regina nas mais inconvenientes das horas e três da madrugada depois de outra noite de bebedeira; *no tempo em que às mãos desse Heitor homicida uns sobre os outros caírem.* Sejamos sensatos: pior dos versos para lembrar em momento como aquele.

— Heitor Andrade. Estevão, por favor, eu não tenho muito tempo.

— Escuta.

Fechou a geladeira.

— É meio tarde para ficar fazendo proposta. O senhor se enganou e meu nome não é Timber.

— O senhor é neto de César Timber, filho de Carlos Alberto Tavares. Estou enganado?

A tontura do álcool lhe fugiria num súbito, como se assustasse com o que soava como acusação de algum crime. Parentesco maldito e maldito o dia em que havia resolvido seguir a profissão do pai, do avô, da mãe; devia ter sido contador, publicitário, engenheiro, professor de educação física, fisioterapeuta. Conseguia mesmo se imaginar com um jaleco branco e o aparelhinho de choque elétrico no braço de uma senhora gorda que lhe contasse sobre as proezas do neto de doze anos e os últimos avanços no tratamento para osteoporose.

Ou ainda ter terminado a faculdade de Geologia, tomado rumo mais próspero e feito carreira na área da construção civil.

Tornou a abrir a geladeira e pegou uma lata de cerveja.

— Está enganado.

Falou e a voz tremeu. Odiou-se por ser incapaz de esconder pelo telefone o que já havia passado toda uma vida escondendo; mais de dez anos rejeitando parentescos inconvenientes e claro que conheço Beto Tavares tipo muito competente sem dúvida e Tavares é mesmo um sobrenome tão comum. Abriu a lata e a espuma subiu, molhou a mão, a roupa e o piso da cozinha.

— Merda.

— Estevão, minha proposta é simples. Pago cinquenta mil adiantado. Negociamos o restante se a expedição for bem sucedida.

— E por que me pagaria qualquer merda se me conhece tão bem?

Boa pergunta, Estevão Tavares, tão sóbrio tão de repente. Inevitável pensar que cinquenta mil lhe seria mui útil para acabar com algumas dívidas sem que precisasse vender o apartamento. E de que lhe servia aquela merda de apartamento enorme? Venderia o apartamento e aquele dinheiro todo — quanto poderia ser *o restante*? — seria suficiente para sossegar a paranoia com grana curta e as brigas com o gerente do banco.

— Não se subestime.

Pareceu-lhe quase certo que o homem estava sendo irônico, ainda que Estevão fosse incapaz de detectar em sua voz o tom adequado à brincadeira.

— Sei bem quem é o senhor. Não o escolhi à toa. É uma proposta justa.

— Qual a expedição?

Outro silêncio.

— É uma expedição de busca, na Bolívia.

Claro que era na Bolívia. Claro que La Paz era a capital da Bolívia. Incrível as coisas que a mente consegue guardar: as capitais dos países vizinhos ou uns versos soltos da Ilíada, tantas eram as vezes que Regina dava de recitá-los em voz baixa, distraída em frente ao computador preparando a aula de segunda-feira e *canta-me a cólera, ó deusa* etc.

— Discutimos os detalhes quando eu estiver de volta.

Ditou um endereço. Estevão havia deixado a lata de cerveja sobre o balcão da cozinha e foi procurar caneta e papel.

— Vou estar esperando o senhor na segunda-feira às dez da manhã.

Desligou.

Vou estar esperando o senhor — alguém que usa esse tipo de construção não pode ser capaz de discurso irônico — e o imaginava estando e esperando, em gerúndio infinito — Regina, claro, sempre Regina, que reclamava da incapacidade dos alunos de acertar a regência de alguns verbos e fazia brincadeiras no saguão do prédio enquanto esperavam pelo elevador e *verifique se o mesmo encontra-se parado neste andar.*

Canta-me a melancolia, ó deusa, desse homem em pedaços.

Estevão atirou o telefone no sofá e foi limpar o chão da cozinha, ainda tonto e se escorando na parede para não ir com a cara no balcão. Devia estar mais tonto do que pensava e a sobriedade imaginada era mera sonolência dispersada, que não se cura bebedeira com notícia ruim. Menos ainda Estevão, que sempre teve o organismo fraco. A família de hábitos tão saudáveis: o pai não bebia, não fumava, jamais; a irmã mais velha era nutricionista e ele ficava bêbado com quatro latas de cerveja.

Seria ainda mais uma noite insone, e que diferença faria? Mais uma noite, e já iam quatro ou cinco meses de noites em claro. Um telefonema de La Paz e uma expedição de busca na Bolívia. O que se podia encontrar na Bolívia?

Copacabana, Bolívia; ou. (Copacabana?)

A menina brasileira que teria dito em voz baixa à colega, depois de olhar para ele. *Quão gringo é aquele ali?* Fosse brincadeira, mas mal sabia ela. Ele engolia a vontade de responder, ainda que o português lhe saísse sempre muito cheio de sotaque, ainda que errasse vez ou outra o gênero dos substantivos. Prova talvez de que, sim, era tão gringo quanto imaginavam. Era mais fácil fazer-se desentendido e surdo às línguas que não o inglês e o espanhol.

Porque gringo, loiro e branco e estranho e ainda assim mais um entre os muitos turistas, entre os tipos de mochila nas costas e pele vermelha queimada de sol e *quão gringo é aquele ali?* Assim não dá, ele pensaria, aborrecido. *Não aguento mais*. E pensava em que língua? Irritado com a mochila nas costas e com a blusa estampada e as calças listradas. Irritado porque dois dias de viagens de ônibus por estradas de terra e poeira, e sempre a mesma paisagem, o mesmo horizonte, o mesmo céu sem nuvens, o mesmo ar tão insuportavelmente seco.

— *Quince bolivianos, señor.*

Curioso que depois de tantos dias de incerteza já voltava a ver nos bolivianos sempre os mesmos rostos os mesmos traços os mesmos olhos. E ainda tantos dias na Bolívia que também os estrangeiros europeus e norte-americanos pareciam todos iguais.

Que desaparecesse entre os iguais; até quando?

— *Señor.*

Teria alguma dificuldade para voltar a si, voltar à realidade de um escritório escuro de agência de turismo — exagero chamá-lo assim, aquilo que só a porta para a rua, uma mesa, duas cadeiras, pôsteres por todos os lados — como se os olhos estivessem amarrados nas letras grandes e fosforescentes e cheias de promessas nas paredes: SALIDAS DIARIAS ISLA DEL SOL ISLA DE LA LUNA HRS 8h30 13h30 LA PAZ UYUNI PUNO CUSCO AREQUIPA LIMA TACNA BUS CAMA SEMI CAMA BUS DIRECTO SIN TRANSBORDO EN LA FRONTERA.

— *Yes. Sí, claro, ya.*

Deu um sorriso desajeitado e buscou o dinheiro na carteira. Sorriu também para as duas brasileiras atrás dele antes de voltar apertando os olhos ao sol forte do lado de fora. Os turistas europeus eram todos iguais e todos aparentemente mui inofensivos, mas que garantia ele tinha?

Não, não aguento mais.

A mochila nas costas e gringo desapareceria.

São Paulo, Brasil;
(é certo).

Estevão hesitou antes de destrancar a porta dos fundos da casa noturna. Teria lhe ocorrido que o absurdo da situação era sinal de que não deveria levar aquilo adiante, de que melhor era voltar à sua vida que aos poucos se restabelecia com alguma ordem e lógica. Então a chave na fechadura e já pisava dentro e; que se pode fazer? Havia as dívidas com o banco e o apartamento grande demais e vazio demais e o condomínio que.

Escutou o eco familiar do lado de dentro: os passos de Marcos que rumavam ao escritório ao lado da cozinha. Segui-los era movimento automático, e também automáticas as palavras que escaparam:

— Precisa alguma ajuda?

— Agora?

Marcos sentou-se com as mãos sobre o teclado do computador para o gesto repetido: digitar a senha, livrar-se do protetor de tela, adicionar mais uma sequência de números em uma planilha. Fazia-se aborrecido e ofendido, escondendo a curiosidade que o amigo pressentia num movimento incerto das mãos por sobre as teclas.

— Cinquenta mil para ir atrás de um médico irlandês desaparecido na Bolívia — Estevão disse, e sentou-se na cadeira do outro lado da mesa.

— O homem quer te contratar para procurar um médico desaparecido? — Marcos fez girar a cadeira e apoiou os cotovelos na mesa. — Pensei que você era um que fazia as vezes de guia de expedição, o homem da bússola e do mapa, motorista de jipe e piloto de monomotor; como é?

— Navegador. Ninguém mais usa bússola hoje em dia.

— O homem do GPS. Navegador? Que você fazia antes de trabalhar comigo?

— Tudo isso que você disse.

— E que isso tem a ver com procurar um médico desaparecido na Bolívia? Você sabe o tamanho daquele país? Se calhar é maior do que o estado do Pará. Te garanto que é muito maior do que a Irlanda.

Estevão sabia e não queria ouvir, pensava na sala de reuniões daquele escritório no décimo segundo andar de um prédio na Avenida Faria Lima e a luz do sol de inverno invadindo as janelas, pensava no teor surreal da proposta e nas expressões desconfiadas dos outros quatro ali presentes, todos que haviam também recebido o convite pouco elucidativo e de última hora. Mas a promessa do pagamento: cinquenta mil mais vinte mil se a busca fosse bem sucedida. Pensava na figura curiosa do sujeito holandês — o nome lhe havia parecido bastante holandês — na sala junto do empresário; tipo muito alto muito magro muito branco muito loiro muito calado. Pensava também no silêncio de seu pai, um dos outros quatro, sentado na outra ponta da mesa de reuniões e, diabo, o filho-da-puta do empresário havia encontrado seu pai aposentado em Sorocaba e o havia convencido a dirigir até São Paulo por uma proposta de expedição de busca na Bolívia?

Marcos ainda falava, um pouco por preocupação e muito mais por desencargo de consciência e aborrecimento porque o amigo e funcionário havia abandonado a segunda-feira de recebimento de mercadoria e checagem de estoque para uma reunião com um empresário misterioso disposto a desembolsar cinquenta — façamos algumas contas e duzentos e cinquenta — mil reais para encontrar um médico desaparecido e; ainda por cima um médico irlandês que era o tipo de coisa com potencial para se transformar em incidente internacional.

— Mercenário; você vai fazer o mercenário.

— Somos todos.

Marcos pôs-se de pé e abandonou a planilha que nunca Estevão foi capaz de compreender. Seis meses antes o amigo o havia chamado para ser sócio naquele negócio de *casa noturna*, mas Estevão não entendia nem queria entender de planilhas e gerenciamento de mercadorias e contratação de funcionários. Melhor aceitar o cargo de barman e assistente; qualquer emprego que o mantivesse vivo porque havia o apartamento e as dívidas e o gerente do banco que não saía do seu pé. Andava pensando em amarrar uma pedra no pescoço e se atirar da ponte Eusébio Matoso de cabeça no rio Pinheiros, mas.

— Tavares, por favor.

O sobrenome era o jeito de Marcos pedir alguma seriedade.

— Cinquenta mil — Estevão disse.

— Vai me trocar por cinquenta mil?

— É claro que vou.

— Preciso saber melhor em que está se metendo.

— Nem eu sei. Amanhã tem outra reunião.

— Que falta saber?

— Tudo: o empresário só disse que quer encontrar um amigo médico desaparecido na Bolívia. Que o tipo estava vivendo num povoado aos pés de um vulcão enquanto pesquisava qualquer espécie de cacto ou outra dessas plantas improváveis que nascem nos mais secos dos lugares.

— E para isso quer te contratar?

— Eu e mais quatro.

Desnecessário dizer que entre eles estava o seu pai. Mesmo a Marcos, amigo antigo dos tempos do colégio, não parecia certo dizer que havia quase seis meses não falava com o pai. Não havia contado sobre a expedição Gatto na Antártica e tudo que deu errado naquela viagem e os motivos para o que depois deu errado também em sua vida. Também desnecessário comentar que conhecia ali quase todos: Renato era amigo da família e impossível não se lembrar da história que algum companheiro de expedição lhe havia contado, em que aquele rapaz Dante saía no braço com um biólogo por qualquer motivo estúpido. A moça Helena lhe era desconhecida, mas. Inferno todos aqueles nomes da literatura surgindo como fantasmas. Dante, Helena! De todos os nomes possíveis tinham que atirá-lo outra vez contra a memória de Regina, as divagações de Regina, os estudos em voz alta de Regina.

— Tavares.

Marcos havia parado ao lado da janela com um braço apoiado no peitoril e a outra mão na cintura. Era um pouco estúpido que ficasse naquela posição feito um pai preocupado com o filho adolescente e mais estúpido ainda que Estevão pensasse nisso. Porque não era adolescente, em duas semanas faria trinta anos e havia seis meses que o pai não falava com ele.

(E mesmo ali, Carlos Alberto Tavares na outra ponta da mesa de reuniões tão estranhamente calado e sério fazendo-se surdo e desentendido quando os presentes foram apresentados, e procurariam nele resposta quando se ouviu o sobrenome em comum e; ora, Tavares! Sobrenome dos mais comuns!)

— Amanhã tem outra reunião.

— Por que você?

— Não sou o único.

— Mas de onde esse empresário te conhece?

O silêncio no escritório gritava em desespero. Estevão não respondeu, não responderia. Não sabia. De onde o homem o conhecia? Por que ele, por que seu pai; depois do fracasso da expedição Gatto e assumir a culpa por algo que não havia feito. Por que Dante, aquele tipo invocado que cerrava os punhos bastasse alguém discordar dele? Estevão não sabia da vida pregressa de Renato, senão das vezes em que praticava escalada junto de seu pai. Sabia que era professor e estava aposentado. *Parece que ele nos escolheu pelo currículo negativo*, Renato havia dito, sorridente, depois de oferecer carona e sugerir um café. Estevão agradeceu, recusou. Não quis concordar, ainda que.

E a moça?

Abriu uma agência de turismo ecológico. Mas que tomasse também parte em expedições antes de mudar de ramo; sim? *Você a conhecia?* Eram os nomes que se repetiam no tempo, nas viagens, nas conversas.

— Não sou o único — Estevão insistiu. — Tenho nome.

Tinha?

Um nome assim um pouco sujo, um eco de adjetivos quase todos começados em *in-* e terminados em *-ente*: incompetente, inconsequente; que mais? Eram os jogos morfológicos de Regina. Estevão se distraía com a lembrança: estivesse assistindo a qualquer programa na televisão e ela cruzava a sala feito fizesse contas com os dedos murmurando consigo *despropósito desconexo desajeitado desvio desabitado*.

— Tem nome mas saiu da área.

Saímos todos.

E Regina que saiu pela porta da frente sem olhar para trás.

Que área podia ser aquela, inexistente, mistura de investigação policial com expedição de biologia ou arqueologia. Estevão pressentiu no olhar de Marcos a pergunta que não vinha mais, tantas as vezes que o assunto trocado pergunta nunca respondida.

Meu nome é Heitor Andrade, o empresário havia dito, ao telefone. *Tenho uma proposta para o senhor.* Ninguém diz essas palavras impunemente, ninguém recebe cinco estranhos numa sala de reuniões no décimo segundo andar de um edifício comercial da Avenida Faria Lima e afirma com muita convicção *vocês devem estar se perguntando o motivo pelo qual os reuni*.

— Marcos: pago todas as minhas dívidas com esse dinheiro. O que sobrar divido com você, entro como sócio e invisto aqui na casa, o que você achar melhor.

Por dizer também que *por favor, esta vida todos os dias acordar e a cidade de São Paulo e outra ligação do gerente do banco, a ausência de Regina e esperar a hora para ir trabalhar porque os dias me são tão terrivelmente insuportáveis; não, Marcos, não aguento mais*. Cinquenta mil ou quinhentos reais e já estou num avião rumo aos picos mais ermos da Bolívia procurando entre as lhamas e debaixo das pedras por esse bendito médico desaparecido.

*

Era demais o tempo livre desde o fim da expedição Gatto, e Estevão não sabia ainda o que fazer com as horas vazias. Que o bom senso afirmasse a necessidade de se procurar um emprego, outro emprego, *um emprego de verdade*, porque lhe faltasse talvez realidade a um emprego emprestado. A insônia o deixava um pouco lento: dormia às seis da manhã, acordava às nove, voltava a dormir depois do almoço. Era a vida, isso: sentir fome, sentir sono, sentir a falta de Regina, inventar desculpas para o gerente do banco. Esperava por uma epifania — *estando esperando* por uma epifania e vê, Regina, um uso mui pertinente para esse gerúndio maldito — que vinha, ele sabia que vinha. As epifanias sempre vêm.

A vida é um vício, pensaria, feito não houvesse estado nos últimos quatro meses entretendo a ideia de se atirar de cabeça no rio Pinheiros. Gostava de sair de casa e andar: caminhava até o centro ou até o parque Ibirapuera com música nos ouvidos e a câmera do telefone celular capturando na paisagem urbana detalhes os mais estúpidos.

(A vida é um vício.)

Descia a Brigadeiro Luís Antônio ou a Augusta ou a Consolação, tirava algumas fotos e alimentava o vício — a vida alheia: gente, carros, prédios, muros. Precisava ordenar o caos, fazer caber o mundo num retângulo.

Uma inquietação: o que ele tinha para fazer naquele mundo enorme de concreto, asfalto, semáforos?

E distraído demoraria a perceber a moça de boné vermelho que já havia algum tempo o acompanhava; desde quando?

Porque se a gente olhasse para trás ia ver o caminhar de despreocupação dissimulada, pouco convincente, diluído no olhar atento e no esforço por captar cada placa de rua, cada esquina, cada desnível da calçada. Estrangeira, alguém diria, porque um desencontro, mas a cidade grande e afinal a quem cabe julgar *quão gringo é aquele ali?* numa cidade como São Paulo. Foi depois, quando Estevão subia a Brigadeiro Luís Antônio de volta para casa e precisava almoçar, trocar de roupa, tomar um ônibus para a Avenida Faria Lima. Que uma moça de boné vermelho vá chamar a atenção ninguém pode duvidar — e que ideia seguir os outros com a cabeça metida num boné vermelho com o escudo de um time de futebol argentino bordado na lateral junto das palavras *diablo rojo*. Estevão a viu quando lhe gritou a paranoia, quando se virou imaginando que o empresário pudesse ter mandado alguém para vigiá-lo e.

Voltava a inquietação: paranoia ou exagero?

Um empresário com escritório na Faria Lima, sala de reuniões enorme e iluminada e um holandês muito alto etc sentado ao seu lado feito vigiasse cada movimento dos cinco que ouviam. A moça do boné vermelho nada tinha de holandesa, ou; boliviana? Estevão não entendia de futebol ou de times estrangeiros e daquela distância sequer era capaz de identificar o texto bordado, só detectar por baixo dele os cabelos muito curtos e castanhos.

Entrou num bar de esquina que era só o balcão e uma televisão de catorze polegadas e pediu água. Viu quando a moça entrou também, encostou noutro canto e fez que examinava os salgados expostos na estufa.

Uma expedição de busca na Bolívia e uma moça argentina — argentina?; o boné e o time de futebol, a sigla bordada, mas Estevão não sabia — de atitudes mui suspeitas já não bastasse toda a história mal contada de um médico irlandês que havia desaparecido num povoado aos pés de um vulcão. Estevão pagou pela água e saiu. Tomou a primeira rua à esquerda e depois esquerda outra vez na esquina seguinte para encostar-se à parede e esperar.

Ela viria, claro que viria. Detetive amadora; ou não fosse detetive coisa nenhuma, não fosse senão uma turista perdida que gostava de futebol argentino ou da cor vermelha. Mas viria, dobraria a esquina um pouco afobada e daria com o sorriso de Estevão.

— O que você quer comigo? — Estevão quis saber.

Buscou algum tom de autoridade, mas a voz hesitou e veio na memória a voz de seu pai nos últimos dias de expedição, embora já não lembrasse muito bem o que havia sido dito no navio de resgate. Só esse enfrentamento, o tom agressivo. Que havia para ser dito? Algo sobre responsabilidade e assumir os próprios erros e toda uma carreira jogada no lixo enquanto ele; quê?

Não vou te desmentir, Estevão. Faça o que achar certo.

(Que era uma forma de dizer que ele estava errado.)

A moça aproveitou o momento de distração e seguiu pela rua depois de um segundo ou dois de hesitação. Acenou para o primeiro táxi que viu passar. O carro sumiu depois de uma curva e Estevão se sentiu um pouco estúpido.

Era com certa frequência que se sentia estúpido desde a volta para São Paulo depois da expedição maldita. Tirou o telefone celular do bolso e conferiu o dia: vinte e oito de junho. Como se a informação pudesse lhe ser útil. Mas era hábito vazio e repetido e melhor mesmo era tomar o rumo de casa.

*

Era tudo o que Estevão precisava para desistir: uma mocinha bonita que não lhe retribuía um sorriso. O sorriso permaneceria, estúpido, enquanto a mão já procurava a carteira no bolso da calça antes mesmo que a recepcionista pudesse repetir *documento, por favor* no mesmo tom do dia anterior. O saguão do edifício comercial parecia um despropósito; fosse a entrada para um palácio de vinte e quatro andares. Os olhos de Estevão distraídos buscaram no painel da parede a sala 121: Hermes Representações.

Sentia-se cansado depois da noite mal dormida, mirando em silêncio a escuridão do quarto. Heitor, Hermes! Parecia brincadeira. Sabia que Hermes era patrono dos comerciantes, entre outros vigaristas — quem lhe havia dito aquilo? — e guiava as almas ao reino dos mortos. Junto da carteira veio um folheto já meio amassado que havia pegado sobre a mesa da secretária antes da primeira reunião e esquecido ali metido no bolso.

A recepcionista conferiu o documento e o devolveu junto de um crachá.

Hermes Representações.

Era folheto de divulgação com a imagem de uma espécie de broca. Na parte de baixo, lia-se: "Produtos originais da Holanda. Qualidade garantida."

A secretária da sala 121 lhe sorriu, e Estevão pensou que o dia talvez não fosse ser de todo ruim. Hesitou quando ela disse que *só faltava o senhor*. Porque lhe incomodasse *o senhor* ou percebesse a peso da situação, o peso de cinquenta mil reais por uma expedição de busca na Bolívia junto de quatro outros desajustados.

Tem nome mais saiu da área.

(Saímos todos.)

E entre eles seu pai.

Seu pai também já estava na sala de reuniões — e havia afinal aceitado a proposta; havia viajado de Sorocaba, deixado de lado o trabalho como instrutor de voo e aceitado a proposta —, sentado ao lado de Renato. Conversavam, mas foi a porta se abrir para que Estevão entrasse e ficaram todos em silêncio. Foi Dante quem o cumprimentou com um gesto de cabeça e um murmúrio incompreensível. Depois Renato só um sorriso vago e Helena que ao lado da janela parecia demais concentrada na vista do décimo segundo andar: o caos do Largo da Batata no meio da tarde.

Estevão preferiu se sentar no sofá encostado sob a janela. Mesmo com a luz do dia eram quatro luminárias fluorescentes acesas e parecia um exagero. Quantas horas havia dormido aquela noite? Quantas horas; que sentido havia em se pensar em números? Perguntava-se quantas horas havia dormido naquele mês, ou; nos últimos meses. Nas quatro noites por semana em que trabalhava na casa noturna voltava ao apartamento às cinco da manhã e que podia fazer com os outros três dias, se Regina não atendia quando ele telefonava ou desligava tão logo o descobria do outro lado da linha. Que podia fazer se em alguns dias algumas semanas seria seu aniversário de trinta anos e toda a vida que ainda vinha parecia mais exagero do que as luzes fluorescentes que lhe maltratavam os olhos.

Ou uma expedição de busca na Bolívia, procurar um médico irlandês que; ora, que diferença faria. Pensava também que as pessoas não desaparecem se não quando se perdem ou morrem ou não querem ser encontradas.

Beto Tavares — exagero insistir em Carlos Alberto para se referir àquela figura de uns sessenta anos e um metro e setenta e os olhos pequenos tão gentis na dureza dos traços do rosto — mastigava a parte interna da bochecha, distraído, desinteressado na conversa com o amigo Renato ou perturbado com a presença do filho, mirando então a entrada da sala de reuniões esperando o empresário.

Entraria o holandês, quase sorrindo num movimento incerto dos lábios, outra vez vestido com o terno que lhe parecia largo nos ombros. Deixou a porta aberta e arriscou um *good afternoon*. Sentou-se abrupto no mesmo lugar do dia anterior e uniu as mãos por sobre a mesa. De Heitor vieram os passos no corredor. Entrou com um cumprimento apressado e espalhou sobre a mesa cinco envelopes grandes. O empresário era um tipo médio: altura média, barriga média. Precisava mais do que um olhar para convencer e gesticulava por meia sílaba. Que fosse assim na normalidade: esse nervosismo, essas mãos inquietas, a resistência por se sentar feito estivesse preparado para fugir.

— O voo de vocês sai na sexta-feira.

E o silêncio por esperar que alguém se manifestasse; que alguém se pusesse de pé e afirmasse que veja bem não sei ainda se devo aceitar essa proposta. Depois sorriu, sorriso de segundo, segundo e meio, um olhar muito breve na direção do holandês e sacou o telefone celular do bolso, digitou alguma coisa e tornou a guardá-lo.

— Patrick me preocupa.

Patrick, o médico, sim.

— É tempo suficiente para que se preparem.

— Ele vai com a gente?

Foi Dante que perguntou, num gesto insolente da cabeça, um erguer de sobrancelhas apontando o holandês.

— *No* — o homem respondeu.

— Vocês são sócios? — Dante insistiu.

— Sim — Heitor disse.

— Patrick também é seu amigo? — Estevão perguntou, dirigindo-se ao holandês.

Heitor bufou, puxou a cadeira e deixou desabar o corpo.

— Patrick é casado com uma amiga minha — ele disse, e que morresse ali a pergunta ao outro, que pouco interessavam naquele momento relações de amizade quando estava afinal disposto a pagar pelos serviços prestados.

Claro! Um favor de amigo; *deixe que contrato umas cinco pessoas e desembolso esses 250 mil reais que estão sobrando no banco para fazer o que a polícia local foi incapaz de fazer*. Por que não? Ainda não respondia o que o gringo tinha com aquilo. Que fosse holandês porque a empresa de representações e as brocas e qualidade garantida. Que fosse, ainda, o encarregado do controle de qualidade; sim? Dante sacudiu a cabeça e deu de ombros, feito adolescente aborrecido com a inutilidade de uma aula de química. Teve o bom senso de lembrar que ninguém ali era detetive particular.

Mas se haviam comparecido à segunda reunião, se haviam sido vencidos pela curiosidade ou.

Curiosidade, Estevão?

— Sexta-feira a que horas?

— O voo sai de Guarulhos às oito e quinze da manhã.

— Por onde começamos? — Estevão perguntou.

Irritavam as perguntas desconfiadas e as respostas pela metade. Fossem direto ao ponto: havia um trabalho a ser cumprido e cinco pessoas dispostas a cumpri-lo. Cinco pessoas aposentadas ou desistidas de atuar na área, cinco pessoas que não sabiam de todo por que estavam ali. Mas dispostas, sim? Pelo pagamento ou por um médico desaparecido e quem pode ficar de todo insensível com o desaparecimento de um médico? Ora, Estevão; por quê?

Heitor deixou-se sorrir e dessa vez continuou sorrindo. O olhar parou em Estevão feito houvesse ali qualquer não-dito a ser decifrado. Sacudiu a cabeça numa afirmação agitada e deslizou por sobre a mesa um envelope a cada um.

— Em Santa Cruz tomam um avião para Sucre e lá vão conhecer o guia que os acompanha nessa viagem. O nome dele é Pedro.

Assim se iniciam revoluções, caem impérios: num movimento inconsequente do ponteiro dos segundos no relógio da parede, um deslizar de envelopes por sobre a mesa, uma vaga instrução e o nome de um guia local; o acaso da reunião de grupo tão improvável, e afinal qual a chance de que todos aceitassem a proposta, de que todos abrissem o envelope para conferir o conteúdo e se dessem por satisfeitos e muito bem sexta-feira no aeroporto de Cumbica para o check-in rumo à Bolívia.

PÁGINA 1 de 13

Patrick Doherty;

47 anos; natural de Dublin, Irlanda; fala espanhol e português fluentemente, com algum sotaque; mora no Brasil há onze anos; alguma ligação acadêmica com a UFMS.

Paradeiro/contatos antes do desaparecimento:

25/04 – Viagem à Bolívia.

27/04 – Chegada em Uyuni; contato via telefone público às 22h (horário local).

28/04 – Chegada em Coqueza; contato via telefone celular por volta de 18h.

13/05 – Segundo contato via telefone público (em Uyuni) por volta de 11h. Também enviou e-mail com algumas fotografias (vide páginas 3 a 5).

30/05 – Terceiro contato via telefone celular (em Coqueza, sinal ruim, ligação cortada).

04/06 – Segundo e-mail (certamente enviado de Uyuni); pedido de material e novo relato (vide páginas 6 e 7).

10/06 – Entrega de material em Uyuni bem sucedida. Tentativa de contato com Patrick por telefone (ele chegou a atender, mas a ligação foi cortada antes que fosse possível estabelecer uma conversa).

12/06 – Segunda tentativa de contato com Patrick por telefone. Sem resposta.

13/06 – Terceiro e-mail (enviado de Uyuni?); breve recado para informar que entraria em contato assim que possível (vide página 8).

14/06 – Contato via telefone (por volta de meio-dia, horário local) por um dos membros da equipe de Patrick informando que não sabiam de seu paradeiro desde o dia 12 de junho.

Aeroporto de Cumbica;
(cedo o suficiente para que não os atrapalhasse o trânsito ainda mui embrionário na marginal Tietê).

A bota impermeável escondida no fundo do armário, a mochila e as roupas de frio, o aparelho GPS que precisava de troca de bateria e baixar da internet no telefone celular todos os mapas possíveis do departamento de Potosí e mais ainda de todo o altiplano boliviano sabe-se até onde aquela busca poderia levá-los. Era um pouco como ser convidado de última hora para pesquisa de campo ou quando os colegas na faculdade inventavam viagem aos lugares os mais ermos e nem sempre se tinha todo o equipamento necessário.

— Como pode se meter numa encrenca dessas assim por impulso? — Marcos havia perguntado.

Era, ainda, testar a bota por todo o resto da semana e ter certeza de que o pé continuava acostumado a ela. O aeroporto num rumor de mês de julho e famílias enfileiradas para o check-in e a criança abraçada no travesseiro fazendo do carrinho de bagagem uma cama improvisada. Estevão viu Dante ao lado de uma mochila grande encostado na parede, próximo ao lugar que deveria servir de ponto de encontro. Alto que era e tipo todo musculoso seria impossível passar despercebido; a cabeça raspada metida num boné, calça jeans e camisa de flanela por cima de uma camiseta branca. Tinha o casaco pesado pendurado no braço e as mãos entretidas com um isqueiro.

— Isso não entra no avião.

Dante deu de ombros e guardou o isqueiro no bolso.

— Sabe que em Santa Cruz vai estar um calor dos infernos — ele disse.

— Já foi para lá?

— Conheço a Bolívia.

— E que te parece um médico que desaparece nos arredores do deserto?

— Me parece que ou ele morreu ou está fugindo.

Estevão tirou a mochila das costas e a apoiou ao lado da mochila de Dante. Viu que se aproximavam seu pai e Renato.

— Fugindo de quem? — Estevão perguntou.

Dante deu de ombros, como já parecia certo que daria, nem mesmo Estevão havia terminado a pergunta. Só a expressão sonolenta, a reação quase inexistente ao perceber os dois que atravessavam o saguão na direção deles. Feito bastasse estar presente, cumprir seu papel, receber o pagamento. Desculpa para viajar e ganhar dinheiro. Que o médico estivesse morto ou que fosse fugitivo. Que aquela moça de boné vermelho e cabelos curtos espreitando em volta de uma coluna no meio do saguão tivesse algo com aquilo tudo.

— Dante.

— Quê?

Renato os interromperia, distância vencida, com um gesto de cabeça que seria todo o cumprimento entre os quatro naquela manhã de sexta-feira. Beto mastigava a parte de dentro dos lábios e buscava em volta qualquer coisa que;

quê?

— Que foi, Estevão? — Dante insistiu.

Mas a moça não estava mais na vista, desaparecida na multidão de férias escolares e talvez sequer houvesse estado ali. Estevão tinha a vista meio ruim porque as lentes de contato antigas que certo precisavam de ajuste de grau, tantos anos que não ia ao oftalmologista. Adiante um rapaz de treze ou catorze anos e um boné vermelho, e outro, e ainda uma menina loirinha de menos de dez anos. Vinha também ela, Helena, miúda sob a mochila de viagem, bota e calça de caminhada, um casaco pendurado na mochila menor e na cabeça um boné verde. Entre eles ainda o silêncio solene de algo por acontecer até que Helena se aproximasse e dissesse que, afinal, entre o check-in e o horário do voo chegamos todos muito cedo vamos ter que esperar um monte.

— Que você acha? — Dante perguntou, deixando-se ficar para trás com Estevão enquanto os outros rumavam para a fila.

— De quê?

— Essa moça seguindo a gente.

Estevão procurou.

— Deve ter sido contratada pelo empresário — disse, embora não acreditasse no que dizia. Tampouco encontrava a moça e crescia um desespero quase claustrofóbico porque caminhasse cego rumo a; quê? Só esse afunilamento de percurso e tão logo estaria num avião com destino a Santa Cruz e que se pode fazer quando se pousa em país estrangeiro com uma missão nada ortodoxa em mãos. — Parece inofensiva.

— Claro.

Também as palavras pelas palavras; que uma moça meio franzina escondida sob um boné vermelho pouco pudesse lhes fazer de mal. Estevão pensou na expedição Gatto: o convite de última hora porque o outro rapaz quebrou o pé jogando futebol e precisamos de alguém com competência, filho. Ímpeto estúpido de aceitar as propostas sem pensar duas vezes, ainda mais depois de tantos meses, depois que a expedição Gatto e as incertezas.

O branco infinito da Antártica.

Vou morrer nesse frio; vou morrer dormindo, ele havia pensado, e talvez não houvesse sido má ideia. Era fechar os olhos e deixar vir o sono.

Fechar os olhos e o sono de mais uma noite em claro, mais uma noite mirando o teto e a escuridão. A moça do check-in lhe pedia o passaporte enquanto Dante sorridente conversava com a moça ao lado e lhe dizia que não, não pegamos trânsito parece que vai fazer um dia bonito quem sabe o inverno não dá uma trégua.

Que lhe importava, se *em Santa Cruz vai estar um calor dos infernos*. Nas mochilas as roupas de frio e se preparar para enfrentar neve, se fosse o caso. Na semana anterior os jornais anunciavam com alguma surpresa a nevasca na região de La Paz e ainda na região do deserto de sal — parecia contrassenso e Estevão tinha de concordar com Marcos que indignado: *neve no deserto?* Ouvia também a conversa de Renato e seu pai um pouco mais para trás:

— Me parece um pouco perda de tempo ir ao deserto para constatar o óbvio — Beto disse, aborrecido. — Ele não enviou um e-mail do deserto. Já fazia pelo menos um dia que a equipe não sabia dele. Se o homem não está lá, de que nos serve nos enfiarmos num povoado com menos de 300 habitantes para conversar com meia dúzia de bolivianos desinteressados?

— É um ponto de partida.

— Ponto de partida é conversar com quem fazia parte dessa equipe de pesquisa. Ninguém aqui é detetive, mas um mínimo de raciocínio lógico penso que nós temos.

— Mas a equipe.

— Ora, a equipe.

— Já temos o que precisamos.

— Você não se pergunta por que aceitou esse trabalho?

Estevão voltou a atenção à moça que lhe devolvia o passaporte e indicava a esteira em que ele deveria apoiar a mochila.

(Você não se pergunta.)

*

— Dante.

— Quê?

— Quando viu aquela mulher pela primeira vez?

— A argentina?

Estevão a procurou na sala de embarque: o amontoado de gente em frente aos dois portões, algumas crianças brincando por entre a bagagem de mão, os tipos com computadores e mochilas e terno e gravata. Nenhum boné vermelho.

— Como você sabe que ela é argentina?

— *Diablo rojo* é o Independiente. — E apalpou os bolsos como se buscasse pelo isqueiro e o maço de cigarros que não estavam mais lá. — É um time de futebol argentino. Não sei da mulher, nunca conversei com ela. Mas se é para fazer o detetive.

Deu de ombros. Helena no banco em frente parecia concentrada no telefone celular e Beto e Renato haviam se afastado para comprar água. Só o rumor do aeroporto e os avisos em três línguas pelo sistema de som que indicavam a troca de portões e últimas chamadas.

— Ela me seguiu quando saímos da segunda reunião — Dante disse. — Depois, quando perguntei o que queria, me pediu um cigarro.

E não parecia interessado em perguntar *e você, quando viu a mulher etc*. Voltava a prestar atenção nas unhas, escolhendo com cuidado o dedo a ser mordiscado. O olhar se perderia na multidão antes que murmurasse, aborrecido:

— Essa merda de voo vai atrasar.

Estevão o olhou. Perturbava-o tanta tranquilidade, e o aborrecimento só porque o *voo vai atrasar*.

— Se ele está fugindo, não está mais no deserto — Estevão disse, por forçar-se a voltar ao único assunto que lhes devia interessar.

— Claro que não está no deserto. Ninguém *fica* no deserto.

Helena ergueu os olhos; talvez escutasse o que diziam. Esquecida do telefone celular e as mensagens e e-mails. Abriu a boca e quisesse dizer algo, mas não disse. Tão óbvio no silêncio de dois metros entre eles, nos olhos curiosos e num movimento de tirar a franja da testa e pôr atrás da orelha e deixá-la escorregar para o rosto outra vez. Todo o não-dito que havia ainda entre eles, entre os meses que Beto Tavares não falava com o filho e as perguntas que Renato não tinha coragem de fazer.

Os dois mais velhos voltaram com três garrafas d'água e no sistema de som uma atendente anunciava a mudança do portão do voo G37460 com destino a Santa Cruz de la Sierra. Foi levantar-se num susto e Estevão quase desequilibrou o pai, que se havia abaixado para erguer a mochila, mais a água, a mochila menor, umas notas do troco.

— Perdão — o pedido automático, feito falasse com um desconhecido.

Sentiu lhe queimarem as orelhas os olhares de Dante e Renato, mas só fez erguer também a mochila e buscar Helena que tão fácil fazia as vezes de guia — ela que estava afastada daquela área de atuação, mas tinha agência de turismo e não de todo esquecida do que era tomar a frente e apontar rumo, dizer que ali aquela escada precisamos descer. Seguiram: procissão silenciosa. Estevão não viu a moça que ia atrás, também, junto da multidão de mochileiros e bolivianos e homens de negócio e seria possível arriscar que tampouco Dante a reconheceria, sem o boné vermelho, com a mochila nas costas, o tíquete da passagem e um passaporte argentino nas mãos, um sorriso preocupado um pouco crente um pouco esperançoso e os passos decididos atrás do grupo de degenerados.

Das informações enviadas por Patrick Doherty em 12/04 (antes do início das atividades de pesquisa):

Local de pesquisa

Coqueza (povoado)
Município: Tahua
Província: Daniel Campos
Departamento: Potosí
Altitude: 3.660m (Salar de Uyuni)
Nº de habitantes: 265
Região de deserto. Terreno em declive aos pés do vulcão Tunupa. Ao redor do povoado, nas áreas afastadas, o terreno é acidentado, com inclinação acentuada. Encostas íngremes no setor sudeste. Ponto turístico. Vegetação: cactáceas (*Trichocereus pasacana, Echinopsis*).

Planejamento inicial

25/04 – Santa Cruz: voo para Sucre.
26/04 – Sucre. Reunião da equipe. Pernoite.
27/04 – Viagem a Uyuni por terra (380km). Chegada no início da noite. Pernoite.
28/04 – Viagem a Coqueza por terra via Salar de Uyuni (120km). Chegada ao povoado no início da tarde. Descanso.
29/04 – Coqueza: início das atividades de reconhecimento.
13/05 – Primeira reunião de equipe.
14/05 – Início das atividades de coleta.
27/05 – Segunda reunião de equipe.

(a inquietação de um voo sem turbulências.)

Renato tinha cinquenta e quatro anos e um rosto cheio de ângulos, pouco coerente com os cabelos encaracolados que fugiam uns centímetros no comprimento pelo pescoço. Era o rosto bronzeado no contraste com os fios brancos e cinzentos que lhe dava esse ar de homem saudável, cinquentão atleta em propaganda de marca esportiva. Não Beto Tavares, sessenta e dois anos, um metro e setenta, os cabelos todos brancos e a barriga de quem desistiu dos exercícios havia já algum tempo — não muito: uns meses, pois sim, ainda os braços fortes e as pernas de se locomover de bicicleta para todo lado. Dante tinha vinte e oito e Helena trinta e cinco. Renato que havia perguntado as idades, por hábito de professor curioso, sentado ali numa das poltronas de corredor na fileira que ocupavam. Estevão encostado à janela mais de uma vez olharia no relógio para conferir o dia e faria as contas para saber quanto faltava para seu aniversário de trinta anos. Depois também se perdeu em outras contas: valores e idades e motivos. Helena ao seu lado tinha os cabelos metidos dentro do boné verde e nas mãos o envelope pardo com as informações sobre Patrick. Tinha olhos muito pretos e a pele morena marcada de sol e sardas e cicatrizes de catapora. Dante tinha na expressão qualquer fúria de moleque adolescente aborrecido e os músculos de quem passa tempo demais dentro da academia. Que só então Estevão notasse tudo aquilo, que só na solenidade de trinta mil pés de altitude pudesse parar e olhar os companheiros de viagem, e quem ia dizer quanto tempo poderia durar aquela viagem, quem ia dizer o que exatamente estavam procurando, se um homem morto ou um fugitivo e; fugia, de quê? Era uma história mal contada e era absurdo que estivesse ali, que houvesse cinquenta mil reais em sua conta bancária e que o gerente do banco lhe houvesse telefonado um dia antes para perguntar se estava tudo bem. Antes fosse mais direto e *que aconteceu; virou traficante de drogas?*

Buscaria na mochila uma caderneta velha que ainda tinha algumas folhas em branco. Destravou a mesa para apoiá-la e rabiscou no topo de uma página: *Heitor – holandês (sócio) – Patrick – esposa de Patrick (amiga de Heitor)*. Depois, mais abaixo, dentro de um círculo meio tremido: *argentina de boné vermelho*. Porque, enfim, ele não tinha como saber.

From: “Patrick Doherty” <dr.patrickdoherty@mail.com>
To: “Heitor Andrade” <heitor@hermesrepresentacoes.com.br>
Date: Fri May 13 12:37am
Subject: Início de pesquisa

Caro Heitor:
Como prometido, seguem as fotos do povoado e da região. Desculpe as míseras quatro fotografias e a baixa resolução, mas a velocidade de conexão aqui é muito lenta (Maddy converteu as fotos no meu laptop antes de passá-las para o pendrive) e não tenho muito tempo.

Por ora mantemos o cronograma inicial. O mapeamento das áreas em que encontramos o cacto já está sendo finalizado. Tenho quase certeza de que se trata de espécie mutante derivada do cacto mais comum por aqui (*Trichocereus pasacana*, conhecido aqui como *cacto coral temperatura*). Não encontrei nenhum exemplar dele entre os cactos da *Incahuasi*, apesar da óbvia semelhança entre as espécies. Os nativos as diferenciam pela coloração esbranquiçada na ponta dos espinhos, presente no nosso cacto, ausente no coral, e o chamam *el cacto coral blanco*.

Como expliquei ao telefone, estou fazendo alguns testes iniciais em relação aos efeitos da mucilagem na pele; a perda de sensibilidade é imediata (um pouco como o efeito das folhas de coca em contato com a mucosa da boca, mas mais eficaz e duradouro). Já ouvi relatos de chás que misturam a flor do cacto com a folha de coca, mas outras fontes afirmaram que *es lo mismo*, e que a flor não tem nenhum efeito.

PÁGINA 4 de 13

Preciso verificar tudo isso com experimentos controlados. Em breve lhe escreverei com o pedido de material e novos registros. Agradeço mais uma vez a confiança e incentivo

Best regards,
Patrick.

[Fotografias anexadas ao e-mail de 13 de maio.]

PÁGINA 6 de 13

[Fotografias anexadas ao e-mail de 13 de maio.]

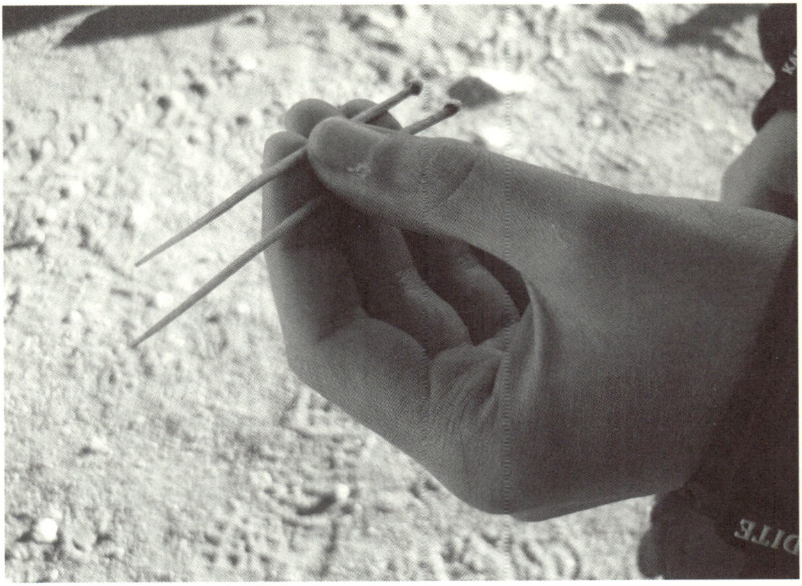

Sucre, Bolívia; rumo a, etc.

Seria como pousar no meio do nada, no meio de montanhas a se perder de vista pela janela do avião que ia de Santa Cruz a Sucre; e subia, subia, subia. O relevo era como areia na praia depois de pisada por muitos pés. A cor de terra seca marcada vez ou outra por uns pontos pretos. Civilização, estrada, nada, ninguém.

Os ouvidos ainda estranhavam a língua estrangeira, que parecia ao mesmo tempo tão familiar na voz da criança no banco de trás apontando figura na revista *me compra, mama?*; os gritos de medo e alegria com a decolagem e os altos e baixos — e muitos os altos e baixos feito avião acompanhasse os relevos das montanhas — até que a altura fixa e sossego, vinte e cinco minutos de sossego depois de mais de uma hora de espera na sala de embarque. Eram os tipos mochileiros turistas sentados no chão ao lado do portão olhando o guia mais uma vez — pareceria a Estevão um pouco estúpido que usassem as mesmas roupas, as mesmas botas, as mesmas mochilas de sessenta litros e tão diverso o objetivo. Jamais aquele rapaz de camiseta colorida imaginaria um médico irlandês desaparecido no deserto de sal, à parte das histórias mirabolantes lidas na internet sobre turistas japoneses ou uma família de ciganos.

O grupo continuava mui calado apesar das tentativas de Renato para o diálogo, apesar da algazarra em espanhol que os rodeava no excesso de crianças daquele turbulento voo FLT132 rumo a Sucre. Quase oito horas desde que começada a expedição e limitavam-se a palavras por obrigação ou cortesia ou comentários sobre o tempo. Era como se esperassem o próximo passo naquela expedição movediça, ou que as dúvidas todas se esclarecessem e se dissipasse a sensação de que muito não havia lhes sido dito.

Seria necessário despertar de um sonho.

— Que estamos fazendo, Beto?

Estevão ouviu Renato, dessa vez em voz baixa.

— Esperando. — Era quase uma pergunta.

— O trabalho já começou.

— O que começou? Você leu essa porcaria? Não tem nada que preste; um monte de bobagem para fazer volume, dar a essa palhaçada uma aura de expedição oficial. Que me interessa o gênero dos cactos de Coqueza? A cor dos espinhos? Esse médico não foi sequestrado por um cacto e muito menos por uma múmia.

— Que você está dizendo?
— As informações foram muito bem escolhidas.
— Por quem?

Beto ainda murmurou mais outra coisa e Estevão não pôde ouvi-lo. Dante e Helena também ouviam a conversa, ele sabia, como sabia pelo tom de voz de seu pai que não havia intenção de fazer segredo com o que dizia. Estevão teve raiva — se o pai não queria estar ali por que havia aceitado a proposta, deixado cair na conta do banco os cinquenta mil reais oferecidos como adiantamento e viajado de Sorocaba a São Paulo para as duas reuniões que pouco lhes explicariam sobre as intenções do empresário?

Que Beto estivesse presente para reforçar ao filho que era ainda o único a saber a verdade sobre a expedição Gatto, e havia ali uma dívida, silenciosa, oculta num coração orgulhoso.

Isso Estevão não pensou, ao menos não assim com tantas palavras e advérbios e adjetivos; só uma inquietação que era também raiva, que era a certeza de que precisava, mais uma vez, dizer *você está errado, pai*. Encontrariam o médico, descobririam os motivos que uniam um holandês lacônico e um empresário loquaz em busca de um médico irlandês de reputação duvidosa desaparecido no deserto boliviano. Você está errado, pai; mais uma vez você está errado: anunciar de antemão o fracasso da empreitada não pode salvá-lo dos imprevistos.

Tivesse pensado algo assim, como se; ou.

Pareceu-lhe raciocínio incompleto, interrompido.

Veja, não é bem isso.

Devesse mesmo era se concentrar na expedição e o envelope pardo metido na mochila — não se havia dado o trabalho de lê-lo todo, embora desconfiasse que, ao menos nesse sentido, seu pai tivesse razão.

Não vamos chegar nunca, Estevão teria pensado. Outra vez monopolizava um dos assentos à janela, buscando no vazio do cenário qualquer indício da cidade que se anunciava na descida gradual do avião e no aviso do comandante. Pensou, também, mui contraditoriamente, que meu deus, não vamos encontrar esse médico em lugar nenhum. Tão dramático, Estevão, mas súbito a imensidão das montanhas, esse início de altiplano que a vista não podia alcançar e sequer a imaginação; nada. Tinha se virado para dentro do avião por claustrofobia invertida e deu com os olhos pretos de Helena também fixos na janela pequena, perdidos no horizonte sem nuvens. Outra descida brusca do avião e os gritos das crianças: o comandante anunciava que tinham permissão para aterrissagem.

— Vamos pousar numa cidade invisível — Estevão disse, um pouco por brincadeira, um pouco por dizer o que fosse, outro tanto por medo de que era mesmo isso o que lhes aguardava lá embaixo: a terra seca e pálida, o relevo cinematográfico e vazio.

Helena quase sorriu;

quase.

Estivesse talvez pensando o mesmo.

*

Lembrou-se daqueles aeroportos cercados por mato nos quais só pousam monomotores. Era surreal descer ali no meio na pista no meio do nada, não fosse o vento gelado e cortante que fazia o contraste apropriado com o primeiro pouso, algumas horas antes, em Santa Cruz de la Sierra;

(o vento morno e úmido e onipresente).

Alguns metros adiante o prédio de dois andares do aeroporto, miúdo, a torre de controle solitária e pintada de vermelho: aeroporto de brinquedo. As letras da fachada ocupavam toda sua extensão visível: S U C R E. Sobre as letras, uma varanda de onde as pessoas observavam a chegada do avião. Tudo ao redor as montanhas, o sol forte.

— Meu deus — Estevão deixou escapar.

Um funcionário de colete laranja estava postado numa das pontas da pista, com dois sinalizadores, acenando para o céu. Helena adiantou-se na fileira de passageiros que rumava ao prédio, seguida por Beto e Renato. Dante e Estevão ficaram para trás.

— Como era mesmo o nome do guia? — Dante perguntou.

Poderia ter perguntado as horas, ou a cor do céu.

— Pedro, se não me engano.

— Beto é seu pai?

Afirmação travestida de pergunta. Dante sorriu, um pouco cínico, feito previsse a mentira em resposta negativa. Ajustaria a alça da mochila e depois o boné. Os olhos buscariam no cenário algum ponto de referência ou uma figura conhecida, um boné vermelho. Pareciam todos tão estranhos tão estrangeiros mesmo os mais bolivianos em viagem corriqueira de negócios ou visita à tia no fim de semana. Estevão tinha os olhos adiante nas costas do pai, na mochila familiar, nos cabelos brancos sem corte que já quase cobriam toda a nuca. Não teve coragem de olhar para o lado, mas o riso contido detrás de um sorriso torto dizia a resposta que não precisava ser dada.

Dante só o sacudir dos ombros, sorriso devolvido.

— Bem vindo à capital constitucional da Bolívia — disse, depois, com um tanto de ironia ao mirar a torre vermelha acima da porta de vidro pela qual já passavam os outros companheiros de equipe.

Estevão tentava imaginar como seria o guia Pedro, se ele também as elipses e não-ditos do empresário. Entrou no prédio atrás de Dante e contornou a esteira de bagagem — logo depois da porta à direita a esteira de bagagem, curta e estreita e antiga — para se juntar ao resto do grupo. Acabaria por se distrair observando outro sujeito de colete laranja que havia se postado ao lado do motor da esteira para fazê-la funcionar. Era um troço desajeitado que mais parecia o motor de um fusca e Estevão teve vontade de buscar no bolso o telefone celular para uma fotografia. Desistiu. Estava desligado, ainda, e até ligá-lo — e a busca impossível por sinal que acabaria por devorar a bateria restante. As paredes ali eram todas janelas e podiam ver os funcionários tirando as malas do avião e as jogando no carrinho, podiam ver o horizonte acidentado das montanhas e o céu azul e quase nenhuma nuvem.

— Precisamos conversar sobre o que vamos fazer — Renato disse.

Tinha os olhos fixos no primeiro carrinho de bagagens que se aproximava da parte externa da esteira e as mãos metidas nos bolsos da calça.

— Não agora — Helena retrucou.

Dante olhou Estevão. Depois procurou Beto, que estava ocupado com o ajuste da alça da mochila. A área de desembarque era pequena, separada só por uma fita divisória de outra área um pouco maior, onde algumas poucas pessoas aguardavam. Mais adiante à direita a saída, o funcionário responsável por conferir os tíquetes de bagagem, um guarda. Ao redor da esteira o amontoado de gente num espaço pouco maior do que a sala do apartamento de Estevão.

— Por que não? — Renato perguntou. — As mochilas vão demorar. Olha ali, esse carrinho quase só tem mala comum. Aquela mochila laranja não é nossa.

Aquela droga de apartamento grande demais caro demais tudo Regina por todos os lados nos quadros nas paredes e a decoração que Estevão ainda não havia tido a coragem de mudar.

— Não tem o que discutir — ela disse. — Vamos à Uyuni.

Dante estreitaria os olhos em expressão súbito muito séria e preocupada. Estevão tão distraído com imagens de passado recente, distraído com a sensação estúpida de que havia algo a ser feito e não deveria estar na Bolívia atrás de um médico que não conhecia. Ou que devesse enfim dizer ao pai que Regina foi embora, não sei o que fazer, como a gente faz para esquecer uma pessoa, como a gente faz para conviver com a ausência.

Mas a expressão de Dante e voltaria à realidade quando o barulho do motor da esteira tomou o espaço feito houvessem dado partida numa kombi velha.

*

Pedro não precisaria de placa de identificação ou um pedaço de sulfite, meio amassado da espera e do manuseio, com os sobrenomes de todos. Talvez lhe houvesse ocorrido a coincidência em dois dos sobrenomes, e lhe houvesse parecido estúpida a repetição, e mais estúpida ainda uma lista de quatro nomes para quem espera cinco pessoas. De todo modo desistiria de lista com cinco ou quatro sobrenomes e não se preocupar com repetições Tavares e Tavares (*y esa gente piensa que somos todos Ortiz*), pensar que, ora, quão difícil poderia ser identificar um grupo de brasileiros quatro homens e uma mulher, dois deles mais velhos os outros dois jovens etc. Viu quando o grupo atravessou as portas do desembarque e rumou para a saída, percebeu as expressões ansiosas de quem busca por. Sorriu, acenou; Helena respondeu com um aceno breve.

— Pedro?

— *Sí, sí. Helena, sí?* Bem-vindos.

O sotaque esforçado transformado num sorriso largo e evidenciando a ausência do dente da frente, que um dentista obsessivo nomearia *incisivo frontal superior*, mas que para Estevão era *bem ali o dente da frente*. Cumprimentaram-se e apresentaram-se. Pedro quis levar a mochila de Helena, mas ela recusou.

— Vocês vão parar no mesmo hotel que *el Irish Patrick, no? Temprano mañana vamos a*... pegar o jipe para... *el sur. Hasta* Potosí, Uyuni. E o Salar, *no? El Salar más grande del mundo*.

E outra vez o sorriso fácil enquanto com os braços abertos indicava o caminho escada abaixo e para além dos táxis e dos taxistas. Esquecer que ali atrás havia o aeroporto da capital constitucional da Bolívia, porque todo um ar de deserto, as plantas amareladas e a terra pálida. Cidade, nada.

Haviam pousado numa cidade invisível.

Acomodaram-se todos num jipe Toyota verde enquanto Pedro prendia as mochilas ao teto do carro com a ajuda de Dante. Estevão enfiou-se no banco de trás, seguido por Helena. Nos bancos à frente ficaram Beto e Renato. Dante ocupou o banco ao lado do motorista. Helena já teria nas mãos outra vez o envelope com as informações sobre Patrick Doherty, e mantinha os olhos fixos numa página com algumas fotografias impressas em preto e branco. Cactos, pedras, casas empoeiradas e uma montanha com um pico nevado. Uma das fotos era um espinho na mão de alguém.

— Você não se pergunta o que está fazendo aqui? — Estevão disse, em voz baixa.

(Você não se pergunta.)

— Quê?

— O que você fazia?

— Trabalho?
— Sim.
— Tenho uma agência de ecoturismo na Bahia.
Bahia; seria cômico senão aquele desespero de que. Estevão a olhou como quem duvida, e Helena sorriu. Havia em sua fala qualquer vestígio de sotaque não-paulista mas. Bahia? Devia ter nascido em outro estado. Helena enfiou os documentos de volta no envelope.
— E antes disso? — ele insistiu.
— Que diferença faz?
— Estou tentando montar uma teoria.
— Sobre o médico desaparecido?
— Claro que não.
— Escuta, Estevão — e em sua voz não havia mais o cuidado de se manter sob o barulho do motor — nós estamos aqui para fazer um trabalho.
O jipe tomava a estrada para além do aeroporto e na frente Dante e Pedro arriscavam uma conversa em portunhol sobre o clima. Estevão insistente:
— Por quê?
— Como assim?
— Por que nós?
De Helena o olhar descrente numa expressão cansada. O jipe seguia por um caminho morro abaixo, cercado por casas de paredes sem reboco; o asfalto acabava nas laterais numa faixa de terra seca que parecia subir pelas paredes. Tudo num bege e verde apagado e às vezes o branco das casas na cidade que adiante começava a tomar forma, à frente de dois morros irmãos cobertos por uma vegetação esparsa. Cores só a bandeira boliviana e a bandeira quadriculada multicolorida que pendiam do espelho retrovisor.
(Por que nós.)
— Você está aqui porque quer — Helena disse.
Fosse o que lhe faltasse para constatar definitivamente o absurdo da situação e meu deus estou na Bolívia metido num Toyota da década de oitenta com três desconhecidos, um amigo da família e meu pai que há meses não me dirige palavra, pode parar a brincadeira que vou descer tomar o primeiro avião de volta a São Paulo.
E que lhe esperava em São Paulo?
Tirou da mochila o envelope com as informações sobre Patrick e parou na fotografia do médico; ele sorria sem mostrar os dentes, tinha as mãos segurando o queixo e os cotovelos apoiados em algo que o enquadramento havia deixado de fora. Tipo muito branco, muito loiro, o queixo um pouco torto talvez por mordida atravessada. Via-se parte da camisa escura que até o penúltimo botão abotoado, a franja puxada

para trás com algum tipo de gel, a aliança no anular da mão esquerda. Havia nele uma mistura de fragilidade e força: o maxilar marcado mas deslocado, o nariz duro e cruzado. Fosse a fragilidade se impondo sobre a força ou.

Esforço?

(Você está aqui porque quer.)

Onde você está, seu filho-da-puta, Estevão pensaria, súbita empatia desenvolvida e era quase como se o compreendesse, por tão óbvio que desaparecesse, por que não?

— *Sin duda es muy seco acá, pero uno puede acostumbrarse.* — Pedro e o sorriso de dente ausente, os óculos escuros de armação verde e de plástico.

— O que você acha que vamos fazer? — Estevão perguntou à Helena.

— Chegar no povoado e tentar conseguir o que a polícia não conseguiu.

— Conversando com as pessoas?

— É um bom começo.

— A polícia pode ser pouco eficiente, mas é um médico irlandês desaparecido em território boliviano. É um pesquisador estrangeiro; há interesses.

— Onde você quer chegar, Estevão?

— Alguma coisa não está certa nessa história.

A voz lhe saiu mais alta do que havia calculado. Encolheu os ombros. Renato virou a cabeça feito observasse a paisagem ao lado, mas seus olhos se encontraram com os de Estevão, e havia ali uma pergunta lançada à sorte em meio ao clima desértico daquele início de altiplano; uma pergunta em silêncio. Beto havia abaixado a cabeça. Certo também houvesse ouvido e concordasse. Helena suspirou. De que lhes servia discutir o paradeiro do irlandês se sequer sabiam por que o procuravam? Passagem só de ida a Santa Cruz de la Sierra, passaportes carimbados e entrem em contato se precisarem, em uma semana nos falamos e estabelecemos prazo de duas semanas para a volta dependendo do que acontecer prolongamos a estadia, quem sabe, enfim. *Preciso de gente com experiência, de gente que compreenda a lógica de meu amigo, a lógica de um pesquisador, a lógica de uma expedição de pesquisa.*

— Deixa isso de lado, Estevão — Dante disse, virando-se para trás. A expressão séria mas uma sobrancelha erguida. — Pelo que o empresário está pagando, seria no mínimo displicente nos esconder informação. Ele pode não ser muito esperto, mas não me pareceu o tipo que joga dinheiro fora.

— Heitor, *ya?* — Pedro quis saber. — *Bueno tipo. Un poco raro, pero.* — Deu de ombros.

— *Conociste a Patrick?* — Helena perguntou, e era mesmo o que todos ali queriam saber.

— *El Irish Patrick, ya, ya.* Ele é... como se *dice*... quieto, *muy* quieto. — Escolhia as palavras, buscava na memória o que lhe havia da língua portuguesa e fazia pesar o sotaque em todos os fonemas. — Pensativo, *ya?* Não fui a *el Salar* com eles. Fui até Uyuni, com o jipe. Depois *lo* vi em Uyuni uma vez, em junho. Começo de junho.

— Lembra o dia?

— Ah, *no*. Começo, começo. *Tenía que darle algunas cosas*, como se diz: material de... pesquisa, *ya*? Material de pesquisa. Meu chefe não me havia pagado *todavía*. Era começo de junho.

— Antes do dia doze.

— *Ya, ya. Sin duda.* Antes de Patrick desaparecer.

PÁGINA 7 de 13

From: “Patrick Doherty” <dr.patrickdoherty@mail.com>
To: “Heitor Andrade” <heitor@hermesrepresentacoes.com.br>
Date: Sat Jun 04 3:21pm
Subject: Pesquisa

Caro Heitor:

Estou otimista. Já tenho registradas as variações de uso do cacto pelos nativos. O uso da mucilagem na pele é o mais extraordinário: o efeito é de anestesia completa! Preciso estudar os efeitos prolongados para me certificar de que não há dano ao tecido nervoso, mas a princípio arrisco dizer que a possibilidade é mínima. Não sei ainda se a flor em si tem algum efeito, e de qualquer forma ela é mais rara (ninguém sabe ao certo quando se dá a floração e parece que ela é incerta). Consegui uma amostra seca com um dos rapazes daqui e preciso fazer testes.

Entre em contato com Anderson, do laboratório da universidade, e negocie o fornecimento de 12 camundongos. Ele saberá de que se trata. Também vou precisar de:

1. uma caixa de seringas de insulina;
2. uma caixa de agulhas 25x5mm;
3. cronômetro;
4. chapa aquecedora de 500x300mm;
5. 1l de solução salina;
6. 1l de álcool;
7. Tiletamina-zolazepan 50mg/ml;
8. uma gaiola grande;
9. uma caixa de ração para camundongos.

(Fale com Beatriz e diga a ela que procure em meu computador o arquivo com a descrição completa do experimento. Chama-se "teste de resistência em camundongos". Desculpe se não me alongo, mas tenho pouco tempo e a conexão aqui é péssima. Também por isso não envio novas fotografias.)

Creio que, com a chegada do material, em menos de uma semana terei um estudo mais conclusivo e poderemos partir para a fase de laboratório, sem perda de tempo. Assim que completar o relatório enviarei um e-mail à universidade. Com essas informações e seu apoio tenho certeza de que eles ficarão interessados.

Regards,
Patrick.

Sucre, Bolívia;
(região central).

Qualquer que fosse aquela lógica, de uma expedição de pesquisa. E que Estevão entendia da lógica de um pesquisador, se quase sempre o tratavam com muito respeito sim claro por que não e mantinham distância. Estevão havia começado como um deles, mas geólogo desistido porque, enfim, que lhe interessavam os relatórios. Era a fama do avô, antes, e a competência do pai, depois. Sentia que completava finalmente a metamorfose em mediocridade, iniciada por seu pai quando seguiu pela metade a carreira do sogro. Não havia mais espaço para *aventureiros*, assim com todas as letras e fonemas e a devida pretensão. Isso seu pai já havia previsto, seguido carreira com salário e responsabilidades e filhos e de repente pai viúvo de duas meninas e um recém-nascido.

Estevão, ainda, quase tentativa de adequar-se ao mundo e as perspectivas de faculdade mestrado doutorado ou; nada. Dois anos e atirava-se às expedições com o pai, com o ex-professor, com os ex-colegas. *Precisamos de um motorista, precisamos de alguém para tomar conta do material e você sabe mexer com um GPS* etc. Fugia do avô porque a sombra.

Quanto mal pode fazer um homem morto?

O jipe estacionava em frente a um hotel. Já era a cidade e a luz do sol batia atravessada por entre as casas mais baixas. A rua era estreita como lhe pareceram todas as outras, ainda que essa ao menos tivesse um tanto de calçada.

— *Bueno, acá estamos.*

A voz de Pedro soou distante, e não tanto porque mais falasse consigo do que com o grupo. Estevão olhou do outro lado da rua uma plaqueta de metal com o número da casa e o nome da rua.

Eram estúpidas as lembranças no mais inconveniente dos momentos; o avô que não havia conhecido, o avô morto um ano antes de seu nascimento em um acidente de alpinismo e veja que já aí começaram os seus problemas: impossível ganhar de um avô morto em acidente de alpinismo. Porque os avôs normais morrem de câncer, insuficiência renal, falência múltipla dos órgãos ou acidente de carro. Não viajam à Austrália para escalar o pico mais alto do país às custas de um patrocinador excêntrico.

Ou;

também porque de Estevão foi o início de carreira que nunca se pretendeu *carreira*.

O pai abriu a porta do jipe para descer, seguido por Renato, que se virou em seguida para deitar o banco e dar passagem aos dois que estavam no fundo.

Havia lógica naquele raciocínio, ainda que não a lógica de um pesquisador ou de uma expedição de. Sim, claro, mas Estevão estava outra vez pensando se em algum momento seu pai lhe dirigiria palavra, se haveria trégua naquela teimosia despropositada. Pensaria nisso antes de pensar que aquele táxi preto estava parado já havia algum tempo ali próximo da esquina sem que ninguém descesse.

Primeiro impulso mirou Dante, que ajudava Pedro a descer as mochilas do teto do jipe. Avisá-lo, ou; de que lhe adiantava? Se mesmo ele já parecia desinteressado no que havia de tão óbvio e estranho na viagem e *deixa isso de lado, Estevão*. Havia alguém no banco de trás, imóvel como o motorista que mantinha as mãos no volante.

Entregaram-lhe a mochila e Estevão obrigou-se a sorrir e agradecer no espanhol enferrujado que já havia grunhido no primeiro *gracias* esforçado para a mulher da imigração — e ela lhe havia dito *obrigada* em tão bom português e com tanta naturalidade que Estevão teve um pouco de vergonha.

*

— Que te parece? — Dante perguntou, quando já no quarto do hotel e abria as janelas porque apesar do vento frio havia nas cobertas um cheiro pesado de coisa velha.

As respostas possíveis todas um entregar de pensamentos aqueles que melhor era manter guardados. Porque a pergunta tão vaga e Estevão só o erguer de sobrancelhas, feito pedisse esclarecimento. Estavam os dois num quarto de duas camas e a janela para a rua um silêncio.

— Essa Helena, não sei — Dante disse.

— O que não sabe?

— Renato também.

— E meu pai?

— Ele não sabe o que está fazendo aqui.

— Nenhum de nós sabe.

— Por que vocês não se falam?

Estevão deu de ombros. De que valia a explicação? Tudo uma teimosia, um exagero.

— Meu tio ficou sem falar com meu avô por alguns anos — Dante disse, enquanto se ocupava de separar algumas roupas da mochila. — Foi por causa da venda de um sítio.

— Acho que vou dar uma volta.

— Helena disse que.

— Quando foi que ela se inscreveu para o cargo de chefe?

Dante ergueu-se. Meteu as mãos no bolso do casaco ao se virar e sorria. Sorriso cúmplice de quem não vai admitir o que pensa. Fez que ia falar e desistiu. Voltou à mochila e às roupas, acenou um *tchau* displicente. Estevão deixou o casaco sobre a cama, vestiu o boné e pôs os óculos escuros. Nos bolsos da calça a carteira com o dinheiro boliviano que havia trocado no aeroporto de Santa Cruz e o telefone celular — sem sinal e em modo avião, mas a câmera.

— Não vá se perder — Dante disse.

— Não sou o tipo que.

— Leve o casaco.

— Está quente.

— Está escurecendo; a temperatura vai cair uns quinze graus em menos de meia hora.

Estevão o encarou em silêncio. Esforçava-se por conter a raiva que lhe tomava os sentidos. Dante não o olhava.

— Também era bom descobrir se aquele táxi ainda está ali.

Mas quê; nada. Dante sequer se virou, concentrado que estava em — que ele tanto mexia naquela mochila? Estevão pensou em responder e *o que você viu?* ou *que você acha que*;

que te parece?

O sorriso que lhe veio foi involuntário. Por cumplicidade encontrada apesar das incertezas, por pensar que não seria o único a avançar cego em obediência às ordens de um empresário de brocas holandesas. Deixou sobre o criado-mudo os óculos escuros e vestiu o casaco.

Passou por Pedro no saguão sem dizer palavra, senão um sorriso vago devolvido com um dente a menos, dois degraus e ganhava a rua — rua, pois, que a calçada alguns centímetros e vinha uma *chola* com uma trouxa colorida amarrada nas costas, de onde saía também a cabeça de uma criança sonolenta entre dois cachecóis de lã. Estevão quis lhe sorrir, mas ela sequer ergueu o olhar; ele deu passagem, enfiou as mãos nos bolsos da calça e tentou marcar onde estava. As ruas haviam lhe parecido todas iguais. O táxi já não estava estacionado na esquina.

Certo que as respostas não cruzassem as ruas e menos ainda que esperassem sob um *locutório* ali depois da esquina. Estevão olhava as casas antigas todas geminadas e espiava as ruas mais estreitas sequer calçada nenhuma sinalização e a fileira de carros estacionada rente às paredes das casas. Teve algum tempo de pensar como era curioso a quantidade de carros de marca japonesa, que a invasão do progresso fazia perder o que havia de surreal na cidade já sem o sol quente que desaparecia atrás das casas mais baixas. Voltavam as palavras de Dante que *deixa isso de lado* mas *era bom descobrir se aquele táxi ainda está ali*. Dante se incomodava com Helena e Renato, mas Beto Tavares *não sabe o que está fazendo aqui.* Que esperava encontrar naquele lugar, senão turistas de calças coloridas, bolivianos de cara fechada. Quis lembrar o rosto do médico irlandês na fotografia preto e branco, mas já os olhos haviam parado na mulher de cabelos curtos e óculos escuros por sobre a cabeça conversando com uma criança em frente à porta do que parecia ser um albergue. Ela havia apoiado um dos pés numa mureta baixa e inclinava-se por sobre o joelho ao entregar à menina um pedaço de papel.

Os óculos escuros, sim, e não o boné vermelho. Estevão a reconheceu, pensou que de qualquer forma a reconheceria, pensou que ela não parecia boliviana, apesar dos traços tão latinos, e Dante havia afinal dito que *Diablo Rojo* era o Independiente time de futebol argentino;

pensou que.

Ela ergueu a cabeça e o viu; pôs-se de pé, disse algo à menina e dois ou três passos para trás virou-se e disparou rua abaixo. Estevão seguiu. Não se preocuparia com altitude quando ainda sequer três mil metros; a moça, outra vez. Que os houvesse seguido desde São Paulo e Santa Cruz e enfim Sucre — impossível que tivesse feito qualquer outro caminho ou tomado outro avião se tão poucos os horários de voo.

A moça corria destemida entre os carros e Estevão se via obrigado a esperar porque um jipe estacionado e não havia calçada e vinha pela rua outro jipe tão largo quanto fosse possível os faróis muito fortes a visão ofuscada. Desde o início batalha perdida, se nem mesmo sabia contra o que estava lutando. Eram as respostas que esperavam depois de uma curva, resposta que escapava por entre os carros e desaparecia na quarta esquina feito não houvesse estado ali. Estevão viu-se obrigado a desacelerar. Faltava-lhe um pouco de fôlego e subia um mal-estar, algo como uma vertigem que.

Pouco útil o esforço para descrever os sintomas se mais importante era descobrir o rumo que havia tomado. Dois mil e oitocentos metros de altitude e sentia-se mal; quão pior podia ficar?

— Merda.

Também pouca a utilidade de xingar a situação em voz alta como se bêbado falando consigo. *Merda.* Fôlego recuperado e tomou o rumo inverso, sentindo-se um pouco estúpido um pouco lento um pouco; *merda.* Esquerda ou direita ou talvez direita na outra rua não me lembro dessa porta grande e azul tenho certeza de que passei por uma rua cheia de carros estacionados motivo pelo qual aquela maluca conseguiu escapar.

(Não vá se perder.)

O tipo que sabe usar aparelho GPS e sai correndo sem pensar atrás de uma argentina em cidade assim desconhecida as ruas todas iguais e de repente estava escuro quase inexistentes os postes de iluminação.

Mas;

ora, Estevão: reputação construída sobre tamanha a capacidade de se virar nas piores situações, porque de todas as reclamações nunca nenhum pesquisador poderia reclamar de que haviam se perdido, jamais. Dispersado o mal-estar e já reconhecia ali o ponto de partida o albergue: a placa sobre a porta de madeira dizia *Casa de Huéspedes La Bona Vita*. A porta estava fechada, mas à esquerda havia uma janela aberta e debruçada no parapeito estava a criança: a menina de uns olhos pretos e grandes encarava-o com curiosidade.

— *Hola, chica* — Estevão arriscou.

— *Hola.*

— *Puedo pasar?*

Num salto a menina já não estava mais na janela. Estevão aproximou-se da porta para ler um recado preso num prego por um pedaço de barbante uma folha sulfite plastificada: *não tocar a campainha depois da meia-noite* escrito em quatro idiomas um deles o português. Estevão não encontrou a campainha. Bateu na porta.

From: "Patrick Doherty" <dr.patrickdoherty@mail.com>
To: "Heitor Andrade" <heitor@hermesrepresentacoes.com.br>
Date: Mon Jun 13 7:01pm
Subject: (no subject)

acho que entrou água ou terra em meu telefone.
tive alguns problemas pessoais que preciso resolver.
entrarei em contato asap.

p.

Isla del Sol, el gran lago Titicaca;
(quase).

Algum desavisado pode se perguntar que é feito de nosso amigo gringo, aquele, que comprava passagem num canto na Bolívia *quince bolivianos, señor* e sabe-se lá que mais teria em mente senão desaparecer e; por quê?, para onde? Cabe lembrar que nem tudo se pode adivinhar senão inventar, supor, imaginar, dizer que sim, claro, por que não? Uma passagem à parte norte de *la Isla del Sol* — que é muito bonita, teria dito a moça do restaurante no dia anterior, esforçando-se num inglês difícil por entre uns dentes cheios de placas de metal — por quinze bolivianos *salida a las ocho e media* e mais duas horas de barco até o sossego, até enfim desaparecer entre os turistas inofensivos que buscavam a sensação de estar por um momento um dia distante do mundo cruel a que estamos amarrados. Mal sabem eles que.

Porque afinal as ovelhas e o menino de seis anos com uma vara na mão que dita o rumo atrás delas e as embalagens de Pringles na *tienda* e o sujeito atrás de uma mesa repleta de artesanatos a cinco ou dez bolivianos e *hola, señor, que buscas* etc.

Mais um que gringo e hippie e calças listradas a blusa de lã de alpaca com estampa de lhamas o gorro que cobria as orelhas a mochila nas costas; *habitación, señor?* Quanto tempo até que sua presença em tão pequena ilha fosse notada, até que a comunidade percebesse suas intenções de alongar uma estadia por tempo indeterminado.

Sucre, Bolívia;
(é noite).

O dono do albergue nada tinha de boliviano: a pele muito branca e uns olhos azuis, careca, mas a barba rala indicando uma loirice europeia. Vá ver o que se pode esperar de um dono de albergue chamado *La Bona Vita*. Estevão pensaria que pelo menos era fácil identificar os estrangeiros e jamais Patrick poderia passar despercebido. Pensou isso até ver o grupo mui heterogêneo sentado na sala de televisão à esquerda da porta de entrada, todos concentrados interessados vidrados no aparelho e conversando em inglês e espanhol e um pouco de francês. A janela em que antes havia visto a menina estava ali ainda aberta, mas nenhuma criança debruçada.

Nenhuma criança em lugar nenhum.

— *Tengo una habitación para dos personas* — o dono em espanhol impecável.

— *Qué pasa allí?*

— *La Copa América, señor. El primer partido es Bolívia y Argentina, esta noche. Brasileño, no?*

Estevão afirmou com a cabeça, incomodado pelo que houvesse de óbvio em seu sotaque ou nos traços do rosto: os olhos escuros os cabelos castanhos; era? Pouco provável. Um chute certeiro.

— Falo *un poco* de português. *Pero es muy poco*; muito pouco.

Estevão pediu para conhecer o resto do albergue e seguiu atrás do homem que prestativo explicava em espanhol pausado, e cuidadoso apontava a área comum descoberta, a escada que levava à cozinha e; *Mirella, llama a tu mama, por favor*, pediu à menina meio escondida atrás de um pilar com as mãos metidas nos bolsos da saia.

Era; ela, sim? Tinha a cara um pouco suja e parecia demais agasalhada para o frio noturno que ainda não havia chegado.

— *Hola* — Estevão outra vez.

— *Hola.*

A mãe da menina apareceria no topo dos degraus — Estevão supôs que fosse a mãe da menina porque logo o dono do albergue ocupava-se em passar-lhe instruções.

— *Te llamas Mirella?*

Ela afirmou com a cabeça.

— *Me llamo Estevão; cómo estás?*

Nada fácil apresentar-se e recuperar a fonética do português em meio de palavra. Inferno de nome tão pouco internacional em momento como aquele.

— *Conoces a la chica que... huyó?*

A menina riu. Fez um gesto meio incerto de sacudir os ombros e as tranças, ainda as mãos enfiadas nos bolsos da saia. Péssima talvez a escolha de palavra, mas de Estevão o espanhol limitado e incapaz de encontrar o verbo mais adequado acabaria por escolher o mais ilustrativo.

O dono do albergue voltou a atenção ao brasileiro que então sem sucesso esforçava-se para uma conversa com a criança. Estevão ouviu que o homem falava com ele, ou teria ouvido, mas o significado das palavras lhe fugiu e a cabeça procurava no idioma local a pergunta que súbito lhe havia ocorrido.

— *Has conocido a una mujer... argentina, pelo corto así, como...* — e ergueu a mão feito indicasse a altura do cabelo, depois a altura da mulher, dando-se conta de que sabia mesmo muito pouco e sequer seria capaz de descrevê-la se fosse necessário. Não uma beleza tradicional e talvez fosse certo dizer que não era bonita, não fossem aqueles olhos arredondados e pretos que;

que se pode fazer com descrição assim genérica, *uma mulher bonita*.

Já esperava um estreitar de olhos e pedido de desculpas, mas o dono do albergue completou a descrição em questionamento, certeiro ao afirmar que os cabelos castanhos um pouco encaracolados nas pontas a boca pequena o nariz redondo um pouco amassado. Sorriu em reconhecimento e explicou que ela havia aparecido fazia já pouco mais de uma semana e perguntado sobre um tipo irlandês que teria se hospedado ali quinze dias antes. O nome do irlandês não lhe tinha soado familiar e ele pedia sempre documento: registrava tudo numa caderneta e até mesmo a havia mostrado à moça na ocasião.

— *Pero en junio y julio hay muchos huéspedes y no me alcanza el tiempo para charlar con ellos.*

Estevão concordou ainda que não pudesse acompanhar tudo o que lhe era dito: o sujeito abandonava o espanhol mais ponderado que não era qualquer forma sua primeira língua.

Un tipo irlandés, sí?

— Patrick Doherty — Estevão disse.

— Patrick, *ya. Qué hizo?*

— *Desapareció.*

Parecia engraçado pensar assim. Um desaparecimento era o não-feito, mas também o mais pertinente dos motivos para que as pessoas andassem por aí perguntando por alguém. Estevão seguiu quando o homem gesticulou para dentro de um escritório todo janelas grandes de vidro com vista para o pátio interno. A menina outra vez fugia da vista.

— *Quince días, no?*

E abriu uma caderneta de registros de nomes datas número de passaporte nacionalidade profissão. Apontou a linha em que começava o quinze de junho, duas semanas antes, e davam entrada dois franceses, um casal de australianos e um holandês.

Distraído o dedo sobre os nomes Estevão parou na linha em que o holandês, porque; brocas holandesas qualidade garantida etc. Mera coincidência se eram tantos e de todos os tipos os estrangeiros naquela região da Bolívia.

— *Ella también me preguntó sobre el holandés* — o homem disse. — *Pareció un poco asustada, no sé. Y tú te vas a quedar acá o.*

Estevão ergueu-se, num susto; também o dono do albergue arregalou os olhos em interrogação. Suspeitasse que Estevão não o houvesse compreendido e esforçou-se por formular a frase em português. Desistiu. Murmurou qualquer coisa em francês e encolheu os ombros.

— *No, gracias; en verdad busco al irlandés.* — Estevão disse. — *Pero me gustaría saber sobre el holandés.*

Ora, sim, por que não; se a empresa de Heitor vendia produtos holandeses e até então não havia motivo para que um holandês gigante e loiro estivesse presente nas reuniões com o grupo senão talvez se certificar de que o empresário faria bom uso de seu dinheiro.

Mas nenhuma lógica, nenhuma explicação para o interesse da argentina em um nome desconhecido que certamente não o mesmo nome do tipo na reunião em São Paulo. Rudolph Van Dyck; *holandés*; *profesor*. Olhou a data de saída registrada na caderneta: dezesseis de junho. Chegou num dia, saiu no outro. Coisa comum, o homem ainda disse: esses tipos mochileiros ficam um dia em cada cidade. Não haviam conversado senão o necessário e combinação de valores; tinha espanhol perfeito quase sem vestígio de sotaque e não fosse o rosto tão europeu podia-se dizer que era sul-americano chileno ou argentino ou gringo residente há muitos anos tal como era ele o dono do albergue: belga de mãe italiana casado com uma espanhola e na Bolívia havia mais de vinte anos.

Belga! — uma pausa no raciocínio para calcular as probabilidades de se procurar um médico irlandês num albergue de nome italiano etc. Estevão não pôde evitar o desvio, mas vinha aquele desfile de nacionalidades e batia um desânimo, outra vez.

Que interessava à moça argentina um holandês?

— *Has visto la argentina hoy?*

— *Hoy? No, la he visto hace tiempo, algunos días.*

Estevão agradeceu. Quis ainda saber se algum dos hóspedes havia conhecido o holandês e fez que não entendeu a expressão meio aborrecida do belga, devolveu a careta com um sorriso e o manteve fixo enquanto o outro voltava à caderneta de registros e conferia se algum dos nomes permanecia no albergue desde o dia quinze de junho.

*

— Que aconteceu, Estevão?

A pergunta veio quase num sussurro, feito alunos no fundo da sala para não chamar a atenção do professor. Renato e Helena ainda discutiam datas e possibilidades e implicações e Beto os observava sem interesse, segurando o queixo com a mão.

Estevão sem perceber fazia mímica da posição do pai, o corpo afundado na poltrona. Repassava na cabeça o que lhe havia acontecido pouco tempo antes: a correria pelas ruas estreitas e escuras as palavras em espanhol um pouco de inglês e;

nada parecia fazer sentido.

Que ele sabia sobre investigação como aquela? Certo haveria procedimento correto, uma lógica própria. Engano de Heitor imaginar que precisava de quem compreendesse a *lógica de uma expedição de pesquisa*. Era trabalho de detetive, juntar pistas montar quebra-cabeças e tirar conclusões. Olhou Dante que ao seu lado parecia ainda menos interessado na conversa de Helena e Renato.

Que podia fazer? Deixar de confiar, guardar para si as informações e seguir incapaz de tomar atitude? Via era o olhar de tédio e desprezo do pai: desiludido da competência alheia, da competência do filho, convencido da desnecessidade de se empenhar quando era certo que o médico estava morto ou fugia;

e se fugia não era problema deles.

Podia confiar em Dante?

Dante, de todos os presentes: o tipo que havia destruído a carreira depois de brigar com um biólogo e dizem ainda que lhe teria quebrado umas costelas.

Devesse então pensar na própria carreira e a expedição fracassada e ora, por que alguém haveria de confiar nele?

Tirou do bolso o pedaço de papel que o recepcionista do hotel lhe havia entregado quando voltou; a letra de forma cuidadosa em caneta azul. Viu que Helena o olhava mas se fez desentendido, pôs o bilhete na mão estendida de Dante e esperou por uma reação.

No era Rudolph Van Dyck.

Patrick estuvo acá.

¿Qué querés?

¿Qué quiere Heitor?

No se puede confiar en cualquiera.

Depois o inevitável questionamento silencioso, um erguer de sobrancelhas e prender um pouco a respiração, feito quem diz *que porra é essa* ou algo igualmente educado. De Estevão a resposta também só o olhar e *a merda é ainda maior* ou *vá vendo que isso não é nem o começo da encrenca.*

— Alguém quer alguma coisa para beber? — Dante enfiou o bilhete no bolso do agasalho e levantou-se.

Renato lhe sorriu e disse que ia bem um pouco de água *já estamos falando há tanto tempo*. Estevão seguiu atrás de Dante até saírem da sala comum do hotel e escapando aos olhares do recepcionista — mui simpático mui curioso mui intrometido os ouvidos no jogo de futebol pelo rádio os olhos em tudo que lhe cruzava a frente — puseram os pés do lado de fora na calçada escura.

— Foi a argentina — Estevão disse.

— Ela te entregou isso?

— Entregou a uma menina de uns seis ou sete anos, filha de uma funcionária de um albergue na rua de trás. A menina deixou o papel com o recepcionista do hotel.

— Disse seu nome?

Estevão pediu de volta o bilhete e mostrou no verso o nome *Estevão Tavares*. E que havia visto a mulher conversando com a criança antes de sair correndo, mas certo que enquanto Estevão a perseguia a menina cumpria a tarefa, voltava sem pressa ao albergue e juntava-se ao grupo que discutia o primeiro jogo da Copa América e as chances da Bolívia frente ao grande Lionel Messi e a Argentina jogando em casa.

Houve um murmúrio de espanto fazendo eco por toda a rua, e Estevão interrompeu-se. Alguém na distância gritou *gole!* e também do hotel vinha uma agitação.

— Gol da Bolívia — Dante disse.

— Será?

— Um a zero.

Estevão deixou-se distrair por medir a improbabilidade de um gol boliviano num jogo de estreia na casa dos argentinos, mas. Dante não parecia muito surpreso ainda que inevitável um sorriso de moleque porque as expectativas. Meteu a mão no bolso do casaco e tirou de lá o isqueiro e o maço de cigarros. Aproveitou o silêncio para acender um. Ainda o vento gelado que vinha sorrateiro e encanado pelo desenho regular das ruas no centro de Sucre.

— Ela esteve no albergue perguntando sobre Patrick há alguns dias. Hoje estava falando com a menina na porta quando me viu, e saiu correndo. Fui atrás, mas.

Mas.

— Patrick esteve nesse albergue?

Estevão ergueu o bilhete e deu de ombros. Podia dizer que sim, claro, óbvio; as evidências e. Obrigava-se a duvidar de tudo, principalmente da própria capacidade de dedução que não era o momento para se precipitar.

— Quem é Rudolph Van Dyck?

— Um holandês que deu entrada no mesmo dia em que Patrick teria dado entrada, segundo o que a argentina disse ao dono do albergue.

— Cacete.

— Vai ficar pior.

Ou desistir de tudo devolver o adiantamento dizer a Heitor que não queria nada com aquela história. Voltar à vida de fugir do gerente do banco trabalhar de madrugada encher a cara uma ou duas vezes por semana dormir três horas por noite.

— Quando a argentina viu o nome do holandês, parece que se espantou. O dono do albergue me indicou duas pessoas que estavam ali desde o dia quinze, quando esse holandês chegou. Ele foi embora no dia seguinte, mas esses dois estão viajando há meses, não estão com pressa. Um casal; conversei com eles. Vê: eram holandeses.

— É uma invasão.

— Uma coincidência filha-da-puta.

Dante tomou de volta o bilhete. *Qué querés?*

— Me disseram que não sabiam de nenhum holandês — Estevão continuou. Mantinha os olhos em Dante, em esforço para não se distrair com a fumaça do cigarro, a voz ainda quase em sussurro desconfiado. — Que se lembram de um tipo meio calado que chegou no dia quinze, quase não saiu do albergue e trocou algumas palavras com eles em inglês. Que tinha um sotaque um pouco britânico.

— Britânico.

— Loiro, alto, branco.

— Gringo *standard*.

Qué querés?

— A gente pode voltar com a foto de Patrick — Dante sugeriu, e a sugestão ecoou na rua escura e vazia e no silêncio que se seguiu, e no olhar desencontrado de Estevão porque era enfim o que precisavam fazer, em vez de se reunir na sala comum do hotel e discutir datas e detalhes sem sair do lugar.

Qué quiere Heitor?

Que a argentina conhecesse Patrick, e também procurasse por ele, mas.

Estevão hesitou.

(A gente pode voltar.)

Os olhos pararam na porta do hotel. Concentrando-se era possível ainda ouvir os murmúrios animados de quem acompanhava o jogo porque um a zero para a Bolívia contra a Argentina de Lionel Messi.

(A gente pode voltar e.)

Estevão fez com a cabeça que concordava.

PÁGINA 10 de 13

El Potosí

Viernes, 18 de junio

UYUNI. *Policía activó unidad de rescate para buscar a un médico que desapareció en el salar.* Unidades de búsqueda de la Policía Boliviana fueron activadas para encontrar a un médico investigador de 47 años que fue reportado como desaparecido en Coqueza desde el pasado fin de semana, informaron el miércoles las autoridades policiales.

El informe fue proporcionado por uno de los jefes policiales encargados de la seguridad ciudadana y de tránsito vehicular afincado en la población de Uyuni, quien dijo que las pésimas condiciones del tiempo y la nieve han impedido inspeccionar todos los lugares.

Los investigadores adjuntos presentaron la denuncia ante la Policía de Uyuni, una vez que el médico irlandés no retornó al sitio de investigación, de donde salió a Uyuni en un jeep la mañana del domingo. De acuerdo con el informe, él estava a investigar los cactos corales de Coqueza desde abril.

El jefe policial subrayó que las últimas semanas cayeron intensas precipitaciones pluviales sobre el salar de Uyuni que registró un cielo con negros nubarrones, lo que dificultó la visibilidad y también ocasionó problemas para los turistas. Anotó que ahora la Policía recaba mayores detalles sobre el médico y el ocurrido.

(a noite inquieta depois de esforçado empate entre Argentina e Bolívia e a animação inevitável com o que teria sido derrota do favoritismo e esperança renovada, mas a reunião interminável e o tédio;)
Sucre, ainda.

Não seria preciso insistir em palavras se já no silêncio concordavam. Então Helena e Renato que discutiam o melhor percurso e estratégias de investigação enquanto Beto etc. Dante teria lhes trazido as garrafas d'água e voltado a ocupar seu lugar no sofá e Estevão na poltrona a mão no queixo o corpo afundado. Enfim tinham um ponto de partida e para o inferno com as tecnicidades ou uma notícia de jornal retirada do periódico de Potosí ou Oruro ou anotações sobre propriedades anestésicas de um cacto com espinhos de pontas brancas.

— E se ele esteve mesmo aqui? — Estevão perguntou, quando na manhã seguinte escaparam durante o café e na rua antes que Pedro lhes informasse o horário da partida.

— Saiu de Uyuni e tomou o rumo de Sucre.

— Pode ter seguido a Santa Cruz.

— Ou a Oruro e La Paz.

— De qualquer forma é perda de tempo seguir até a droga de um povoado na borda do deserto se o médico já está longe.

Insistência de Helena quando mais de uma vez nas poucas ocasiões em que Beto se atreveu a abrir a boca para indignado manifestar a falta de lógica do planejamento. Voltar ao começo, conversar com os habitantes do povoado, descobrir os contatos de Patrick em Uyuni etc.

— De qualquer forma ele pode estar em qualquer lugar — Dante disse, e acendia o primeiro cigarro do dia.

— Menos em Uyuni.

— Não deve estar em nenhum lugar entre Uyuni e Sucre.

Estevão tirou do bolso o celular para conferir os mapas gravados no cartão de memória. Entre Sucre e Uyuni havia Potosí e talvez alguns povoados menores. Era a estrada pela qual seguiriam e única estrada possível senão uma volta pela estrada que de Uyuni ia a Oruro e La Paz, e que se bifurcava em algum ponto a oeste e permitia que se voltasse para Potosí. Estevão parou de andar um pouco pela incapacidade de coordenar os passos e os olhos fixos na tela do telefone, mas também porque lhe parecesse necessário organizar o pensamento.

— As opções de estrada são limitadas — disse.

O sol forte se anunciava por entre as construções apesar do vento gelado.

— A estrada entre Sucre e Santa Cruz é péssima; poucos turistas encaram — Dante disse. — Mas a gente não sabe o quão gringo é esse médico. Um tipo que se mete a pesquisar cactos na borda do deserto e faz experiências com camundongos e...

— Chapas aquecedoras?

— ... pode não ser o melhor exemplo de sanidade.

Dante estava impaciente e já alguns passos adiante, quase na esquina. Estevão queria acreditar que haveria algo de óbvio na relação entre uma argentina e um irlandês que se faz passar por holandês num albergue em Sucre. *Produtos originais da Holanda. Qualidade garantida.* Uma empresa de representação que vende peças para indústria e um médico que pesquisa o potencial analgésico anestésico de um cacto mutante na Bolívia.

— Estevão, por favor.

Também mais uma noite em claro, inevitável outra noite em claro e se não dormia em casa em sua cama por que haveria de dormir em cama estranha depois de.

Indicou a esquerda e tomaram o rumo do albergue. O belga os recebeu, mas todo o resto um silêncio nem sinal de nenhum hóspede. Um gato siamês estava deitado preguiçoso no único pedaço de sol do pátio interno. Estevão se lembraria de um comentário da menina holandesa no dia anterior: que o gringo havia ficado a maior parte do tempo confraternizando com Mitzi, o gato siamês. Dante tirou do envelope a fotografia de Patrick e a mostrou ao dono do albergue.

— *Sí, es el holandés, me parece.*

— *Seguro?*

— *No, pero me parece que.*

— *Y el holandés tenía pasaporte? Lo viste?* — Dante quis saber.

— *Sí, claro. Pasaporte holandés. De esto estoy seguro.*

Dante ainda perguntou se o homem havia chegado a pé ou de jipe. Isso o belga não sabia responder, mas garantiu que o holandês não lhe havia mencionado nada sobre um jipe, e havia chamado um táxi para ir embora. *Lo hice yo*, disse, um pouco impaciente com o interrogatório, aborrecido talvez com a ideia de que os dois brasileiros duvidassem de sua palavra. E por que afinal teria um jipe, se era típico turista mochileiro calças listradas o rosto cor-de-rosa queimado pelo sol forte do altiplano boliviano.

*

A caderneta não parecia capaz de lhe dar qualquer resposta, e mesmo aqueles papéis no envelope pareciam pouco úteis senão a fotografia do médico que Estevão meteu no bolso do casaco. Patrick havia estado em Sucre e a confirmação do dono do albergue era também dar realidade à investigação, fazer do médico pessoa de carne e osso.

Estevão olhou outra vez as anotações: "*Heitor – holandês (sócio) – Patrick – esposa de Patrick (amiga de Heitor) – argentina*" e riscou "de boné vermelho" porque parecesse então comentário impertinente. Acrescentou sob "*Patrick*": "Rudolph Van Dyck (holandês)" e um ponto de interrogação porque vá saber se o tipo existe ou só um nome num passaporte. Pensou em escrever que Patrick gostava de gatos, mas *devo estar exagerando* não era o caso de se perder em detalhes. Completou com "*jipe?*" e circulou a palavra com um traço incerto. Dante na cama do outro lado do quarto terminava de fechar a mochila ele também perdido em seus pensamentos.

— Não vamos falar com.

— Não — Dante fez até arregalar um pouco os olhos.

— Mas estamos indo na direção errada.

Dante apoiou a mochila no chão ao lado da cama e enfiou o boné na cabeça. Já o sol alto e o frio dispersado.

— Não confio em Helena nem em Renato e você e seu pai não se falam. Não vamos falar com ninguém.

— Por quê? Você não conhece nenhum deles.

— Por isso mesmo.

— Também não me conhece.

Dante deu de ombros. Meteu as mãos nos bolsos do casaco e talvez dissesse que *não tive escolha*.

— Renato é amigo de meu pai — Estevão insistiu.

— Por que você e seu pai não se falam?

Pergunta insistente e Dante o encarou feito fosse algo importante a ser levado em conta. Estevão quis pôr a mochila nas costas e sair do quarto, juntar-se ao grupo e já quase dez horas precisavam sair o quanto antes. A viagem era longa e chegariam em Uyuni quase de madrugada. Que diferença fariam seus motivos ou os motivos de seu pai — todos eles os motivos de seu pai.

— Soube da expedição Gatto?

— Claro que soube. Não acredito que tenha sido isso; uns erros de cálculo e seu pai não fala mais com você?

Estevão ergueu a mochila e a pôs nos ombros. Apertou a barrigueira a enfiou as mãos nos apoios das alças.

— Não fui eu.

— Como assim?

— Não errei nenhum cálculo.

— Mas a história que saiu na imprensa.

— Foi ele.

Era quase cômica a expressão confusa de Dante, mas de Estevão não restava nenhum vestígio de bom humor. Sentia-se um pouco traidor. Acordo tácito entre ele e o pai que a real sequência de fatos e falhas e erros e decisões ficaria entre eles porque. Ora, que acordo era aquele: se Beto havia ficado tão decepcionado a ponto de cortar relações de pouco lhe adiantava o esforço por não tornar a decepcioná-lo. Grande merda de acordo, sim? Quis dizer a Dante que engolisse a falsa surpresa porque de ego inflado ele entendia muito bem e quero ver encontrar justificativa para sair no braço com biólogo no meio de expedição de pesquisa.

— Mas por que você.

— Isso é problema meu.

— Claramente.

E Dante já cerrava os punhos, não tanto por vontade de atacar, muito mais porque a possível necessidade de se defender. Estevão apertava com força os apoios de mão nas alças da mochila grande e fazia o que sabia fazer melhor: engolir o orgulho aceitar a situação procurar saída mais conveniente.

— Não vou brigar com você — disse.

Dante relaxou os músculos e sorriu. Estendeu o braço para um aperto de mão e fez desaparecer o sorriso, súbito muito sério. Não um cumprimento, mas acordo firmado. Estevão deu um passo adiante, apertou a mão do colega e mais uma vez não sabia bem com o que concordava.

— E o jipe? — perguntou.

— Deixado em algum lugar entre Uyuni e Sucre.

— Potosí?

— E por que não aqui mesmo?

Estevão sentou-se na beirada da cama. A pergunta de Dante soava quase retórica, quase fosse óbvia a resposta e ele não quisesse se dignar a respondê-la. Mas mesmo Dante mantinha estampada a expressão de dúvida, e talvez não tivesse tanta certeza de suas próprias ideias. Abriu a boca para falar, hesitou, desistiu. Ergueria a mão para um gesto que não aconteceu. As palavras escapavam pela janela aberta sem cerimônia e Estevão pensou que mais um pouco e teria mesmo vontade de acertar a cara do outro com um soco bem medido.

— Calça listrada, mochila, típico turista gringo — Dante disse, enfim.

— E como médico pesquisador você imagina que.

— É provável que fosse um tipo mais discreto.

— Em algum lugar ele passou por essa transformação.

— Porque está se escondendo.

— De quem?

— Por ora isso é o menos importante. Vê: a gente poderia rodar toda a cidade atrás dessas lojas para turistas e ver se alguém reconhece Patrick, e na verdade isso seria bem pouco produtivo porque para esses bolivianos temos todos a mesma cara. Mas se ele apareceu no albergue todo fantasiado e com passaporte falso, me parece pouco provável que tenha comprado essas roupas aqui.

— Depende: ele está se escondendo ou fugindo?

Dante sorriu. Sacudiu a cabeça numa lenta afirmação e os olhos brilharam com o raciocínio que tomava forma.

— Fugindo, é claro — respondeu.

— Comprou as roupas em Potosí.

— Pela cronologia da coisa toda, acho mais provável.

— *Provável* não resolve nosso problema.

Dante trouxe a mochila para as costas e apertou a barrigueira. Ajustou o boné na cabeça e enfiou as mãos nos bolsos da calça. Estevão pensou que havia enfim começado a expedição de busca pelo médico desaparecido.

E havia começado muito mal.

Estrada Sucre—Potosí; Potosí, la ciudad más alta del mundo.

— Bem vindo ao altiplano — Renato disse, com um gesto preguiçoso de cabeça numa direção genérica para além da janela.

No jipe estava quente, embora por uma fresta da janela de Pedro entrasse uma brisa gelada e cortante. Beto ia no banco da frente, depois Renato e Helena. Dante e Estevão em silêncio no banco traseiro.

Era: a estrada e a imensidão daquele cenário plano e sem fim, interrompido vez ou outra por um morro no mais estranho dos formatos, feito houvesse emergido da terra algumas horas antes. O céu azul quase sem nuvens. Antes o zigue-zague de contornar as montanhas e *curva pronunciada a izquierda* etc. O vento pela fresta da janela e o sol, as cores pálidas que gritavam deserto.

À direita surgiria uma linha de trem paralela à estrada. As casas feito blocos da mesma cor da terra, feito não houvesse ninguém morando por ali. Mais uma hora e entravam no que parecia um vestígio de cidade, periferia abandonada: as casas sem reboco todas de um laranja acinzentado a mesma cor da terra da poeira da cara das pessoas que passavam apressadas feito não estivessem a quatro mil e tantos metros de altitude. Passaram por um posto de gasolina e o jipe tomou à direita numa rampa íngreme e inclinada para o lado, boa para fazer tombar um ônibus. Seguiram ladeira abaixo até voltar ao asfalto, mas o cenário não mudou. Estevão buscou no banco da frente os olhos de Renato que observava a paisagem já não tão certo do que via. Era mudança em relação às casas coloniais e coloridas do centro de Sucre, mas ainda nada de novo em relação ao que já haviam visto na periferia da cidade, quando saíram do aeroporto. Que se esperar de Potosí, uma vez a cidade mais rica do mundo, ou.

— Fazemos uma pausa — Pedro disse. — Depois seguimos a Uyuni para chegar antes de meia-*noche*.

O jipe continuou a descida por ruas cada vez mais estreitas até que pudessem reconhecer a cidade propriamente dita. Menos as casas sem reboco, mas nem tanto. A largura das ruas fazia do trânsito o inevitável, bastasse um apressado ter a infeliz ideia de fechar um cruzamento. Outros minutos e pararam próximos ao que devia ser a praça central da cidade.

Pedro desligou o motor e disse que precisava resolver uns negócios; em uma hora retomariam a viagem. Helena o olharia desconfiada, mas um sorriso meio cínico e concordou com a cabeça. Fora do jipe um frio seco.

— Andem *despacio* — Pedro disse, exibindo o espaço entre os dentes. — *Esta es la* cidade *más alta del mundo*. Não vá se perder.

E não esperou resposta: subiu o zíper do agasalho. A cidade que antes a mais rica, a cidade mais alta do mundo. Também o deserto de Uyuni *el salar más grande del mundo*. Fosse mania de grandeza ou necessidade de compensação, mas Estevão não deixou que isso lhe ocupasse o pensamento por muito tempo; subia-lhe um mal-estar que por questões de lógica atribuiria à altitude, mas.

Dante lhe tomou o cotovelo e disse que *vamos*, ladeira abaixo antes que Estevão pudesse ver aonde iam os outros três.

— As perguntas certas — Dante disse.

Só os dez primeiros passos um pouco apressados foram o suficiente para que sentisse a necessidade de diminuir a velocidade. Tomou Dante pela barra do casaco e pelo amor de deus que não estamos passeando à beira-mar. Dante obedeceu, respirou fundo, ele também um pouco sem ar.

— Por que cinco pessoas que não trabalham mais na área se a Heitor interessa a visão de quem conhece uma expedição de pesquisa e a lógica de um pesquisador. — E a pergunta nada tinha de interrogativa, apesar de. Continuaria, a velocidade reduzida, mas os olhos atentos como se soubesse o que estava procurando. — Por que não dizer tudo o que sabe se ele quer encontrar o maldito do irlandês e está gastando dinheiro com isso. Por que não deixar que a gente converse com os outros membros da equipe. O que aconteceu com os membros da equipe. Quem são essas pessoas. Onde elas estão?

Parou de falar para retomar o fôlego. Estevão procurava; o quê? Não sabia sequer aonde estava indo. Dante entrou numa rua de pedestres à direita. As casas tinham quase todas uma varanda fechada que se projetava para fora. Arquitetura vestígio dos tempos em que a cidade era mais rica e não tanto a falta de reboco da periferia. Coerência arquitetônica não era o forte daquele país, Estevão pensaria, segurando a vontade de pegar do bolso o telefone celular e tirar algumas fotos. Haveria tempo para aquilo, se Dante parasse com o mistério e explicasse logo o que tinha em mente.

— Quem é esse Renato? — perguntou.

— Amigo do meu pai, amigo da família.

— Amigo da família?

— Eles viajavam juntos com um grupo de alpinismo. Acho que ele chegou a trabalhar como instrutor, mas já acompanhou algumas expedições de pesquisa.

— Você confia nele?

— Ele é amigo do meu pai.

— Você disse que ele é amigo da família.

— É modo de dizer. Lembro dele, acho que conheceu minha mãe.

— Conheceu?

— Minha mãe morreu quando eu nasci.

Dante lhe lançou um olhar curioso, mas logo estreitou os olhos e voltou a atenção para a multidão que os rodeava. Era fácil identificar os turistas pelas roupas e pelo tipo físico, todos que caminhavam muito mais vagarosos do que os apressados bolivianos.

— Olha, Dante: o Renato é chato, não tenha dúvida. Mas ele é muito adepto do bom mocismo para estar metido com.

— E Helena?

E Helena? Uma agência de turismo na Bahia e um sotaque híbrido desses que marcam as regiões mais mestiças do país.

Por que ir atrás de alguém na Bahia?

Por que ir atrás de um instrutor de voo em Sorocaba, um instrutor de alpinismo professor aposentado, um maluco capaz de perder a cabeça a ponto de quebrar ossos alheios numa briga, um ex-navegador com a reputação no buraco?

(Por que nós?)

Mas vê, Estevão, que talvez seja exagero julgar Dante pelo tamanho de seus braços ou a cabeça raspada feito ex-presidiário. Tantas as camadas de roupa naquele frio das três da tarde que Dante parecia tão somente um cara grande, meio acima do peso. Que Estevão podia saber sobre o que se passava naquela cabeça esquisita, ou sobre como funcionava a lógica de alguém que não sabe viver sem um pouco de adrenalina.

Não?

Que dizer daqueles meses de tédio em São Paulo, caminhando sem rumo pelas ruas do centro ou dos Jardins procurando;

o quê?

Dante parou num movimento brusco. Esticou o braço para deter o colega e respirou fundo para buscar o ar que lhe faltava. Estevão fez o mesmo, pensando que aquele começo de náusea devia ser também um pouco de fome, embora não tivesse vontade de comer. Adiante viu o guia Pedro que conversando no telefone celular entrou no que parecia uma loja de serviços impressão fotográfica e conserto de câmeras com um nome bem pouco explicativo Também uma placa anunciava o câmbio de dólares.

— Você está ficando paranoico — Estevão disse.

— Estou?

— Estamos procurando agulha no.

— Claro que ele pode estar só querendo trocar uns dólares.

Dante o sorriso irônico.

— Ele disse *não vá se perder*, Estevão.

— E daí? Você disse a mesma coisa quando.

Parou, a boca semiaberta em súbita epifania e sentir-se estúpido porque o mal-estar inicial não a altitude, mas o cérebro se esforçando por lhe dizer algo. Quis pensar que, ora, coincidência, e afinal Pedro sabia muito mais português do que se poderia esperar do boliviano médio acostumado ao turismo. Quis também lembrar de que haviam conversado antes que ele saísse do hotel e desse com a argentina na porta do albergue. Não haviam entrado em detalhes senão Estevão desviando de comentários inconvenientes e Dante perguntando sobre o táxi.

— Que merda.

Pior ou melhor — ou talvez não coubesse ali um julgamento — seria aparecer na outra ponta do quarteirão a argentina: a expressão alerta o telefone celular junto à orelha toda encolhida num casaco cinzento mas o gorro vermelho; e os viu, como se já estivesse procurando por eles, arregalou um pouco mais os olhos e trancou o passo. Estevão deu um passo adiante, mas a mão de Dante num gesto pouco delicado em seu ombro o manteve no lugar.

— Não vai correr — disse. — Ainda temos pelo menos cinco horas de viagem e se você correr, vamos ter que parar a droga do jipe cada quinze minutos para você vomitar.

Porque, claro. Mesmo a caminhada apressada e já sentia um princípio de náusea para além do fôlego curto. Obedeceu; a mulher manteve-se imóvel na outra extremidade da galeria. Podiam ver que falava ao telefone, que sua boca movia-se sem muita segurança, mas não demorou a desligar, guardar o aparelho no bolso do casaco e arriscar alguns passos para trás.

Sumir atrás da esquina.

— Não é possível — Estevão murmurou.

Também Pedro saía da loja e olhava para os lados, e foi o tempo de Dante mais uma vez tomar o cotovelo de Estevão e adiantar-se na direção do guia com um sorriso debiloide. Pedro parecia sério, mas havia ali qualquer indício de cumplicidade. Acenou aos dois com um gesto curto de cabeça.

— Estamos procurando algum lugar para comer — Dante disse, e Estevão teve um pouco de raiva. Deixar-se arrastar por aquele tipo metido a detetive de novela e mais ainda confiar nele, deixá-lo tomar as rédeas de uma investigação sem que sequer soubessem o que estavam investigando.

A expressão enigmática do guia que um pouco aborrecido um pouco a simpatia habitual embora mantivesse bem escondida a janela do dente que lhe faltava. Perguntou o que tinham em mente e explicou o caminho a uma lanchonete onde poderiam encontrar *buenas salteñas*, sim? E melhor mesmo era não comer demais, porque ainda a viagem, ainda as muitas curvas e acabamos de chegar só o caminhar nessa altitude pode fazer um pouco mal.

*

Estevão havia pedido para ir no banco da frente porque sentisse certo mal-estar. Em sua cabeça era desculpa para observar mais de perto o guia Pedro, mas bem verdade que a náusea crescia, acompanhada de um pouco de dor de cabeça e a sensação de que havia corrido algumas voltas ao redor de um campo de futebol depois de um almoço pesado. Beto cedeu o lugar sem objeções nem resposta positiva ou sim, claro, sem problemas; nada. Pedro ligou o motor e manobrou sem muito cuidado de volta para a rua.

— *Bueno*, que encontrei *el jeep del Irish Patrick.*

Não mais a expressão enigmática e sim sorriso largo vitorioso. Renato inclinou o corpo até se apoiar no banco do guia para perguntar onde como por quê. Também Dante, embora da frente Estevão não pudesse vê-lo muito bem, e talvez mesmo Beto sairia do torpor de indiferença para acreditar que havia algo em que se segurar para seguir em frente com aquela expedição e Helena trocasse a seriedade por um pouco de agitação e enfim o jipe uma pista etc.

— *El jeep* era de *un* conhecido de Patrick. Ele vive em Uyuni, mas vem muito a Potosí porque seu pai tem negócios aqui.

— Heitor sabe disso? — Renato perguntou.

— Um amigo meu conhece o homem que... que voltou com o *jeep* a Uyuni — Pedro continuou, sempre mui cuidadoso com o português. — É outro conhecido de Patrick, *un tipo* que sempre viaja de uma cidade a outra. Patrick lhe disse que voltasse com o *jeep* a Uyuni porque precisava cuidar de outros problemas.

— Em Potosí? — Dante também debruçado no encosto do banco à sua frente.

— *Ya, ya.*

Ainda o trânsito das ruas estreitas de Potosí e o jipe Toyota parecia ali um gigante embora estivesse muito em casa porque os outros carros todos de marcas japonesas e mesmo os micro-ônibus com inscrições incompreensíveis da escrita nipônica. Era contraste curioso porque a distância das culturas, a arquitetura colonial e as ruas com menos de um metro de calçada, as *cholas* que caminhavam insensíveis à altitude com as trouxas coloridas nas costas.

— Onde está o jipe, Pedro? — Estevão perguntou.

— Devolvido ao dono, em Uyuni.

Que a polícia não tivesse as características a placa a cor do jipe ou; que fossem todos os malditos jipes de Uyuni todos iguais e sem a placa que se pode fazer? Estivessem procurando um jipe abandonado nos arredores do deserto, mas claro que *las pésimas condiciones del tiempo y la nieve*. A Estevão parecia no mínimo um pouco irônico que chovesse ou nevasse no deserto, mas.

— Desde...?

— Desde? — Pedro deixou escapar um riso abafado. — *Creo que hace quince o*... dezesseis dias?

— Mas por que ele não disse isso à polícia?

— *Qué? El jeep es su trabajo*, não pode que a polícia *va a*... lhe tomar o trabalho dele, *no*?

Tão razoável a resposta que ninguém teve coragem de construir objeção. Parecia pouco útil que soubessem do jipe se Patrick havia se livrado dele, se não certeza de que o *provável* tornava-se certo: o médico havia parado em Potosí para transformar-se em turista gringo, abandonado o jipe e seguido — de ônibus — a Sucre. E a moça argentina soube onde procurá-lo: dez dias antes estivera no albergue perguntando por ele, e sabia o que significava quem era ou quem devia ser Rudolph Van Dyck. Saberia também que o grupo pararia em Potosí e muito provável já seguia para Uyuni antes mesmo que o guia Pedro assumisse o volante e *encontrei el jeep del Irish Patrick* outra vez com aquele sorriso de moleque que perdeu o dente de leite e aprontou alguma, muito obviamente aprontou alguma.

PÁGINA 11 de 13

La Patria
Lunes, 20 de junio
(Redacción central – Bolivia – Nacional)

Médico investigador irlandés desaparecido. El irlandés Patrick Doherty investigaba los cactos corales de Coqueza, localidad ubicada en la provincia de Daniel Campos, en el departamento de Potosí, a 120km de Uyuni. Los investigadores adjuntos confirmaron que el médico desapareció el domingo, 12 de junio, cuando partió para Uyuni solo en un jeep. Tras una semana de búsquedas la policía no encontró señales ni del investigador ni del vehículo. El jefe policial dice que las búsquedas están interrumpidas pero serán retomadas luego que las condiciones climáticas sean más favorables.

La población de Uyuni;
e o frio.

Que fosse Potosí a mais alta cidade da Bolívia (ou *la ciudad más alta del mundo*) e fosse o frio de Potosí dos mais terríveis, mas tão de passagem estiveram por lá e o sol das três da tarde nem mesmo puderam sentir o frio do altiplano boliviano aquele de fazer nevar em La Paz como anunciava o rádio do jipe antes que se perdesse o sinal. E dentro do carro o calor de seis pessoas respirando se esforçando para manter o olhar na paisagem e não enjoar com as constantes curvas ou a falta de oxigênio. Era noite quando finalmente a cidade ou povoado ou;

Uyuni.

Só a luz do farol do jipe e umas construções simples que àquela hora pareciam todas cinzentas.

Pedro estacionou em frente a uma casa e tocou a buzina.

— *Bueno.*

E sorriu, buscando nos rostos cansados alguma reação. Abrir a porta e o frio gelado daquela região na borda do deserto, e todos encolheram-se nos casacos antes de descer. Era soltar o ar pela boca e nem a fumaça característica do tempo frio. O ar seco de cortar a respiração.

Dante ameaçou acender um cigarro, mas desistiu tão logo o isqueiro falhou a primeira vez. Ninguém falou. Senão *buenas noches* à senhora que os recebeu na casa e *gracias* quando Pedro os ajudou a descarregar as mochilas antes que entrassem. Os quatro homens num quarto e Helena noutro, banho quente *pero no mucho* aos mais corajosos e um jantar requentado de frango empanado com arroz e salada.

Estevão tentou esquecer de investigação paralela e a argentina que surgia nas mais inesperadas das horas.

Não duvidava que já estivesse em Uyuni, ou que houvesse tomado o ônibus seguinte e chegaria de madrugada, ou ainda que.

Ora, jipes. Podia ter tomado outro jipe que nessa merda de país todos se conhecem e emprestam jipes a torto. Estivesse talvez com o mesmo infeliz que havia dirigido a droga do jipe de Patrick de volta a Uyuni, e ele não estava em Oruro, por que estaria em Oruro? Por que acreditar em Pedro ou na argentina ou em Dante ou em qualquer um? Era um trabalho pago e que diferença fazia se.

A dona da casa entrou no quarto com uma pilha de cobertas e as distribuiu nas quatro camas. Disse que *buenas noches permiso* e se retirou silenciosa.

— Vocês dois — Renato disse, depois de tirar as botas e trocas as meias. Nenhum deles pareceu muito disposto a tomar banho àquela altura do.

Àquela altura; pois. Só Estevão que havia perdido alguns segundos em frente à pia depois de escovar os dentes para tirar as lentes de contato que naquele clima àquela hora pareciam feitas de areia.

— Vão dizer o que descobriram? — Renato continuou.

Dante e Estevão se olharam. Sonolência dissimulada e Dante deu de ombros, fez escapar um riso por entre os dentes. Beto também havia trocado as meias e o casaco por outro agasalho para se enfiar debaixo das cobertas.

— Agora não, Renato — Beto disse.

— Isso não é competição, Dante.

Estevão pensou que melhor era assumir o lado dos Tavares se enfiar debaixo das cobertas deixar que os búfalos se enfrentassem. Sentou-se para tirar as botas. Os pés estavam gelados e pertinente também trocar as meias úmidas por um par seco e quente que toda a sensação térmica do corpo ia ladeira abaixo por um pé gelado. Trouxe a mochila grande para cima da cama e também ela gelada feito quando saía do compartimento de bagagem do avião.

— Não tem medalha para quem chegar primeiro — Renato insistiu. — Eu te conheço.

— Não conhece.

A resposta veio quase com um sorriso. Dante havia também trocado as meias e o casaco e cobriu a cabeça com o capuz do agasalho antes de puxar as cobertas da cama. *Agora não, Renato*. Beto fechou os olhos e virou-se para o lado da parede. Estevão quis fazer o mesmo, mas.

— Amanhã a gente começa a conversar com as pessoas que conheceram Patrick. — Renato disse.

— Ótimo — Dante respondeu.

— Precisamos pelo menos saber o mesmo que a polícia.

— E você acha que a polícia sabe alguma coisa?

— Não vamos chegar a lugar nenhum se vocês continuarem escondendo informações.

Dante riu. Concordou com a cabeça e meteu-se sob as cobertas.

— A polícia estava mais preocupada com as condições climáticas do que em encontrar médico desaparecido. Não sei se você notou.

— Isso não quer.

— Não quer dizer nada? Estava nevando Bolívia afora, justo. Mas Pedro sabia que Patrick esteve em Potosí e só contou quando quis. Quem está escondendo informações de quem?

— Está tarde — Beto disse, sem se mover. — Vamos dormir e vocês continuam a discussão amanhã. Pelo amor de deus.

Todos escondendo informações de todos e era a mais ridícula das buscas quando recepcionistas de hotéis lhe entregavam bilhetes anônimos com mensagens crípticas. Estevão olhou o pai desaparecido debaixo das cobertas. Pensar que tudo bem e não estava de todo sozinho, mas. Teimosia do inferno. Apertou os dentes até sentir doer o maxilar e também ele se virou para a parede não quis saber mais quanto tempo os outros dois permaneceriam se encarando até que Renato apagasse a luz e se deitasse sem dizer mais palavra.

*

Pudesse a insônia lhe permitir todas as lógicas possíveis todos os caminhos e bifurcações no raciocínio em espiral obsessiva que não o levava a lugar nenhum. Pedro e a argentina ou um irlandês que se passava por holandês e o belga que havia dito *estoy seguro* e o passaporte; por que não? Mas amarrado em pensamento viciado: o desconforto porque o silêncio do pai, a investigação pelo avesso e a sensação de que eram tão somente marionetes em um jogo maior.

Quando não o raciocínio incansável era a secura do ar ou o frio que nem mesmo as três cobertas resolviam. Silencioso Estevão buscaria a lanterna e meteria os pés noutro par de meias, procuraria na mochila menor o soro fisiológico para aliviar a ardência no nariz e assim de hora em hora até que pudesse talvez dormir por duas ou três horas embora não de forma contínua, até que percebesse a movimentação do lado de fora do quarto quando nem mesmo a luz pela janela pequena e alta.

Desistiria.

Aproveitou para vestir a malha térmica e esfregar os pés sob as meias até que se aquecessem um pouco mais; pôs os óculos que tinham o grau tão fraco quanto as lentes e tornou a vestir a calça e o cachecol e o gorro e o casaco mais pesado, que já havia passado tempo suficiente para desacostumar com tanto frio — ele que alguns meses antes havia pensado que morreria na Antártica. Dessas ironias estúpidas ou porque depois em São Paulo houvesse pensado, num raro surto de otimismo, que ao menos não precisaria mais enfrentar essas temperaturas tão pouco amigáveis e próximas do zero.

— *En verdad no sé hasta cuando, chica.*

A voz de Pedro abafada pelas paredes vinda da direção da cozinha. Estevão fechou a porta do quarto e meteu as mãos nos bolsos do casaco. Parou no começo do corredor e espiou a sala vazia. Houve um silêncio; da rua um murmúrio distante de poucos carros e quase nada de passos. Pela janela vinha uma luz difusa e cinzenta.

A resposta uma voz feminina e as palavras incompreensíveis quase uma lamentação.

— *Pero tienes que intentar.* — Pedro outra vez. — *A lo mejor ellos se dan por vencidos y se van, ya?*

— *A lo mejor nos ayudan.* — E continuou outra vez inaudível.

— *Los dos? No me gustan.*

— *Lo que te gusta no me importa, che.*

Demoraria alguns segundos a se mover ainda incerto. Era; a certeza e a oportunidade, aproximar-se da porta da cozinha e dar com o guia Pedro e a moça argentina os dois encostados no balcão surpresos com a intromissão. A argentina abriu a boca os olhos mirando num relance a porta dos fundos.

— Não — Estevão disse, erguendo as mãos num gesto vagaroso e pedido de trégua. — *No, por favor.* — E porque cedo demais e frio demais para que o cérebro funcionasse em outra língua: — Fica. Não vou te fazer nada. Só quero conversar.

Os olhos da moça buscaram então a porta atrás de Estevão óbvio temor de que mais alguém já estivesse de pé. Ameaçou uma negação com a cabeça, deteve-se, relaxou um pouco os ombros e quase sorriu — quase.

— Quem é você? — Estevão perguntou.

— *Soy Madalena.*

Então o sorriso quase cínico na certeza de que a resposta pouco serviria como explicação. Deu de ombros.

— *Maddy* — completou. — *Patrick me llama Maddy.*

Ou aquela sensação de que devia ser óbvio, de que já devia estar esperando por revelação como aquela. Pensou que tanto pior o prognóstico atualizado da situação ou — não pensaria em palavras tão difíceis, Estevão depois de três horas mais ou menos dormidas e com frio e o maldito ar seco mesmo que nos dias anteriores as *pésimas condiciones climáticas* e chuva e neve. Que se pode esperar de uma região em que se chove no deserto.

— Você é...

— *Sí.*

— E sabe onde está Patrick?

— *No, no sé. Lo estoy buscando también.*

— Mas Heitor disse que.

— *Heitor no lo está buscando. Quiere asegurarse de que está muerto. Patrick no está muerto.*

Pedro quis interromper ou contemporizar e veja bem não precisamos exagerar; Madalena só um gesto curto da mão e a expressão dura para que outra vez o silêncio e a incapacidade de Estevão de compreender o que aquilo queria dizer, o que tudo aquilo podia significar.

— Quem é o holandês? Rudolph Van Dyck?

— *Desapareció también. El otro investigador adjunto.*

— Desapareceu? Como assim? Nenhum jornal mencionou o desaparecimento desse holandês.

As mãos fechadas dentro dos bolsos os dentes cerrados o maxilar dolorido da tensão de uma noite inteira. Veio do corredor um ruído de porta e a argentina arregalou um pouco os olhos.

— Não, você não vai embora. Também estamos aqui para encontrar esse médico maldito e você não vai embora.

— Você está aqui para encontrar esse médico maldito — ela disse em bom português ainda que carregado o sotaque. — Heitor não é estúpido. *Creó un teatro, sabés?*

Outra vez a porta, e passos no corredor, e foi o tempo de virar-se para trás e a argentina arrumaria o cachecol e escaparia pela porta dos fundos. Estevão apertou as mãos dentro dos bolsos até sentir as unhas nas palmas, mas não se moveu. Pedro muito sério se havia virado de costas e mexia nos armários para preparar o café da manhã.

*

— Que você acha?

— Que essa merda de expedição não tem como dar certo.

— *Hola, donde es la avenida Santa Cruz?*

A mulher apontou uma direção genérica à esquerda sem sequer abrir a boca senão para um resmungo incompreensível.

— Sem contar que Renato vai continuar enchendo o saco se for sempre essa a divisão do grupo. De quem foi essa ideia imbecil?

— Seu pai não abre a boca, Renato é uma besta e Helena se meteu a investigar sozinha. Não foi ideia de ninguém. Sobramos.

— Grande merda de grupo.

— Isso não é um grupo, Estevão. Mete isso na sua cabeça. Que foi que Pedro disse?

— Que a argentina pediu ajuda. Que ela contou aquela mesma história. Heitor não quer encontrar Patrick. Quer ter certeza de que ele está morto. Há um holandês desaparecido e ninguém parece se importar com ele. Pedro conheceu o holandês; não gostava dele, não sabia que o homem estava desaparecido. Heitor não tinha contado. Por quê?

— Pedro não gostava do holandês?

— Meu espanhol está uma merda.

— Que isso tem a ver com.

— Olha só: se Pedro sabe mais do que isso, não me contou.

— Mas ele disse que não sabia do desaparecimento do holandês.

— Não sabia do desaparecimento do holandês.

— E agora alguém desse "grupo" — e se não as aspas com os dedos no ar só o tom de voz e já estava clara a intenção irônica — está aqui para garantir que tudo aconteça de acordo com o plano do empresário.

— Isso quem está dizendo é você, Dante.

Os passos vagarosos porque ainda a altitude, embora Uyuni fosse plana até se perder a vista e pelo menos isso, que Potosí parecia ter sido toda construída na diagonal de uma encosta e mesmo Sucre surgia rodeada por um punhado de morros. Uyúni tinha qualquer ar de cidade de velho oeste americano em filme de bangue-bangue — as placas em madeira e a poeira —, não fossem as cores todas muito mais desbotadas e cinzentas.

— Helena ou Renato? — Dante perguntou.

— Renato é amigo da.

— Amigo da sua família! Que eu tenho com isso? Você ouviu aquele maluco ontem à noite, todo desconfiado. — E interrompeu-se mais uma vez: — *Hola, buen día. Donde es la avenida Santa Cruz, por favor?*

A mulher também a expressão bem de poucos amigos, mas impaciente lhes deu as instruções e segue essa avenida por duas ou três quadras e *ya está*.

— Sabemos que Patrick não deve estar morto — Estevão disse. — Não assim tão fácil, se largou o jipe em Potosí para que fosse devolvido ao dono.

— O que cria um problema. Porque se Heitor queria se certificar de que Patrick estava morto, seus planos já começaram a dar errado.

— E o holandês?

— Que a merda do holandês tem com essa história! — Não era bem uma pergunta, senão a constatação de inevitável dúvida.

— Madalena sabe.

— Madalena?

— A argentina. Ela tem que saber.

— Mas não disse a Pedro.

— Por que ela confiaria em Pedro?

Problema era encontrar a mulher quando ela não queria ser encontrada. Ou acreditar que lhes contaria qualquer coisa se. Estevão encolheu-se no casaco, enfiando o queixo no cachecol. Renato e Beto haviam dito que iam conversar com a polícia. Helena havia resolvido dar uma volta pela cidade com a fotografia de Patrick debaixo do braço. Feito quem procura cachorro perdido. A Dante e Estevão a tarefa de procurar o dono do jipe *en la avenida Santa Cruz*.

Encontrariam a avenida, um pouco com a sensação de que alcançavam o fim da cidade. Estevão deixou-se por um instante ficar para trás, tirou do bolso do casaco o telefone celular e mirou o horizonte distante para algumas fotos.

Pareceu-lhe quase mentira que estivesse tão longe de casa e domingo de manhã e mesmo sem dormir acordava cedo e aquele frio. Havia desistido das lentes de contato embora desconfiasse de que os graus dos óculos estivessem ainda mais fracos e tanto tempo não os usava para sair na rua sentia-se um pouco ridículo.

Ouviu que Dante o chamava e guardou o telefone. Apertou o passo para a conversa do colega com uma senhora sobre um tipo chamado Willy López.

Dante agradeceu à mulher antes de seguir pela avenida com as mãos enterradas nos bolsos das calças. Caminharam em silêncio o resto do caminho até uma agência de turismo na mesma avenida em que haviam começado a busca. Que fosse algo a se acostumar: esse andar em círculos. A cidade finita e o horizonte por onde quer que se olhasse. Dois jipes Toyota mesmo modelo vermelhos quase idênticos estavam estacionados logo em frente, um deles rodeado por um grupo de turistas que ajudavam o guia a acomodar as mochilas no bagageiro de cima.

— Willy? — Dante perguntou.

— *Ya?*

— Somos amigos de Patrick.

— *El Irish Patrick, ya? Qué quieren? Ni mismo la policía lo busca más.*

— É esse o jipe que você emprestou para ele? — Estevão perguntou.

O boliviano fez uma careta. Com um salto desceu do jipe e pediu aos turistas em inglês arranhado que esperassem um pouco.

— Emprestou, *ya*? — Willy perguntou, franzindo a testa. — *Hace tiempo.*

E deu de ombros. Abriu a porta do motorista e fez um gesto feito quem diz fique à vontade, mas a expressão de quem diz *vocês estão perdendo tempo*. Dante adiantou-se e sentou no banco, buscando com os olhos qualquer elemento que lhe chamasse a atenção. Estevão fez só cruzar os braços, impaciente.

— *Brasileños?*

— *Sí.*

— *Amigos de Heitor?*

— *Conociste a Heitor?*

— *No.*

Outra vez deu de ombros. Afundou o boné na cabeça e puxou os óculos escuros da gola do agasalho para acomodá-los no rosto.

— Não somos amigos de Heitor — Estevão disse.

— *La chica ya ha visto el jeep.*

Dante parou de inspecionar o porta-luvas e meteu a cabeça para fora do carro. *La chica*; Madalena?

— Ela disse alguma coisa? — Já esquecido da polidez ou do espanhol. Estevão lhe atirou um olhar irritado. — Levou alguma coisa? Patrick deixou alguma coisa no jipe?

O boliviano riu. Sacudiria os ombros ainda outra vez, feito houvesse esquecido as palavras ou demais o esforço para articulá-las.

— Quando foi isso, Willy? — Estevão perguntou, ponderado, pensando talvez que houvesse na dinâmica da dupla qualquer vestígio involuntário de um clichê televisivo.

Dante pulou para fora do carro e meteu as mãos nos bolsos do casaco por obrigar-se a mantê-las longe de encrenca.

— *Mira, no sé lo que buscan, pero no hay nada en el jeep.*

Claro que não haveria, Estevão pensou, um pouco frustrado e mais preocupado com a reação de Dante que já a expressão de bem poucos amigos.

Eram as pistas pela metade, as incertezas. Sentir-se peão em jogo de xadrez, e bem aquele que é movimentado logo no início, aquele que vai ser derrubado na segunda jogada do adversário; marionete em festa de criança, rodeado por músicas alegres e ao mesmo tempo tão sinistras, com aquela aura de terror que os circos antigos sabem criar só com a primeira nota melancólica do acordeão.

Exagero pensar assim, Estevão, se o céu se abria muito azul apesar do frio e do vento, se o sol gritava sua luz branca de inverno e as vozes animadas dos turistas americanos ou ingleses ou. Dante ainda retomou o lugar do motorista, gastou alguns minutos mexendo no porta-luvas e procurando embaixo do banco e embaixo da manta felpuda que cobria o painel para evitar o reflexo do plástico preto no vidro da frente. Tomado talvez por essa sensação de que não só Heitor ou Renato ou Helena, mas também o guia Pedro e a argentina Madalena e quem sabe até mesmo Estevão e o pai — sonso daquele jeito —; todos lhe escondiam algo. Todos, pois: essa sensação tão comum que ataca ainda com mais frequência os tipos mais dados a um excesso de ego e exagero narcisista que era bem o caso de Dante.

Não encontraria nada ou não seria capaz de distinguir o que talvez fosse importante, o que esteve ali todo tempo do que seria vestígio da presença do médico irlandês. Latiu em seguida ao boliviano ao perguntar onde poderiam encontrar a argentina e recebeu como resposta outra vez o sacudir dos ombros. Willy já convocava seu grupo com um *vamos!* meio caricato, prolongando a última vogal como se fosse o apito de um trem velho.

Era bem para onde iam, segundo Estevão entendeu de um dos gringos que pulou para dentro do jipe animado e *the train cemetery*, o cemitério de trens — Willy repetiu em inglês com sorriso cheio de dentes. A Estevão pareceu destino adequado, e estava rindo consigo quando sentiu que Dante lhe tomava o cotovelo e o arrastava para longe dali.

— Você precisa repensar seus modos.

— Boliviano de merda.
— Encontrou alguma coisa no carro?
— Só uma desordem; nem mesmo se.
— A argentina vai tornar a aparecer.
— Como você sabe?
— Ela quer ajuda.

Estevão deteve-se. Buscou com os olhos figura que destoasse das feições indígenas, mas. Não eram poucos os turistas com roupa de trilha, as botas impermeáveis e os casacos para neve. Nenhum boné ou gorro vermelho ou moça de cabelos curtos e olhos negros.

— Vou apertar Pedro contra a parede — Dante rosnou.

— Sim, claro. Que é mesmo a melhor maneira para começar a exercitar a convivência.

— Quero só ver o que ele não sabe. Só agora encontrou o jipe? Estava procurando de olhos fechados? Se ele é amigo de Willy já devia saber muito antes. De que lado ele está?

— Que lado, Dante! Você mesmo disse que isso não é um grupo. Estamos sendo pagos por algum motivo, mesmo que esse motivo ainda não esteja claro. Isso não é filme de bangue-bangue e com certeza não somos os mocinhos.

Ainda que, sim, claro, a cidade de Uyuni toda cenário de velho oeste americano e cercada por montanhas distantes surgindo por detrás do horizonte sem fim. Dante fez que ia contestar: abriu a boca, ergueu a mão com o dedo indicador meio erguido, mas Estevão:

— E ninguém aqui é herói. Sabe o que acontece com os heróis? Eles morrem.

Era Regina falando dissertando resmungando sobre a aula que estivesse preparando para a semana seguinte. Súbita epifania didática quando se ria e forçava a cadeira para trás por buscar os olhos do namorado noivo que se ocupava consertando com *silvertape* algum equipamento para a viagem que faria dali dois dias. Não: Estevão nem sempre entendia o que ela estava dizendo, mas ouvia, sempre ouvia; absorvia as palavras e decorava os versos e às vezes antes de dormir se dava conta de alguma relação entre a fala de Regina e algum trecho de verso decorado na semana anterior, e sabia o quanto ela se alegrava em perceber que ele ouvia, que prestava atenção e mais ainda se interessava e perguntava e noite adentro até chegar o sono às três da madrugada.

Claro, *heróis morrem*, como bem Regina lhe havia ensinado, e como bem Regina gostava de repetir todas as vezes que eles se despediam e Estevão partia para mais uma viagem de trabalho.

Mas era a vez de Estevão de segurar Dante pelo cotovelo e direcioná-lo de volta à agência de turismo de onde o jipe de Willy López já havia saído, e não porque tivesse um plano ou um motivo, mas era também a irritação por deixar-se levar de lá para cá por esse tipo arredio que era Dante. Também não pensou antes de dizer que *veja se dessa vez fica quieto não vá estragar tudo só porque faz tempo que não mete a mão na cara de ninguém.*

Isla del Sol, Bolívia; (até quando?)

Até quando, gringo, até quando?

Ou talvez se perguntasse em inglês me perguntasse *until when*; me perguntava. Já quase uma semana ou cinco dias naquele mesmo *hostal* a parede só o reboco que era bem um avanço em relação às outras construções da parte norte da ilha. Mas o quarto mui arrumado as cobertas coloridas e um espelho com moldura de passarinho no banheiro. Tomava as manhãs para sentar sob o sol na parte de fora de um restaurante de frente para o lago de onde chegavam os barcos. O garçom ou dono rumava por entre as mesas sob um chapéu de abas largas feito cowboy deslocado sem nenhuma pressa e afinal que pressa podia ter se vivia numa ilha no meio do lago Titicaca berço dos incas na borda da Bolívia e nem mesmo sinal de celular chegava naquele lugar. Mal abria os olhos e certo pensava que esses gringos muito brancos todos a mesma cara todos muito iguais. No quarto dia me cumprimentaria com um gesto de reconhecimento; cumprimentou o gringo branco e loiro e mais deslocado do que aquele chapéu velho e sujo na cabeça do boliviano.

Porque a língua escapa quando os momentos assim e já tantos anos morando fora de casa que o inglês lhe parecia língua morta; parecia, pareceria: os turistas chegavam todos os dias quase toda vez no mesmo horário e ocupavam a rua do pequeno porto — se é que se pode chamar assim os três ancoradouros enfileirados e um deles meio capenga com uma parte meio afundada em que tantos os fins de tarde havia visto uma *chola* acomodar-se para lavar roupas na água do lago. Os turistas chegavam todos os dias quase toda vez no mesmo horário e ocupavam a rua com suas mochilas e roupas coloridas todos sorrisos e despreocupação e todos os dias nos mesmos horários ele estava ali sentado no mesmo restaurante os observando; cada um que descia para terra firme quase sempre deslumbrado com a ideia de chegar um pouco mais perto de tão antiga civilização, pisar em território inca etc. Observava as expressões e procurava o que não podia ser visto, o que não podia ser lido. O inglês ecoava, mas também o alemão e o espanhol e o português, às vezes um pouco de russo ou francês ou italiano. Esquecido da própria língua na repetição mecanizada de um *gracias* abafado a cada novo dia e *buen día como estás buenas noches muchas gracias hasta luego*. Medindo nos rostos a ameaça inevitável, a hostilidade que viria, certo que viria.

Questão de tempo (*until when?*) e pensava então que grande merda de ideia se esconder numa ilha; de todos os buracos possíveis daquele país havia se metido a se esconder numa ilha.

Mas.

Quem procura numa ilha? Se nem mesmo os jornais nada ninguém e Rudolph Van Dyck podia muito bem ter sequer existido. Tudo criação da sua cabeça, da minha cabeça, toda essa trama mirabolante e essa paranoia despropositada; tudo invenção, gringo estúpido, fugindo da própria sombra acuado num canto ermo do país feito fosse possível esconder-se em qualquer lugar que fosse, na Ilha do Sol ou em La Paz ou Cochabamba ou numa cabana aos pés da Huayna Potosí.

Uyuni, Bolívia;
(a cidade cinza).

Às vezes acontecem as coincidências ou as contamos porque acontecem, justamente porque acontecem contamos. Porque não tanto um palpite, mas a impossibilidade de permanecer de mãos atadas resmungando em silêncio a ineficiência dos métodos. Fizesse algo, insistisse um pouco mais. Estevão tomaria a frente e conversaria com a dona da agência de turismo a mãe de Willy López. Simpático e sorridente apesar do espanhol falho e das poucas palavras da boliviana que eram como se reflexo das poucas palavras de todos os bolivianos. Dante teria as mãos metidas nos bolsos do casaco e pairava em volta de um aquecedor elétrico antigo e precário.

— *Cuándo el jeep fue...* devolvido?

— Devolvido? *Devuelto, ya? Creo que dos o tres dias, no sé. De todos modos fue antes do que fue acordado. Pero a mi me dijeron que la policía no lo busca más, ni al jeep ni al medico, y que está seguro.*

— Dois dias? — Dante os olhos um pouco arregalados.

— *Dos, ya, dos o tres.* — Resposta impaciente porque, gringo *de mierda, no me estás escuchando?* — *Estaba un poco maltratado.*

— E vai ao Salar com um monte de estrangeiros dois dias depois?

— *Qué? Estás loco?*

A troca de olhares entre Dante e Estevão, que não podiam negar a cumplicidade mesmo na discordância, feito fossem irmãos. A mulher gesticulou com a cabeça e arrastou o corpo gordo para fora da sala, para fora da casa e para uma área externa descoberta. Seguiram; por um corredor estreito até o que parecia um estacionamento não muito espaçoso só três vagas para os jipes e um amontoado de entulho num canto ao lado do portão: uma mangueira seca, brinquedos velhos, uma roda de bicicleta, materiais de construção, tocos de madeira e pedaços da carcaça de uma moto. Das vagas só uma delas ocupada por um Toyota igual a todos os outros que já haviam visto, também vermelho e certo que recém-lavado. A boliviana havia parado no meio da garagem com as mãos na cintura e um gesto pouco explicativo em direção ao carro.

Dante procurou os olhos de Estevão mas não os encontrou; que o outro tão concentrado em fazer funcionar o raciocínio e buscar possibilidades: acreditar talvez que Pedro não havia encontrado o jipe antes porque ele não poderia ser encontrado, mas se Patrick esteve em Sucre havia duas semanas o jipe havia sido devolvido em Potosí pouco tempo antes disso, e o sujeito que deveria ter levado o jipe direto a Uyuni não o fez, porque.

Ou;

quê.

Já eram mais de duas narrativas que não batiam, não se encaixavam, e como saber.

— Estevão.

— Fica aí.

Aproximou-se do carro e abriu a porta do motorista. Por dentro não parecia tão limpo: o pano acolchoado com franjas nas laterais cobria o painel; um odorizador pendurado no espelho retrovisor em formato de árvore de natal, vermelho, com a parte de baixo meio quebrada e as letras em branco *car freshner* e *peachy peach*; a parte entre o volante e o painel estava exposta sem a proteção de plástico, revelando um mecanismo meio enferrujado ou sujo ou os dois. No compartimento da porta Estevão encontrou um saco plástico vazio e uma caneta esferográfica sem tampa.

Empurrou o banco para trás o máximo que conseguiu. Sob ele migalhas e restos do que talvez tivesse sido uma laranja ou mexerica. Fez o mesmo com o banco do passageiro, e também só os vestígios de uma presença incerta, um pedaço de pano sujo e uma caneca de plástico com uma estampa gasta e riscada quase irreconhecível. A caneca estava suja no fundo. O cheiro parecia familiar, mas.

— Dante.

— Que foi?

Dante ali ao lado próximo do carro acompanhando os movimentos do colega.

— Que te parece?

Dante tomou a caneca nas mãos e cheirou.

— Chá de coca?

Deu de ombros. Não lhe pareceu descoberta importante ou talvez lhe houvesse parecido um pouco estranho que uma caneca usada para chá estivesse jogada dentro do jipe, e suja. Preferiu se afastar outra vez, testar a trava do porta-malas e abri-lo sob o olhar da dona da agência, impassível.

Estevão abriu o porta-luvas. Alguns cabos de aparelhos eletrônicos, uma lata vazia de refrigerante, uma caixa de bandeides e outra de lenços de papel, um resto de bloco de anotações um pouco amassado nas laterais. Na folha de cima um rabisco de caneta moribunda e o que talvez fosse a tentativa falha de escrever qualquer coisa. Também a marca em baixo relevo pelo que devia ter sido escrito na folha de cima, antes que fosse arrancada. Estevão enfiou o bloco de notas no bolso do casaco e esticou-se para olhar o compartimento da outra porta. Mais lixo:

embalagens velhas, outro saco plástico, uma tampa de garrafa d'água, uma cartela vazia de dramin.

— *La argentina ha visto este jeep?* — Dante perguntou.

— *Qué argentina?*

Estevão não quis acreditar no resmungo que lhe chegou como resposta. Era tudo mentira, pensaria, tudo armação, tudo encenação no grande teatro de Heitor e ele não tinha condições de identificar os atores naquele emaranhado de respostas atravessadas. Pensaria em Regina, sim, claro, Regina outra vez; e pensaria que quando se participa involuntário de teatro era o caso de identificar se comédia ou tragédia, porque os heróis, enfim.

Que diferença podia fazer aquele monte de lixo espalhado pelo jipe tão cuidadosamente lavado por fora. O interior do carro tinha um odor estranho e terrivelmente familiar, um pouco o resto de chá de coca no fundo da caneca de plástico, ou. Estevão não sabia. Endireitou o corpo. Pegou do chão o pano e o esticou sobre o banco do passageiro, sentindo que lhe fugia um pouco a visão ao perceber que aquelas manchas escurecidas e de um tom amarronzado podiam muito bem ser sangue e; ora, Estevão, que mais poderiam ser, que certo não eram manchas de chá ou de tinta ou mesmo de molho. Resistiu a um instinto meio estúpido de conferir o cheiro do pano, e preferiu devolvê-lo ao chão do jipe.

Não, pensou; pensaria: não sirvo para isso, não sirvo para cão farejador e não sei montar as peças desse quebra-cabeça. Procurou ainda aos pés dos bancos de trás, mas nada. Uma garrafa d'água vazia, outra caneta.

— E aí?

— Nada.

Dante indicou o porta-malas com a cabeça. Havia ali uma garrafa de refrigerante vazia e uma caixa de papelão *aceite comestible mezcla*. Na caixa havia uma manta com motivos típicos rosa e azul e verde.

Nada.

— *Seguro que este es el jeep de Patrick?*

— *Ya. Me lo devolvieron así. Parece bueno, pero el motor está un poco malo y con ruidos. Tampoco esto estaba aquí.*

E apontou um arranhão comprido que marcava toda a lateral direita do carro. Depois também uma marca no para-choque da frente.

— *Qué piensas; yo sé de mis autos.*

Indignada, mas só o gesto de dispensa. Resmungou ainda qualquer outra coisa e arrumou o xale que lhe abraçava o corpo.

*

Dante havia acendido um cigarro o primeiro do dia, mas desistido depois de duas tragadas e uma crise de tosse. Manteve na mão o isqueiro por teimosia.

— Tem um lápis? — Estevão pediu.

— Não costumo andar com esse tipo de coisa.

— Preciso de um lápis.

Adiante em frente à casa Pedro e Helena: os braços cruzados e desentendiam-se. Pedro tinha a gola do agasalho virada para cima ocultando parte do rosto, o boné enterrado na cabeça e quase impossível ver seus olhos ou mesmo perceber que se escondiam atrás dos óculos escuros.

— Para que você precisa de um lápis?

Detiveram-se na esquina. Pedro os viu, ou Estevão pensou que. Helena ainda falava, mansa nos gestos mas agressiva na postura. Despropósito observá-los ou imaginar que poderiam entender o que se passava, tão óbvia dissimulação. Dante tomou a dianteira e lhes sorriu; sorriso dissolvido no silêncio.

— *Qué pasa?*

— Estamos conversando sobre o jipe.

Que o jipe parecesse súbito mais importante do que o próprio médico desaparecido. Pedro os olhou feito quem pede ajuda, mas protegido atrás dos óculos escuros numa máscara sem expressão.

— Me parece um pouco estranho que um jipe devolvido há duas semanas só seja notado agora — ela continuou. — Ou que ele não soubesse de nada, se afinal conhece o dono do jipe, e conhece o tipo que trouxe o carro de Potosí.

Estevão mordeu a vontade de completar o raciocínio com informação nova porque na verdade eram só dois ou três dias e como saber por onde havia andado o maldito Toyota naquele meio tempo. Dante lhe acertou uma cotovelada discreta depois de um passo adiante.

— Alguém aí tem um lápis? — perguntou.

Helena arrumou o cachecol no pescoço e conferiu as horas.

— Quando saímos para o deserto? — ela perguntou.

— Logo seus amigos voltarem, *ya*.

E nem muita certeza naquele *ya* final. Entraram na casa e sentaram em silêncio por alguns minutos até que Helena perguntou da busca pelo jipe e a troca de olhares cúmplices definiu em silêncio até que ponto contariam a verdade e Willy López e o jipe nada que lhes pudesse fornecer qualquer pista sobre o paradeiro do médico escorregadio.

(Ou porque nem mesmo a polícia o busca mais, e todos tão certos de que está bem e não há mais perigo nada com o que se preocupar que merda estavam fazendo ali correndo de lá para cá feito baratas; mas.)

Mas a argentina Madalena que também.

Estevão encontrou um lápis junto à mesa do telefone. Levantou-se com a desculpa de que precisava deitar um pouco porque a altitude e não se sentia bem. Enfiou-se no quarto e tirou do bolso do casaco o bloco de anotações. Raspou bem de leve o lápis na folha de cima, até que fosse possível pelo relevo distinguir algumas letras numa caligrafia monstruosa: SANTIAGO DE HUARI. ENRIQUE DIAZ. EAST BORDER SOCCER FIELD.

— Que é isso? — Dante feito ninja parado na porta do quarto.

— Letra de médico?

E mostrou o bloco de anotações com a folha de cima rabiscada. Dante apertou os olhos como se lhe falhasse a visão.

— Ebat bav... que merda está escrito aqui?

— Uma cidade, um nome, uma direção?

— Isso estava no porta-luvas.

— Se Madalena viu o jipe certo, ela pode ter levado a folha em que isso estava escrito.

— E se viu o jipe errado...

— Tem gente demais metendo o nariz nessa história. Isso não vai acabar bem.

— *Bueno.*

— *Ya, ya, bueno.*

Os sons da porta e veio a voz de Renato acompanhada pelo murmúrio da voz de Beto. Juntaram-se ao grupo na sala para ouvir de Renato *querem ouvir uma coisa curiosa* o tom um pouco forçado ou talvez propositalmente forçado. Estevão precisou guardar as mãos nos bolsos do casaco para não expor a vontade que teve de lhe acertar um soco. Olhou o colega ao seu lado e teve a impressão de que Dante fazia o mesmo.

— Falamos com o chefe da polícia — Beto explicou, sem que os olhos parassem em nenhum dos outros três.

— Nada de curioso nisso — Dante retrucou.

— Conversamos sobre as buscas — Renato continuou, depois de se sentar e esfregar as mãos uma na outra — e sobre a comunicação de desaparecimento por parte dos assistentes de Patrick.

— O chefe da polícia pareceu um pouco surpreso quando mencionamos que eram dois assistentes — Beto disse.

Estevão estreitou os olhos em mímica inconsciente de Helena e Dante. De Renato um sorriso vitorioso porque sim, enfim, claro, *uma coisa curiosa* e vá vendo que ainda nem começamos, playboyzinho estúpido.

— Quem informou a polícia foi uma argentina chamada Madalena, assistente de Patrick. Eles nunca chegaram a falar com o outro assistente. Pelo que entenderam das pessoas com quem conversaram em Coqueza, o homem tinha ido embora no mesmo dia em que o médico.

— Heitor pode saber dele. — Renato disse.

— Se sabe não nos contou — Dante retrucou.

— Naqueles dois recortes de jornal está escrito que o desaparecimento foi comunicado pelos assistentes; — Helena interrompeu, e como se fosse óbvio — está escrito no plural

— Foi o que eu disse a ele — Beto continuou. — Mas ele disse que os jornais deduziram isso sozinhos.

— Os dois jornais?

— O segundo recorte é só uma nota. Devem ter usado as informações do primeiro depois de terem feito meia dúzia de perguntas à polícia.

— Você está chutando. — Dante mantinha a voz bem calma embora quase rosnasse quase sem abrir a boca.

— Você tem um chute melhor?

— Que mais eles disseram? — Estevão interrompeu.

— Que pararam de procurar depois que o jipe voltou para Uyuni, três dias atrás.

De Renato a expressão de quem bate as cartas na mesa: as sobrancelhas erguidas e o olhar buscando Pedro encostado ali na parede perto do corredor. Ele começou a erguer os ombros, mas deteve-se ao perceber os olhares todos e o pedido silencioso transformado em exigência por uma resposta ou explicação. Que houvesse dito *hace quince o dieciséis días*, mas.

— *Qué? A ustedes les dije lo que me dijeron. Qué pasa?*

— Você disse que o dono do jipe é seu amigo, Pedro — Beto disse, feito o professor que explica a bronca a uma criança teimosa.

— *Mi amigo, ya. Willy me dijo que el jeep fue devuelto hace tiempo.*

— Mas não foi.

— *Entonces mintió. Qué me importa?*

Renato levantou-se e Pedro interrompeu-se. Havia cruzado os braços e parecia bem aborrecido com a acusação, ou; que apontassem dedos e perguntassem o que ele não sabia.

Ou irritado que o amigo lhe houvesse mentido?

— Precisamos perguntar a Heitor sobre esse outro assistente — Renato disse.

— Se os assistentes fossem importantes para essa busca eles estariam aqui com a gente. — Helena só o movimento dos ombros e fosse a única coisa que podiam fazer: dar de ombros e *qué me importa* quem se importa por que.

(Se os assistentes fossem importantes.)

(*Desapareció también. El otro investigador adjunto.*)

Nem a polícia e parecia mesmo despropósito pensar que o outro assistente lhes traria qualquer informação pertinente a não ser que.

(Heitor não é estúpido. *Creó un teatro, sabés?*)

Não explicava por que Madalena não havia informado à polícia o desaparecimento do outro assistente o holandês Rudolph Van Dyck, ou ainda muito menos por que Patrick andaria por aí com o passaporte do homem, fosse ele verdadeiro ou falso. Beto e Estevão os dois mastigando sem perceber a parte de dentro da boca.

— *Bueno*. Vamos?

Que Pedro bem pronunciava direito o 'v' quando lhe convinha forçar o português.

*

— Preciso falar com a argentina.

Pedro organizava as caixas de papelão no porta-malas estreito do jipe. Também dois sacos plásticos com refrigerante e água. Outra vez escondido atrás dos óculos escuros de armação verde de plástico nem vestígio do que antes havia parecido ser um sorriso costumeiro e não tanto porque tivesse vergonha do dente ausente. Deteve-se para olhar Estevão, depois a porta da casa, outra vez Estevão e.

— *Mira, chico, no sé si.*

— Diga a ela que preciso falar com ela. Acredito nela, mas se ela quer minha ajuda precisa também me ajudar.

Na afirmação todas as perguntas que queria fazer embora já as soubesse sem resposta. Perguntava-se também se Pedro não era só mais um peão naquele jogo de sombras, só mais um ator naquele teatro; marionete, marionetes.

Que parte dele não quisesse se importar, que o pagamento e a quitação de tantas as dívidas, que era sair daquele apartamento enorme e estúpido e se mudar para um bairro mais adequado à sua renda, que era tocar a vida e reencontrar seu rumo sem as viagens para os confins do continente e sem Regina, e grande merda, sem o pai, sem a presença constante do pai para lhe dizer o que fazer aonde ir etc. Tinha às irmãs e afinal uma delas a mais velha lhe havia dito que deixasse de exageros mais um ano e papai volta ao normal não há motivos para desesperos é só um orgulho ferido.

O barulho do porta-malas sendo fechado o traria de volta a Uyuni, aos confins do altiplano boliviano, de onde não deveria ter saído em divagações paulistanas. Parte dele, sim, enquanto a outra parte teimosa curiosa inconformada que um empresário lhes pudesse contratar daquele jeito sem contar os detalhes os mais importantes, sem dizer que o outro pesquisador assistente havia desaparecido, sem explicar por que tantos holandeses e afinal peças holandesas qualidade garantida; quê.

— E você, Pedro?

— *Qué?*

— O que não está nos contando?

Ele sorriu. Súbito fácil sorriso e um pouco cansado, ou porque se perguntasse também como havia se metido naquela história. Olhou outra vez na direção da casa. As palavras vieram medidas e cuidadosas, sílaba por sílaba:

— *Todo* que sei *es* que *el Irish Patrick* queria recuperar... uma reputação. Que *nadie lo creía*, ou em suas... suas pesquisas, *ya*? Que *todo* ia... muito mal. *Madalena me ha contado esto*. Que Heitor é amigo de sua mulher e ofereceu... *cómo se dice*? Patrocínio, financiamento, *no*? Se Patrick desapareceu algo *muy*... algo muito grave aconteceu.

Teria ainda a boca aberta para continuar falando, mas vinham pela porta Helena e Beto, e Pedro se calou. Ainda o sorriso cansado e feito gato subiu num pulo ao topo do jipe para acomodar ali as mochilas.

Salar de Uyuni, Bolívia;
el Salar más grande del mundo.

Mais uma vez no jipe e Renato ao seu lado; rabiscava qualquer coisa num bloco de papel o boné afundado na cabeça. Estevão encostou o corpo na lateral do carro e deixou-se prestar atenção nas casas cinzentas e as ruas cada vez mais ermas embora fosse pouco menos de onze da manhã. Viu passar uma menina atrás de um cachorro ela também um pouco cinzenta. Sairiam da cidade e aí outra vez o altiplano sem fim, feito todo horizontes. O céu dividia-se entre azul ensolarado e cinza, como se alguém houvesse passado uma régua imaginária bem no meio, e no lado cinzento na distância o que pareceu a Estevão uma tempestade furiosa.

— *Polvo* — Pedro disse, antes que viesse a pergunta.

Ora, porque se *nevava* no deserto não lhe teria parecido tão absurda a ideia de uma tempestade, ainda que o ar seco sem tréguas. Mas, não: *polvo*, e a Estevão alguns segundos para que lhe viesse a palavra em português: pó; uma tempestade de poeira na borda do deserto. Voltou os olhos para o outro lado do jipe e no horizonte uma linha branca brilhando no sol. Pedro estava falando outra vez, repetindo que *el salar más grande del mundo* e explicando que a extração de sal abastecia todo o país e Uyuni era só o turismo e o sal.

A faixa branca era sal. Entraram noutro povoado as casas todas da mesma cor bege desbotada a mesma cor da terra da estrada, algumas os tijolos aparentes e algumas os tijolos cobrindo as janelas e a porta. Também as casas construídas com umas pedras irregulares ou a combinação de pedras e tijolos e apesar de um cachorro deitado num pedaço de calçada e um jipe que ia na frente em velocidade reduzida nenhum outro sinal de movimentação. À direita uma placa verde único respiro colorido indicava SALAR 5 KM. Depois à esquerda um pedaço de uma cancela levantada e quebrada, pintada em preto e amarelo. Haveria nela algo de curioso porque a posição e talvez a base de cimento escapando do chão de terra feito duas patas de animal; a cancela parecia uma ave sem cabeça visão do abandono. Atrás os muros de pedras destruídos ou pela metade.

Avistariam enfim um trecho em que muitos os jipes estacionados, os turistas ao redor de meia dúzia de bancas com miniaturas e pequenos objetos ou blusas e cachecóis coloridos. Mesmo ali ainda algumas casas com as portas e janelas bloqueadas por pedras.

— Colchani — Pedro disse, e tomou a esquerda antes que passassem pela multidão.

Não precisaria mais muito tempo para que adiante atrás das construções de sal surgisse o deserto, imenso e branco. Não teria sido exagero o murmúrio de surpresa que ecoou no jipe, seguido por outro comentário patriota de Pedro. Viram alguns jipes estacionados próximos a alguns montes de sal e os turistas andavam de lá para cá tirando fotos e subindo nos montes encolhendo-se nos casacos. Súbito o sal pareceria azul, mas quê; lâminas de água de degelo, vestígio da neve, fazendo-se espelhos do céu.

Passaram pelos turistas e flutuaram por sobre a água um pouco como se estivessem flutuando no ar, não fosse o chacoalhar do carro. Se tivesse se dado o trabalho de olhar para dentro do jipe Estevão veria nos outros a expressão de vislumbre, o queixo caído, a boca aberta. Haveria qualquer ímpeto de pedir a Pedro que parasse por um instante, que descessem para se juntar aos outros e pisar naquele chão tão branco, mas.

A imensidão: se não as cadeias de montanha, o altiplano. Tudo um exagero e *el Salar más grande del mundo* etc. Pensar que onde havia se metido aquele irlandês, que precisava ir ao fim do mundo para recuperar uma reputação perdida.

Ora, cactos mutantes. Era; sim? Quase uma ironia. Se ele Estevão precisasse antes ir ao fim do mundo para perder uma reputação. E tão mais literalmente.

Seria apropriado, o silêncio; tão logo deixaram os turistas para trás mais uma vez seria olhar ao redor e senão as montanhas à direita envoltas na tempestade de poeira, tudo mais era a imensidão branca do deserto de sal. Branco de fazer queimar os olhos, porque o sol, também, ainda insistente no lado aberto do céu.

Estevão pensou que não era tão absurdo alguém se perder por ali, não porque fosse área muito grande ou porque não havia — não parecia haver — nenhuma marcação de estrada ou caminho ou direção a se seguir. Mais porque para todos os lados a mesma visão e em não saber para onde ir tão fácil esquecer também quem se é ou o quê. Patrick se afastava, nesse enfiar-se em realidade paralela que era o mundo branco do Salar de Uyuni.

E estavam indo na direção errada: Patrick estava longe, para além de Potosí e para além de Sucre e não devia estar tão seguro quanto a polícia e aquele monte de boliviano insistiam em afirmar, se também a argentina companheira de pesquisa o procurava temendo as intenções de Heitor.

Beto murmurou alguma coisa; falava consigo. Estevão quis responder ou perguntar *que foi*, mas. Quanto mais se enfiavam pela aridez daquele altiplano mais estúpido parecia que seu pai mantivesse o silêncio, tão distante que havia ficado a Antártica e a repercussão daquele fracasso. Um ano, a irmã havia dito, e nada com que se preocupar. Mas ali precisava dele, precisava dele naquele instante; não dali um ano, dois anos, dez anos.

*

Na placa branca de cimento na entrada da ilha — aquele pedaço de terra e cactos cercado pelo sal do deserto — estava escrito em azul ISLA INCAHUASI. Abaixo mais uma listagem de informações que muito pareciam aquelas enviadas por Patrick ao empresário Heitor. A última delas as palavras CACTOS CORALES TEMPERATURA.

— A polícia falou com os da ilha — Pedro disse, ao abrir o porta-malas do carro. — *Pero hace tiempo*.

E o movimento repetido no erguer de ombros. Explicou que em meia hora estaria pronto o almoço e depois eram mais duas horas de viagem e precisavam chegar antes de escurecer. Essa última parte repetiu, uma vez em português e outras duas em espanhol, um pouco falando consigo enquanto tirava de uma das caixas de papelão uma manta colorida para forrar o porta-malas feito fosse o balcão de uma cozinha.

Havia duas fileiras de jipes quase todos eles a mesma marca o mesmo modelo as mais variadas cores ocupando toda a área da frente da ilha em estacionamento imaginário. Os turistas também coloridos caminhavam pela trilha e subiam nos picos de pedra e tiravam fotografias da bandeira boliviana se agitando com o vento. Podia-se assim sentir-se parte de algo ou forçar alguma ligação com aquelas pessoas que despreocupadas divertiam-se com as câmeras fotográficas. Vestir-se como eles e tão estrangeiro como eles, mas.

Estevão sentiu a mão de Dante outra vez lhe tomando o cotovelo. Deu um passo ao lado e meteu as mãos nos bolsos do casaco. Os cactos pareciam alienígenas e ameaçadores. Patrick pesquisava uma espécie irmã, espécie mutante derivada dos gigantes compridos que ocupavam a ilha.

Dante esperou em silêncio. Tirou do bolso o maço de cigarros e brincou um pouco com o isqueiro, mas logo tornou a guardá-los. Não demoraria a irritar-se com a imobilidade de Estevão. Os outros três já haviam entrado na ilha e Estevão os via próximos a uma das três construções de pedra que havia na parte mais baixa.

— *Vas a quedarte parado, chico?* — Pedro perguntou, depois que Dante também se afastou.

— A argentina, Pedro.

— Não sei de argentina. Já lhe disse o que sei. Ela aparece quando quer, *ya*? Vá.

Foi: não em direção à ilha, mas cercando-a, pelo caminho dos jipes estacionados. Perguntou-se quantos eram, ou ainda de onde teriam saído, se Uyuni parecia tão pequena e finita e como podia abrigar todas aquelas agências de turismo todos aqueles carros. Haja garagem, pensaria, mas depois, quê; se o turismo não parava e todo dia chegava mais um grupo quem precisa de garagem se dois ou três carros estão sempre sendo usados.

Era exagero pensar assim, mas era melhor ocupar a cabeça com cálculos mais simples do que o enigma Patrick Madalena Van Dyck. Os turistas caminhavam no sal afastando-se um pouco da ilha, um ou dois solitários dando a volta naquele monte de terra e os grupos brincando de fotografias em perspectiva forjada. Estevão viu mais afastado um jipe estacionado sem uma das rodas suspenso na frente por um macaco mecânico. O motorista estava parado ao lado da roda deitada no chão, e talvez demais contemplativo para quem tinha um problema a resolver.

Estevão não resistiu à foto com o telefone celular, por um instante tão breve diluído entre os outros turistas, quase esquecido que um médico desaparecido, que uma argentina desconfiada e um empresário suspeito. Pensar um pouco em São Paulo e descer a Augusta ou a Brigadeiro rumo ao centro da cidade buscando enquadramento e fotografias nos mais inóspitos dos cantos. Teria conferido a hora que sabia adiantada na marcação do telefone; e o dia, e o mês, e as contas inevitáveis: seis meses desde que a volta da expedição Gatto, quatro meses desde que Regina.

Que ele esperava encontrar naquele altiplano boliviano, se nem mesmo o médico Patrick Doherty àquela altura bem longe dali. Quatro meses de desespero, um telefonema de madrugada e uma expedição de busca na Bolívia.

Guardou o celular no bolso do casaco. Que escolhesse aquele tipo desconsolado com uma troca de pneu não por motivos conscientes; mais porque o inusitado e a foto registrada, pensar em São Paulo e se dar conta de que estava longe e que mais poderia fazer? A distância até o jipe sem a roda era ainda maior do que lhe teria parecido a princípio, ou porque caminhar a três mil e seiscentos metros de altitude, enfim. Mais atrás fazendo moldura nos confins do deserto uma cadeia de picos nevados: parte da cordilheira andina. Veja onde vim parar. O homem o cumprimentou com um gesto de cabeça, um pouco desconfiado ou mesmo só aborrecido com a tarefa que se apresentava.

— *Buenas tardes* — Estevão disse.

— *Hola.*

— *Quieres ayuda?*

Não ia muito além seu espanhol estragado, mas.

— *No.*

— *Bueno.*

— *Ya.*

O homem usava um casaco de nylon preto e um boné branco, os olhos atrás de uns óculos escuros que pareciam pequenos no rosto redondo, as luvas sem dedos bem encardidas.

— *Mira,* — e veio uma careta com a formulação repetida que lhe despertencia — *has escuchado algo de un médico que desapareció?*

Inesperada pergunta e mais inesperada a resposta:

— *El médico loco, ya?*

— *Loco?*

Súbito sorriso desfeita a carranca. Achasse graça que Estevão fizesse pergunta como aquela, depois de surgir do nada — inevitável surgir do nada quando se está no nada — e oferecer ajuda. Mas o tom era um pouco como o dos adultos que contam história fantástica aos filhos dos outros.

— *Ya, ya, lo he visto este mes, o... qué; no sé. Creo que un poco antes que desapareció. En Coqueza.* — E apontou com a cabeça na direção de uma montanha maior ao norte. — *Me pareció un poco...*

Ergueu a mão, movendo-a no ar como quem diz *mais ou menos* e fez uma careta franzindo o nariz.

— *Un poco...?*

— *Un poco loco. Hablaba de cosas raras y la chica investigadora dijo que tenía fiebre. Drogadicto, creo, parecía. A mí no me engaña.*

Mais essa agora, Estevão pensou, e franziu um pouco a testa por não saber o que responder. Formulou com dificuldade mais algumas perguntas sobre o quando e onde mas tudo bem vago: em Coqueza, numa noite, duas ou três semanas atrás; o homem talvez dissesse duas ou três semanas por saber por alto a data do desaparecimento do médico. Depois voltou a olhar o pneu deitado sobre o sal e resmungou qualquer coisa incompreensível sobre a falta de um estepe ou o estrago causado pelo sal ou o desgaste da calota.

Mais outros três guias confirmaram a mesma história, num disse-que-disse que beirava o absurdo, embora outro deles afirmasse com alguma convicção ter estado presente na noite em que Patrick tagarelava feito estivesse bêbado e a argentina — disse, sim, *la argentina* — conferenciava com uma das cozinheiras sobre o melhor remédio para o aparente delírio.

Não que houvesse usado essas palavras, mas era curioso o quanto o médico Patrick parecia ter se tornado personagem de desenho animado para aqueles homens.

— *Investigaba cactos mutantes, no?* — o último guia disse. — *Puede que sea una maldición o algo así. Creo que se volvió loco porque mutantes, qué se puede hacer.*

Se volvió loco. Morto ou louco não estava onde já haviam procurado, e certo não estaria também nos arredores do deserto ou escondido atrás de um cacto gigante daquela ilha.

Coqueza (povoado);
município: Tahua;
província: Daniel Campos;
departamento: Potosí;
altitude: 3.660m (Salar de Uyuni);
número de habitantes: 265;
chegada em 4 de julho às 16h39 (horário local).

O branco infinito do deserto teria fim aos pés de um vulcão na borda norte do Salar. O sal se misturava à terra até desaparecer, substituído por paisagem não menos árida, nem tanto mais verde. O jipe tomou o rumo de um caminho escuro surgido de repente entre o sal e a terra. Passaram por uma espécie de portal de pedra, e depois do lado esquerdo por uma placa de um vermelho muito velho muito desbotado e COQUEZA, ao lado de uma casinha fechada. Para a direita um amontoado de grandes pedras que pareciam um pouco ruínas ou — com algum esforço de abstração, Estevão, é certo — um cemitério de elefantes, ossos gigantescos e antigos e esquecidos. Para a esquerda algumas construções atrás do que era — teria sido, algum dia — uma quadra de basquete.

O jipe virou à esquerda pelo caminho de terra, enfiando-se por três construções feitas com tijolos grandes e pedras e blocos de sal. Pareceria, pareceu; Estevão não estava certo, mas talvez Dante tivesse murmurado alguma coisa sobre isso pouco antes de o jipe estacionar entre outros três jipes iguais. Pedro afirmou que *acá estamos* e depois em português chiado:

— Chegamos.

Ao redor também o que pareciam cercas de pedras empilhadas, por todos os lados, embora algumas partes estivessem semidestruídas.

Estevão teria ouvido durante o caminho sobre as conversas que o resto do grupo havia tido com os que trabalhavam na ilha e mais alguns guias: as histórias variadas mas quase todas envolvendo um Patrick obsessivo e delirante, um pouco distraído, um pouco exagerado, um pouco insano.

O médico havia estado na ilha duas vezes, tirando fotografias e fazendo perguntas sobre os cactos. A história de febre e *drogadicto* Estevão achou melhor não contar a ninguém. Ainda assim as falas todas só faziam embaralhar a imagem de Patrick como o pesquisador entusiasmado e responsável dos e-mails. A nenhum ali parecia estranho que o homem houvesse desaparecido, e mais que isso nem mesmo pareciam se dar conta da gravidade — a provável gravidade — da situação. Ora, desapareceu? Era *un tipo raro*, desistiu da pesquisa e arrumou coisa melhor para fazer.

O almoço na borda da ilha estava frio; carne de lhama e quinua geladas com o primeiro vento que os atingiu. Não conversaram, digerindo em silêncio as informações. Renato observava os dois mais jovens feito esperasse deles uma troca de sinais. Estevão estaria mais preocupado em buscar entre os turistas a argentina, que lhe parecia estúpido continuar caminhando no escuro quando havia alguém que lhe poderia dar respostas.

Mas não. Partiriam com o sol baixo do começo de tarde para mais duas horas sem estrada rumo à montanha com o topo nevado, *el volcán Tunupa*, que parecia se erguer destemido por trás de montanhas mais baixas.

Dali onde estavam depois que o jipe estacionado surgia ainda por trás das montanhas o topo do vulcão, pintado de branco e de um tom de cobre que o sol, à esquerda, fazia ficar um pouco amarelado. Helena e Beto haviam descido do jipe primeiro e encaravam o Tunupa com a admiração que ele — ou ela, enfim, porque as histórias de Pedro e Tunupa teria sido antes uma mulher, e o deserto de sal o que havia restado de suas lágrimas depois que o marido foi embora com o filho ao saber de uma traição — certo merecia. Não havia no céu uma só nuvem e o ar estava gelado.

Ventava.

Fazia também arder os olhos e o nariz, porque seco e frio e vento, mas já Pedro havia subido no jipe para descarregar as mochilas. Um grupo de turistas saiu da construção maior, a dos blocos de sal, e Estevão teve a sensação de tê-los ouvido falar português.

— Foi aqui que Patrick ficou hospedado? — perguntou.

— *Sí, pero tenía... cómo se dice...* como um laboratório, *ya*? Tinha um laboratório... *más allá*.

E de cima do jipe apontou na direção em que ia o sol. Disse que logo se acomodassem nos quartos e ele jogasse uma água no carro poderiam visitá-lo e com sorte antes de o sol se pôr de vez. A traseira do jipe e um pouco das laterais e os vidros uma camada não tão fina e pegajosa do sal do deserto. A porta do porta-malas estava toda branca.

Adiante pela porta de entrada da construção de sal. Por dentro só os blocos de cimento mesmo: um corredor comprido e a passagem à direita para uma área comum que parecia um refeitório. Algumas portas ali para os quartos e também no cômodo seguinte, um pouco escuro porque nenhuma janela e só uma lâmpada fraca no meio do teto. Os rapazes ocuparam um quarto com quatro camas e Helena se instalou num quarto menor, ao lado. Pedro explicou que o banho quente deveria ser breve e custaria quinze bolivianos. Estevão e Renato em súbito momento de cumplicidade olharam-se como se concordassem que a ideia de banho naquele frio de zero graus estava bem longe dos planos.

— *Por la noche* faz mais frio, *ya*? — Pedro disse, e sorriu. — Menos dez, menos vinte, *más o menos*.

— Não é nada para quem já esteve na Antártica.

Estevão foi incapaz de compreender o sorriso ou as intenções de Helena ao dizer aquilo, mas sim, ela sorria, e olhava sem muita discrição para Estevão e Beto. O mais velho dos Tavares se fazia desentendido e observava um mapa do deserto que havia em relevo numa das paredes do alojamento. O vulcão Tunupa era um montinho tosco no topo da mancha branca que era o Salar e a tinta descascada em alguns pontos de relevo mais acidentado.

— Antártica? Você? — Pedro perguntou.

Ela fez que não e apontou pai e filho com a cabeça. Ainda sorria, e Beto distraído passou por eles e entrou no quarto.

— Então está acostumado, *ya, chico*?

Estevão também passou ao quarto para procurar as luvas.

— Que tanto interessa a essa gente uma merda de uma expedição ao polo sul — disse. — Uma expedição que deu errado, ainda.

Beto o olhou, e pareceu por um instante prestes a dizer algo, mas; teria sido tomado por uma expressão de raiva ou desgosto ou desprezo. Estevão sentiu o coração em momentâneo descompasso e preparou-se para responder a acusação que não veio, porque talvez a altitude e às vezes mesmo falar parecia tarefa tão trabalhosa e desgastante que qualquer discussão estava fora de cogitação.

Estevão jogou a mochila de volta ao chão e saiu do quarto com as luvas vestidas. Passou pela sala de refeitório e pelo corredor até sair do alojamento para o vento congelante de fim de tarde. Caminhou um pouco até uma mureta de pedra que delimitava uma área larga onde algumas lhamas passeavam e comiam um mato seco e acinzentado. Ali ao lado de um banco de madeira erguiam-se a mais ou menos um metro de altura dois cactos parecidos com os cactos da fotografia.

As pontas dos espinhos esbranquiçadas.

El cacto blanco.

Uma parte no topo do cacto parecia ter sido cortada: havia ali menos espinhos e uma espécie de cicatriz escura.

Reconheceria os passos antes mesmo de ouvir a voz, antes mesmo que Dante estivesse parado ao lado dele ainda a alguns metros de distância.

— Tem um canivete? — Estevão pediu.

Dante lhe estendeu um canivete grande e todo arranhado.

— Cuidado que esses espinhos são uma desgraça. Me furei a perna lá na ilha, essa merda atravessou duas camadas de roupa e está ardendo até agora.

Estevão espetou a parte escura e marcada no topo do cacto, girando a lâmina até fazer sair uma gosma translúcida. Puxou de volta o canivete, tirou uma das luvas e espalhou a substância nas costas da mão. Viria rápido um formigamento, quase uma queimação. Devolveu o canivete e arrancou do cacto um dos espinhos. Cutucou a área nas costas da mão algumas vezes com a unha e depois com a ponta do espinho, até fazer sair um pouco de sangue.

— Puta merda.

— Que está sentindo?

— Nada.

O sangue se misturou à mucilagem do cacto e se espalhou pelas linhas da pele, mas logo também o ferimento pareceu ter desaparecido. Estevão esticou a mão, mexeu os dedos. Se não um pouco congelados porque o vento, mas nada. Mais: sentia um calor esquisito que se espalhava até a base do polegar. Usou uma pedra para tirar o excesso da pele e tornou a vestir a luva.

— Pedro disse que não dá tempo de irmos até o laboratório ainda hoje — Dante explicou. — Vai escurecer em menos de uma hora e eletricidade só dentro das casas.

— E a argentina?

— Você acha que.

— Não acho nada.

Com a outra mão esfregou por sobre a luva a parte que esteve em contato com a mucilagem. Ainda não sentia nada e não saberia explicar a sensação de desespero que lhe ameaçava tomar os sentidos. Dante tirou do bolso uma lanterna.

— Vamos atrás do pôr-do-sol.

— Está louco?

— Já disse a eles que vamos dar uma volta. Quero ver esse laboratório antes deles.

— Nem sabemos onde fica essa merda e o Renato vai.

— Quero que o Renato se foda. Sabemos que o laboratório fica para lá. — E o gesto displicente da cabeça por indicação de direção. — Vamos logo antes que ele apareça para implicar.

Nem esperaria por resposta, lanterna guardada no bolso junto do canivete porque ainda estava claro embora o horizonte ao leste se arroxeasse. Dante seguiu pela lateral do alojamento e espantou algumas lhamas desavisadas. Estevão pensou que não, merda, não outra vez não vou seguir esse desajustado; parecia melhor insistir com Pedro e que mais ele poderia lhes dizer, que mais sabia sobre a argentina ou sobre a reputação de Patrick, ou.

Teria talvez ouvido passos vindos do corredor de dentro da casa e não saberia mais em que estava pensando quando enfiou as mãos nos bolsos do casaco e seguiu atrás de Dante, primeiro em passo apressado mas depois o chamado para que o outro esperasse porque a droga da altitude e já começava a ficar sem fôlego.

PÁGINA 12 de 13

[Transcrição de folha de caderno avulsa encontrada no laboratório de Patrick; cópia xerox segue anexa. Folha dobrada muitas vezes, rasgada na parte de baixo, manchas escuras nas laterais.]

Javier (guia local, 21 anos): chá de coca com a casca do cacto branco ou com a flor (rara, não sabem [ilegível]). Efeito da coca potencializado: venda de chá aos turistas para a subida ao vulcão, *feedback* positivo.

Ricardo (dono de alojamento, cunhado de Javier, 34 anos): desconfia do potencial do cacto como algo perigoso, [duas linhas ilegíveis] em 15 de maio deste ano. Rejeita o uso da mucilagem pura e desenvolveu um método de diluição com água quente e sal.

Lucia (esposa de Ricardo, 26 anos): que a flor do cacto branco não tem efeito real. Uso da mucilagem diluída e misturada à casca como emplastro para dores musculares. Efeito concentrado seria prejudicial à pele — não entendi: que a mucilagem potencializasse ou [ilegível] na área afetada mas desconfio que seja porque a anestesia total dos nervos faça com que o indivíduo se machuque sem perceber (?) — Insiste em propriedade mágicas do cacto devido também à rapidez com que ele próprio parece se recuperar quando lhe tiram um pedaço da casca.

Coqueza, departamento de Potosí, Bolívia; aos pés do vulcão Tunupa, e o céu.

— Se tudo isso é um teatro, quem não garante que é bem isso que Heitor quer: essa investigação paralela, acreditarmos que estamos ao lado certo por não acreditar nele. Quem garante que não foi tudo muito mais bem planejado do que pensamos? A reunião às pressas, o envelope, os segredos, as histórias mal contadas. Pedro disse que Patrick começou essa pesquisa para recuperar uma reputação perdida.

Falava consigo, um pouco, talvez. Dante parou de andar e mirou o céu, as primeiras estrelas que às costas deles surgiam apressadas.

— Você acha que Heitor.

— Heitor não me parece o mais burros dos empresários — Dante disse. — Duzentos e cinquenta mil reais para garantir que o médico esteja morto?

A pausa para retomar o fôlego e aquele movimento dos ombros antes que seguissem caminho por entre aquelas pedras enormes rumo a algumas construções mais acima a noroeste. Cada passo parecia dez ou que dez passos parecessem duzentos; escurecia, sim, já a claridade só um reflexo do sol desaparecido atrás das montanhas.

Dante havia tirado a lanterna do bolso e iluminava o caminho embora ainda fosse possível caminhar sem ela. Alcançariam uma estradinha e uma casa abandonada — os tijolos nas janelas e nas portas — e seguiriam mais a oeste de onde parecia vir alguma movimentação e ruído, mas.

Foi a voz que os fez parar:

— Está muito escuro para andar para esses lados.

O sotaque carregado e a argentina encostada na parede da casa abandonada feito houvesse surgido das sombras. O gorro e o cachecol vermelhos e parecia um pouco rapaz adolescente sob a roupa pesada de frio não fosse a delicadeza feminina nos traços do queixo e dos olhos, o pouco que se podia ver no contraste reduzido do crepúsculo.

— Queremos ver o laboratório.

Ela sorriu. Gesticulou adiante com a cabeça. Seguida pelos dois rapazes tomou o caminho na direção em que antes estavam indo.

— Precisamos saber o que aconteceu — Estevão disse. — Se você quer ajuda precisa também nos ajudar.

— Vocês não têm muita escolha.

O português fácil marcado um pouco pela dificuldade com alguns fonemas e a prosódia distorcida do espanhol argentino. Eram tantas as perguntas que seria impossível decidir por onde começar, e mais sensato teria sido andar em silêncio, esperando que. Entraram pelos fundos de uma das casas ela também apagada e inabitada, embora as portas ainda ali, as janelas ainda cobertas por vidro e uma cortina amarela ou cor-de-rosa.

Madalena abriu uma porta depois de se enfiar por uma passagem lateral e tateou pelo interruptor. Acendeu-se uma luz fraca e alaranjada para iluminar uma sala pequena: um retângulo de no máximo três por quatro metros. Uma mesa ao fundo sob uma janela fechada, um móvel baixo com prateleiras à esquerda e um amontoado de entulho na parede oposta. Ao lado da mesa havia também, sobre uma estrutura de ferro, qualquer coisa coberta por uma manta pesada verde — ou marrom, mas a luz, enfim —: um cobertor feito aqueles que já haviam usado tantas vezes desde a chegada ao frio boliviano.

Entraram. Nas prateleiras à esquerda uma caixa de ração aberta e um objeto retangular esquisito que parecia talvez uma chapa de cozinha. Pareceria um pouco uma balança, mas tinha formato de paralelepípedo achatado com cinquenta por trinta centímetros na largura e no comprimento, mais ou menos, com uma base branca com botões numa das laterais ao lado de um regulador de temperatura.

— Chapa aquecedora — Dante arriscou.

— Ele mal chegou a usá-la — Madalena disse.

Aproximou-se da manta e a ergueu para revelar uma gaiola vazia. Estevão notou a caixa de papelão sobre a mesa: lacrada.

— O que aconteceu?

— *No sé.*

E fez escapar um riso meio derrotado, como se fosse um tanto ridículo que não soubesse; que soubesse tanto e na verdade não soubesse coisa nenhuma. Um teatro, caros, nada mais do que um teatro e sobramos como peões de manobra.

— A noite em que ele passou mal — Estevão disse.

— Eu não sei — ela insistiu. Havia voltado à porta e apoiado o corpo no batente. — Ele esteve no laboratório o dia todo, mas não me falou o que estava fazendo. Cuidei de recolher amostras e depois garantir que as cobaias ficariam aquecidas para a madrugada. No final do ele dia saiu com uma caixa e algumas das amostras novas. Voltou no começo da madrugada, agitado, não falava coisa com coisa. Foi direto para o laboratório. Estava delirando e tinha febre. Deve ter dormido duas ou três horas, mas acordou melhor.

— Um dos guias disse que ele estava drogado.

— Patrick? Drogado? Está louco? Patrick não bebe nem cerveja nem refrigerante e nem açúcar ele põe no café. Para dizer a verdade, nem mesmo café ele tem o hábito de beber.

El médico loco que não bebia nem mesmo café, e quando bebia não punha açúcar. O médico que viajou aos confins da Bolívia para recuperar uma reputação perdida e se perdeu no meio do caminho. Estevão queria acreditar que as informações construíam, juntas, alguma lógica. Que fosse possível, enfim, pensar como Patrick para entender o que havia acontecido.

— O que tinha na caixa que ele levou?

— Não sei. Eu o encontrei aqui.

— O que aconteceu?

Madalena cruzou os braços e franziu as sobrancelhas; irritava-se porque a insistência, ou porque não sabia a resposta, ainda não sabia, em nenhum momento teria sabido.

— No domingo ele acordou melhor, mas ainda tinha um pouco de febre. Disse que precisava ir a Uyuni para mandar um e-mail sobre o recebimento do material e os próximos experimentos.

Fez uma careta e hesitou, buscando nos olhos dos rapazes a cumplicidade que estivera procurando desde o início. Recebeu impaciência e um tanto talvez de descrença, mas fechou os olhos e continuou:

— Disse que talvez fosse a Huari, que podia demorar, que eu não devia confiar em Heitor nem em Van Dyck e não devia dizer nada a eles.

— Van Dyck.

— O outro pesquisador. *Mira*... — e riu. — Ele não é bem pesquisador, não é da área. É engenheiro. Eu sou bióloga. Eu e Patrick nos conhecemos na faculdade. Fiz faculdade no Brasil, no Mato Grosso do Sul; ele foi meu professor.

Passos do lado de fora. Madalena ainda tinha a boca aberta como se fosse continuar falando. Virou-se num susto, mas logo sua expressão foi suavizada e quase sorriu. Dante e Estevão se olharam. Era difícil saber por onde começar. Por que Heitor não lhes teria dito nada sobre aquilo, por que um engenheiro e por que a agitação do médico. Por quê.

Pedro apareceu na porta ao lado da argentina e a expressão bem pouco amigável.

— *Están locos?*

Foi Dante quem sorriu, e parecia criança orgulhosa de uma desobediência. Estevão deu um passo à frente e quis dizer que olha, estamos fazendo isso errado, você precisa decidir a quem está ajudando.

— Eu disse que precisava falar com ela.

— *Estoy aquí para asegurar que sigan todos vivos* — Pedro retrucou, e a ausência de um dos dentes da frente transformava sua irritação num troço quase cômico, pelo menos até que se calasse e ajustasse a gola do casaco, as sobrancelhas muito juntas. — *Nadie se vá de noche, de acuerdo? Qué piensan? Aquí no es San Pablo o Sucre o qué; es muy frio y no hay luz! Son locos?*

— Eu disse que ia sair — Dante deu de ombros.

— Sair, sair! *Ya, ya! Hacia donde? Tahua? Vete e desaparece también!*

— Pedro.

A mão da argentina em seu ombro e ele tornou a calar-se. Meteu as mãos nos bolsos do casaco. Estevão fez o mesmo: havia ali o pedaço de papel encontrado no jipe em Uyuni. Patrick havia dito que ia a Huari, *que talvez fosse a Huari*. Tirou do bolso o papel e estendeu a mão a Madalena.

— Que é isso? — ela perguntou.

— Qual jipe você viu, em Uyuni?

Ela apertou os olhos, mas depois sorriu. Enfiou também a mão no bolso e tirou de lá um pedaço de papel do mesmo tamanho. As letras estavam mais claras, embora a caligrafia ainda horrorosa, escritas em caneta esferográfica azul:

SANTIAGO DE HUARI.

ENRIQUE DIAZ.

EAST BORDER SOCCER FIELD.

— Merda de letra de médico — Dante resmungou.

— Quem é Enrique Diaz?

— Não sei. Falaram de um Enrique que passou dois dias aqui um tempo atrás, no começo do ano. Perguntou sobre os cactos brancos. — Madalena olhou Pedro antes de continuar. — Também Enrique é um nome comum, e apesar da coincidência isso pode não significar nada.

Mas era um nome uma cidade uma direção; era um ponto de partida, enfim um ponto de partida.

— Huari — Estevão disse. — O que tem em Huari?

— Nada — Pedro respondeu.

— Um campo de futebol?

— Se quer chamar aquilo de campo de futebol.

Dante cruzou e descruzou os braços, feito não lhe coubesse o corpo dentro da pele. Deu um passo adiante por se afastar da gaiola vazia e da caixa de ração um pouco como quem se incomoda com a presença de um fantasma. Quisesse dizer que deveriam ir a Huari em vez de perder tempo com gaiolas vazias e chapas aquecedoras naquele fim de mundo gelado, mas entre o aborrecimento de Pedro, a preocupação de Madalena e a ansiedade de Estevão achou melhor ficar quieto.

— Vamos — Pedro disse.

— Espera.

— Já disse tudo que sei — a argentina adiantou-se. — Podem ir. Vou continuar por perto.

— E quer que a gente corra para te contar o que descobrir a qualquer hora? Você quer nossa ajuda mas não quer nos ajudar.

Haviam se aproximado, os dois, em desafio tácito. Dante virou os olhos num cinismo contido. Passou por eles e por Pedro ainda plantado sob a porta. Havia escurecido. Uma luz fraca ainda sobrevivia na distância, por trás das montanhas, mas todo o resto estava tomado pelas estrelas.

— Patrick era *meu* professor, *meu* amigo.

— Mas estamos aqui para.

— Estão aqui porque foram contratados. Não tenho nada a ver com isso.

— Por que Patrick está andando com o passaporte do holandês?

— Não sei.

— Mas você disse à polícia que Patrick desapareceu e não disse nada sobre esse outro pesquisador.

— Eu não sabia que ele tinha desaparecido. Pensei que ele tinha ido embora.

— Como assim?

— Ele disse: *estou indo embora*. — Mostrou as palmas das mãos pelo óbvio da resposta e fez escapar uma careta cansada. — Que precisava resolver algumas coisas em Santa Cruz e depois voltaria para São Paulo.

— E como você sabe que não voltou?

— Tentei falar com ele depois de avisar a polícia sobre o desaparecimento de Patrick. Ele nunca devolveu o jipe que usou para voltar para Uyuni.

— Heitor sabe disso?

— Claro que sabe.

— E por que ele nos contratou para encontrar o médico e não disse nada sobre a droga do engenheiro?

Ela sorriu. Ergueria um pouco os ombros e as sobrancelhas e queria dizer que sim, boa pergunta; a pergunta a ser feita, porque em algum momento Patrick e Van Dyck se encontraram depois de sair de Coqueza, porque o passaporte, ou desde o início Patrick tinha planos de desaparecer e.

Claro: o passaporte tornava tudo ainda mais complicado e fazia crescer a certeza de que não estavam ali para fazer turismo ou olhar as estrelas que ali na borda do deserto — tão longe da civilização quase nenhuma luz fora das casas — cobriam o céu e marcavam nele o rastro branco da via láctea.

*

Que o céu estrelado como há muito não via fosse também outro sinal de que vê, Estevão, a busca impossível; não havia como procurar em todo canto, se mesmo um povoado na borda do deserto e menos de trezentos habitantes a imensidão das montanhas que o cercavam. Tanto o horizonte, para todo lado o horizonte e os povoados perdidos e tão perto, *el Irish Patrick*, mas. Então a luz da lua por trás dos telhados de Coqueza ao leste, apagando violenta as estrelas mais próximas, surgindo já minguante feito bola murcha — e conveniente a comparação, porque o futebol e a Copa América e a Argentina que quase.

Entraram no jipe e Estevão ocupou toda a primeira fila de bancos traseiros com as pernas esticadas e os olhos fechados. Decidido que falaria com o pai: precisava de alguém em quem pudesse confiar ou mais ainda alguém que lhe dissesse o caminho a tomar, quando momento daqueles parecia incapaz de decidir por si mesmo. Que nunca tivesse se sentido capaz de decidir por si mesmo e talvez por isso se deixasse arrastar por Dante apesar de.

Cruzou os braços e encolheu-se no banco. Gastou algum tempo xingando a si mesmo e à própria incompetência porque depois que a expedição Gatto e o silêncio do pai a ausência de Regina todos aqueles meses e sentia-se tão desamparado. Queria dizer que não se importava com um médico irlandês metido a biólogo, que não se importava que Heitor houvesse criado um teatro e para o inferno com a desconfiança da argentina. Seria também uma forma de disfarçar a sensação de que não deveria estar ali, que não tinha capacidade de encontrar ninguém num país daquele tamanho, que nem mesmo era capaz de encontrar Regina desde que ela havia trocado o número de telefone e nunca estava na casa da mãe.

O jipe diminuiu a velocidade e Estevão imaginou que haviam chegado, porque quão distante podia ser o percurso em povoado daquele tamanho. Abriu os olhos e ainda a escuridão; só os faróis do carro iluminando um rapaz de uns vinte anos calça e casaco pretos e um gorro com proteção para as orelhas comprado numa daquelas bancas de souvenires.

— *Estás perdido, chico?* — Pedro lhe perguntou.

— *Sí.*

Todo sorrisos e simpatia e aproximar-se com alguma cerimônia para perguntar se podiam lhe dar uma carona até o alojamento. Foi algo na pronúncia e o som anasalado do sotaque paulistano e Dante:

— Como veio parar aqui?

Estevão abriu a porta de trás e o rapaz entrou. Deixou-se sorrir meio sem jeito e olhou Pedro como se a língua materna fosse insulto àqueles que não podiam compreendê-la. Depois sacudiu os ombros, sorriu também para Estevão pensando talvez que fosse estranho o grupo pequeno e turistas, pois sim, sempre. Se não a extrema objetividade de Dante, que certo já começava a desenvolver níveis mais sérios de paranoia.

— Segui o pôr-do-sol.

Estevão riu, e também o menino, que já se fazia mais à vontade e ansioso por interação humana.

— Vocês são de onde? — ele perguntou.

— Brasília.

Outra vez Dante, que forçou um sorriso estúpido e quadrado. O rapaz não notou: arriscava um portunhol com Pedro e perguntava de que agência eram, se haviam chegado naquele dia ou já estavam havia mais tempo e se haviam ouvido falar sobre as nevascas acontecendo altiplano afora e *por que tan tarde y*.

— Ainda é cedo, *chico* — Pedro devolveu no português que sabia, e aí sim o rapaz se mostrou incomodado. Mexeu-se um pouco no banco e tentou outro sorriso, voltando logo a atenção para as mãos frias e a necessidade de aquecê-las.

*

— Onde vocês estavam?

A resposta atravessada de Dante não foi bem o que haviam combinado antes de voltar ao jipe:

— Seguimos o pôr-do-sol.

— Sem gracinha, Dante.

Renato buscaria em Estevão resposta mais sensata, mas. O refeitório do alojamento estava transformado numa bagunça de turistas. Numa mesa um grupo jogava cartas e falava português e às vezes inglês — quatro deles obviamente brasileiros junto de uma moça loira e branca que falava um inglês carregado de sotaque, vestida com a malha de estampa de lhamas característica dos artesanatos bolivianos. Era alívio se confundir a eles. Estevão em distração forçada sequer ouviu as palavras de Renato e cumprimentava os brasileiros com um *tudo bem?* antes de ocupar a mesa em que já estavam seu pai e Helena. O rapaz que havia pedido a carona se juntaria àquele grupo; explicou a aventura e depois de algumas brincadeiras o incumbiram de ir atrás do guia porque o jantar, a sopa.

— Estevão, por favor.

— Que é?

— Onde vocês estavam?

— Você não ouviu? Essa besta se empolgou com o pôr-do-sol e esqueceu que depois dele vinha a noite. A gente meio que se perdeu.

— Meio que.

Dante deu uns tapinhas de leve no ombro de Renato e sentou-se também à mesa; sorriu para Helena e para Beto e fez qualquer comentário irônico sobre as pinturas coloridas de flamingos e cachoeiras nas paredes do refeitório.

— Pergunte àquele rapaz que foi agora na cozinha — Estevão completou.

— Se vocês continuarem com essa criancice imbecil não vamos chegar a lugar nenhum — Helena interrompeu, tão sutil. — Amanhã vamos até o laboratório e vamos conversar com o pessoal daqui para tentar descobrir aonde Patrick pode ter ido. Falei agora há pouco com o dono do alojamento.

— Aquele que disse que o cacto é perigoso? — Renato perguntou.

— Ele disse que usaram o cacto para tratar um dos guias, que se machucou algum tempo atrás. Que ele teve febre e saiu do alojamento sozinho e sem avisar ninguém antes de escurecer; foram encontrar o homem era quase meia-noite e numa crise de hipotermia.

Era um pouco o médico Patrick saindo um dia antes de desaparecer sem avisar ninguém e voltando quase de madrugada. Febre e delírio e *drogadicto* e *a mi no me engaña*. Estevão quis ver a reação de Dante, mas manteve o olhar fixo em Helena. Percebeu de Renato o que era talvez descrença ou exagerada preocupação.

— Que merda de tratamento foi esse?

— Disse que o chá ficou muito forte.

Ora, que também Patrick houvesse exagerado na dose do chá, ainda assim não explicava a agitação anterior, a paranoia, a necessidade de sozinho pegar o jipe e se mandar pelo deserto feito as múmias de Coqueza o perseguissem. Quanto tempo podia durar o efeito daquela porcaria, se ao médico interessava um potencial analgésico ou anestésico ou. Estevão pensou em dizer que vamos testar essa porcaria em alguém, mas nem mesmo teve coragem de dizer que havia testado a mucilagem na própria pele.

*

Teria sido ideia de Renato — Dante aborrecido havia dito que estava cansado e vai fazer um frio desgraçado quero estar dentro do meu saco de dormir com mais outras duas cobertas de preferência sem roupa — e era um pouco deixar-se levar porque a fadiga dos músculos e a sopa quente e o frio até se dar conta de que estavam os quatro do lado de fora sentados num banco de madeira próximo à entrada do alojamento, todos encolhidos nos casacos e cachecóis e gorros o corpo jogado um pouco para trás mirando o céu feito fosse a primeira vez que viam aquela estupidez; era mesmo a palavra mais adequada a um grupo acostumado ao céu alaranjado das noites de São Paulo: uma estupidez. Nem a lua conseguia apagar o absurdo que eram as estrelas quando tão longe o foco mais próximo de civilização, fosse lá o que pudesse ser chamado civilização.

Do grupo de brasileiros uma moça escondida sob um gorro preto e o menino de antes conversavam sobre futebol ou literatura. Parecia conversa mais interessante do que as histórias repetidas que Renato contava a Helena — as histórias que Estevão conhecia, do grupo de alpinismo e César Timber.

Beto tremia mas mantinha os olhos no céu; calado. Estevão o observava forçando distração impossível. Também Helena parecia pouco interessada no que Renato dizia e ele as palavras vez ou outra interrompidas por um riso de reconhecimento por parte de Beto, que fazia concordar com a cabeça e voltar a atenção às estrelas. Mais ainda o silêncio de quilômetros, senão as vozes dos brasileiros num zumbido paulistano, os sussurros de Renato, o vento, a certeza de que Patrick estava longe dali e tanta a calmaria parecia loucura acreditar em teatros e conspirações e a argentina do gorro vermelho, fã do Independiente. Pensar que naquele dia aquela segunda-feira teria acontecido o primeiro jogo do Brasil na Copa América e tudo tão distante, e que diferença fazia se no jogo de estreia a Argentina dona da casa tomava um susto no início do segundo tempo porque um gol de um boliviano com nome muito brasileiro: Edivaldo.

Edivaldo! Antes acreditasse em sinais. O gol boliviano-brasileiro no time argentino queria lhe dizer algo, deveria querer lhe dizer algo.

Foi Helena que se levantou primeiro, dizendo que o frio e o vento e enfim. Também dos brasileiros a menina havia ido embora, e o rapaz se aproximou da mesa para ocupar silencioso o espaço vazio. Encolheu-se um pouco com os cotovelos na mesa o queixo nas mãos e outra vez os olhos no céu.

— Estamos tão longe — ele murmurou.

Renato lhe sorriu antes de mirar o horizonte e a escuridão e essa sensação de estar em lugar nenhum. Perto, longe: que diferença fazia?

— Boa noite — Renato disse antes de se levantar e se dirigir ao alojamento.

Recebeu de volta o sorriso do menino e silêncio. Estevão quis dizer o quão idiota lhe parecia que encarassem o céu com tanta reverência quando havia o que se resolver logo ali ao lado, quando aquele silêncio não lhes traria nenhuma epifania como talvez imaginasse o rapaz de vinte e poucos anos e pinta de estudante de história que não sabe bem o que procura mas.

— Pai.

Escaparia a naturalidade e na garganta ou no esôfago ou no estômago todo o peso de uma palavra que já havia alguns meses não se ouvia pronunciar. Beto não se moveu. Piscou, talvez, uma, duas, três vezes porque a brisa gelada e o tempo seco. Mastigava a parte de dentro da bochecha.

— Preciso saber em quem confiar — Estevão disse, a voz num sussurro o único som audível ali do lado de fora na borda do deserto de sal. — Por favor.

Beto abaixou a cabeça só o suficiente para que olhasse os jipes estacionados quase indistinguíveis: todos pardos na luz amarela e fraca que pendia de dentro de uma antiga embalagem plástica transformada em lustre por sobre a porta de entrada do alojamento. Não teria notado que o outro rapaz brasileiro os encarava embora parecesse pensar em outra coisa.

Nos olhos de Beto ainda aquele resquício de desprezo ou raiva ou um cansaço terrível; porque um ego ferido, sim, por que não? Ergueu-se e súbito eram os sons todos o nylon do casaco e o movimento e os passos no chão de pedregulhos. Parou antes de alcançar a porta e virou--se para o filho.

— Não vá ficar muito tempo aqui fora. Está muito frio.

E passou pela porta de cabeça baixa.

Estevão teria sorrido, mas sentiu foi só um vazio que era uma tristeza imensa de não se saber quando começou — um pouco porque ela estivesse ali desde sempre, como se jamais existido qualquer outra coisa. Olhou depois o menino e por um instante teve raiva e quis agredi-lo até que todo o desespero se transformou num riso por entre os dentes.

— Está tudo bem? — o rapaz perguntou.

Afirmar com a cabeça e também se levantar, caminhar um pouco adiante em direção à entrada do povoado por onde havia chegado o jipe, sem passar para além da primeira construção ao lado do alojamento. Nada senão as estrelas e uma luz fraca e acinzentada daquela lua pela metade. Apesar da malha térmica agasalho sintético casaco corta-vento e cachecol ainda sentia frio, e não pôde deixar de imaginar que Patrick teria saído na tarde antes de desaparecer para voltar no início da madrugada, quando já nenhuma luz e aquele vento e febre. Talvez não fosse de todo impossível acreditar que estivesse mesmo morto, que houvesse tomado o jipe ainda delirante e incapaz de se dar conta da própria doença e teria morrido de pneumonia ou.

— Eu vi quando eles brigaram — o rapaz continuou, e mesmo com a distância a voz chegou clara. — Desculpe, não devia ter ouvido a conversa de vocês, na hora do jantar.

Estevão voltou-se para ele.

— Não é isso? Vocês querem saber o que aconteceu com aquele médico que sumiu. A primeira vez que vim aqui fiquei pouco tempo e segui para La Paz, mas depois conheci aquele grupo e resolvi voltar com eles. As viagens são melhores quando a gente se deixa levar pelas pessoas e as coisas.

— Quem estava brigando?

— O médico e um outro cara; não sei o nome dele. Estavam discutindo, batendo boca, sabe? Ninguém chegou a pôr a mão em ninguém e pararam de falar quando me viram por perto. Deve fazer umas três semanas. Perdi a noção do tempo neste mês que estou viajando. Volto para São Paulo daqui uns dias.

— Como era esse outro cara?

— Alto, muito branco. Era um pouco parecido com o médico, mas era muito mais magro.

— Você ouviu sobre o que discutiam?

O rapaz fez uma careta.

— Falavam em inglês e os dois tinham um sotaque estranho e difícil. Não sou muito bom em inglês.

[Transcrição de folha avulsa encontrada no laboratório de Patrick; cópia xerox segue anexa. Anotações a lápis, possível esboço de relatório.]

- Cacto colunar, semelhante ao *Trichocereus pasacana* (*Echinopsis*) que os nativos chamam *cacto coral temperatura.*
- Chega a um metro de altura e 20 cm de raio.
- Espinhos longos: coloração amarelada, pontas brancas.
- Quando seccionado, libera uma mucilagem translúcida; nativos a usam em ferimentos e também em chás.
- Relatos de que o uso conjunto com a coca, no chá, elevaria o efeito da coca (rf. Javier); há controvérsias (rf. Ricardo, Lucia). O chá é feito com a flor e com a casca (nenhum relato de uso da mucilagem para o chá, diz-se que o gosto é ruim).
- Uso na pele causa perda de sensibilidade por algumas horas, sensação de formigamento e queimação nos primeiros minutos. (Testar efeito semelhante a partir de diferentes partes do cacto.)
- Mistura da casca com a mucilagem diminui o efeito anestésico da mucilagem (potencializa a duração do efeito?); que o efeito direto da mucilagem com a pele lhes seja um pouco terrível e [ilegível].
- Outros usos possíveis [trecho ilegível] necessidade de ambiente controlado.
- Considerar: efeito altitude, circulação sanguínea etc.

Coqueza, Bolívia;
porque múmias e lhamas e a imensidão branca que.

Era estranho que um rapaz brasileiro de todo deslocado fosse saber mais do que os habitantes do lugar. E difícil distinguir o limite do segredo e da informação essencial para que o grupo pudesse avançar naquela busca; Estevão não sabia. Guardar consigo que Huari e não se podia contar nada a Heitor ou Van Dyck porque. *East border soccer field.* Helena muito mais prática parecia ter certo o itinerário e precisavam afinal seguir todos por um mesmo caminho, enquanto houvesse Pedro e um só jipe, enquanto participavam do teatro e cumpriam seus papéis.

(Até quando?)

Huari, Helena, Heitor, *east border soccer field.* Pensava em Homero, outra vez Regina, outra vez as divagações sobre o destino dos heróis.

Heróis.

Porque era o tipo de raciocínio de que Regina se ocuparia, deitada no sofá e escrevendo de ponta cabeça.

Estevão rabiscou no bloco de anotações um esboço de cronologia: havia a briga e o recebimento de material e uma tarde trancado no laboratório fazendo sabe-se lá o quê. A caixa com boa parte do que havia pedido estava lacrada. Então sumir no começo da tarde, voltar de madrugada com febre e delirante, acordar no dia seguinte um pouco melhor e sair com o jipe para ir a Uyuni e talvez fosse a Huari, mas.

Haveria quem sabe na briga o motivo para que o holandês fosse embora e Patrick; mas se Heitor sabia do desaparecimento do outro por que contratar cinco pessoas para procurar só um deles?

Helena, Renato e seu pai não se davam conta de que aquilo não fazia sentido? Faltava a Heitor uma base de mínima coerência. Todos que haviam conhecido Patrick e mesmo a polícia nem mais considerava que continuava desaparecido. Jamais haviam dado como desaparecido o assistente Rudolph Van Dyck, engenheiro.

(Se os assistentes fossem importantes.)

Um bate-boca e.

Pela manhã um dos guias disse se lembrar de um sujeito chamado Enrique Diaz mui interessado pelos cactos brancos, o que não era surpresa porque sempre os turistas e essa curiosidade pelos assuntos os mais estranhos. E sim, *estoy seguro*, Enrique Diaz, boliviano, veio comigo no início do ano, estava sozinho num grupo de estrangeiros.

Também disseram ou alguém ouviu que o tipo era outro em busca de um potencial médico do cacto, mas; quem *disseram* impossível saber ao certo, que são das coisas que se dizem e se repetem e se perdem no tempo. Pertinente descobrir como havia surgido a ideia do médico para aquela pesquisa. Fosse para salvar uma reputação perdida ou anos de pesquisa inútil, e mais essa agora, e desaparecia.

Estevão pensaria na foto de Patrick e a indefinição entre força e fraqueza talvez um cansaço porque tantos os passos tortos e mal calculados. Erros de cálculo, pois; Estevão? Um ego ferido porque o filho mais novo: *a culpa foi minha*.

Quanta estupidez.

— Estamos perdendo tempo.

Renato ocupou o lado oposto da mesa e uniu sobre ela as mãos metidas numas luvas que deixavam descobertas as pontas dos dedos. Fazia um sol forte apesar do vento gelado, ainda. O céu refletido na lâmina d'água que se estendia por quase todo o Salar fazia com que se diluísse o horizonte.

— Patrick sabia da existência desse tal de Enrique — Renato disse. — Parece que estava tentando descobrir como entrar em contato com ele.

— Quando foi isso?

— Ninguém sabe responder. Começo de junho?

— Entre pedir o material e desaparecer.

— É uma possibilidade.

— E alguém sabe como entrar em contato com ele?

— O guia falou com a agência. Ele é de Oruro.

— Mas Patrick foi parar em Potosí.

Patrick havia dito a Madalena que ia a Huari.

— Tomou o caminho mais longo?

Dante e Helena haviam seguido ao povoado vizinho junto de Pedro. Beto havia aproveitado uma carona com um grupo de turistas de volta à ilha Incahuasi.

— Deve ser um pesquisador como ele, talvez biólogo.

— Alguma coisa deu errado, Renato.

Renato avançou o corpo por sobre a mesa e sorria pelo esforço de amizade depois da noite anterior: os cotovelos apoiados e o pescoço desaparecido sob o cachecol e a gola do casaco. Estevão não olhava para ele, perdido no horizonte indefinido do deserto.

— Você e seu pai.

— Não vou falar disso com você.

— Sabemos como é seu pai.

— Você pode saber, você é amigo dele. Eu sou filho e afinal você sabe muito bem como é meu pai: por que eu saberia alguma coisa?

— O que aconteceu na expedição Gatto?

Estevão virou-se jogando também as pernas para debaixo da mesa de madeira. Vá saber quanto tempo encarando-se em silêncio até que o movimento pouco discreto de uma lhama que decidiu ancorar-se ali e mastigar a grama pálida no chão ao lado deles.

— Todo mundo sabe o que aconteceu.

— O que realmente aconteceu, Estevão.

— Meu pai não contou?

— Conheço seu pai. Ele não brigaria com ninguém por causa de meia dúzia de cálculos errados, mesmo que isso levasse ao fracasso de uma expedição.

— Claro que não.

— Então o que aconteceu?

— Por que o interesse?

— Sou amigo de.

— Pergunte a ele.

Renato levantou-se antes que pudesse ser Estevão a sair dali. Os traços do rosto muito duros em incoerência com os cabelos encaracolados que um pouco escapavam pelas laterais do gorro. A lhama se assustou e afastou-se num trote para perto das outras. Renato parou o movimento e tivesse olhado o relógio ou o céu procurando as horas ou.

— Essa merda não vai dar certo — disse. — Você e Dante pensam que isso é uma competição e Dante não leva nada a sério. Você e seu pai não conversam. Beto nem sabe por que aceitou essa proposta.

— E Helena?

— Estamos aqui com um objetivo em comum. Você não é capaz de falar sobre uma expedição que aconteceu sete oito meses atrás como você espera que.

— Uma expedição de oito meses atrás não tem nenhuma relação com.

— Presta atenção nas coisas, Estevão. — E deu alguns passos de volta para perto da mesa. — Estamos a mais de três mil metros de altitude num país estranho procurando um médico estrangeiro que nem mais a polícia se interessa por procurar. Um pesquisador irlandês desaparecido em território boliviano e a imprensa nacional não se importa, a imprensa internacional sequer sabe que ele existe e a polícia daqui já desistiu de procurar. Se não somos capazes de confiar uns nos outros, é melhor ir para casa.

Havia ali um começo de sorriso incapaz de durar outro meio segundo. Renato olhou o grupo de lhamas adiante, ajustou a gola do casaco e o cachecol, meteu de volta as mãos nos bolsos e se afastou na direção da vila.

*

— Queria dizer boa sorte.

O rapaz havia se afastado um pouco do grupo de brasileiros e Estevão lhe sorriu, incomodado. Quis agradecer, mas só fez assentir com a cabeça. Havia caminhado sem rumo por toda a manhã pelos arredores de Coqueza. Não quis se aventurar rumo ao vulcão porque a subida e dez passos e a altitude. O povoado em si era uma praça quadrada e pavimentada rodeada por uma dúzia de casas, uma igreja, um cacto, uma árvore magra. Tudo num mesmo tom de terra seca batida, um pouco acinzentado, as casas metidas num silêncio e ninguém, nada. Um gato filhote teria lhe cruzado o caminho e sumido depois por algum buraco numa das construções.

O menino hesitava. Ouviu alguém no grupo o chamar, mas arriscou outro passo adiante, indeciso mirando o cacto branco que havia ali próximo do alojamento, o mesmo que Estevão, antes. Havia nele algo de insegurança infantil oculta sob o sorriso valente e fácil. O rosto muito vermelho porque o sol e um mês viajando na altitude. Aproximou-se de Estevão até que pouco mais de um metro de distância entre eles.

— Você ouviu falar desse cacto? — perguntou.

— Ouvi umas histórias.

A convivência com Dante e a curteza nas respostas. Que mal tinha aquele rapaz, se não um excesso de curiosidade e necessidade de se fazer útil. Eram cinco dias e tudo que haviam feito até então era tomar estrada e mudar de cidade e constatar que o altiplano não tinha fim.

— Que você acha? — o menino continuou.

— Como assim?

— Quem está certo?

— De que você está falando?

Ele encolheu-se um pouco. Tentou um sorriso pela metade; tinha uns dentes muito brancos no contraste com a pele queimada e os lábios rachados. Outra vez o chamaram.

— Não sei se isso é verdade.

— O quê?

— Porque essas histórias de má dosagem na preparação do chá, não é? Pode ser verdade, mas eu não entendo muito dessas coisas de química e biologia e medicina.

Pode ser verdade. Estevão teve vontade de o segurar pelo casaco e chega de voltas vamos logo ao que interessa que merda você está dizendo. Teria sido capaz de visualizar Dante ali em seu lugar e qualquer voz dentro da sua cabeça lhe disse que parasse e já haviam sido tantas as vezes que teve vontade de socar alguém. A frustração não tão silenciosa dos biólogos nos últimos dias da expedição Gatto. Estevão sabia aceitar calado, assumir a culpa e abaixar a cabeça.

Teria sido capaz de. Onde estava Dante? Helena havia aparecido um tempo antes e se enfiado no alojamento para talvez se aquecer depois de uma caminhada gelada. Não era coisa boa desconhecer o paradeiro de Dante e Renato enquanto ainda aqueles dois.

O sol estava alto, ou ao menos o quão alto podia ficar. Esperavam a volta de Beto para o almoço e uma ordem de Helena para o que fazer em seguida.

Sim?

— Fernando!

Mais uma vez.

— Vamos! — o guia impaciente.

— Você sabe quem é Enrique Diaz? — Estevão arriscou.

— Enrique? Não. Mas é que em Oruro eu conversei com um cara sobre o turismo e o potencial econômico do país. Ele falou de um tal de cacto branco de Uyuni: que podia ser uma coisa boa, mas sempre tem alguém para usar mal e fazer merda, e mesmo o uso dos nativos já é demais perigoso; ele tinha ouvido umas histórias.

— Sempre se ouvem histórias.

Ele deu de ombros. Sorriu outra vez.

— Não sei se entendi tudo o que ele disse, mas tenho certeza de que estava falando sobre esse cacto, sobre o potencial para uma pesquisa séria e sobre o que estavam fazendo... não sei. Que ninguém leva a sério a pesquisa desse jeito. Ele era guia turístico, sabe, um pouco como esses taxistas reacionários que reclamam sem nem bem saber por que estão reclamando. — Deixou escapar um riso frouxo. Tirou as mãos dos bolsos e arrumou o gorro antes de continuar: — Pensei que um pesquisador estrangeiro podia talvez ser levado mais a sério, mas vi depois que ele tinha desaparecido.

As mãos se afundaram outra vez nos bolsos do casaco e ele deu um passo para trás. Fugiu dos lábios uma despedida quase inaudível antes que se virasse e se unisse ao grupo dentro do jipe prestes a ir embora.

*

E seria atitude infantil esgueirar-se para fora do alojamento depois do almoço, mais ainda porque os olhares de Renato e a desconfiança de Renato e a sensação de que o pai queria lhe dizer algo que jamais diria. O sol ainda forte e o vento.

— Eles vão para lá de qualquer jeito.

— Vamos primeiro.

Desproporcional a ansiedade quando impossível acelerar o passo sem que o fôlego desaparecesse na fatiga dos músculos da perna. Dante por hábito ameaçou outra vez acender um cigarro mas só fez brincar com o isqueiro, guardar o cigarro de volta no maço e o maço de volta no bolso do casaco.

— Alguma coisa deu errado.

As palavras repetidas. Dante nem mesmo pareceu tê-las ouvido. Estevão lhe tomou o cotovelo e por um instante pararam, olharam-se furiosos na incerta cumplicidade de irmãos que aprenderam a brigar pelos brinquedos com os quais depois brincariam juntos. O sorriso de Dante e se desvencilhar da mão de Estevão, seguir caminho num passo mais curto.

— Alguma coisa na pesquisa, Dante.

— As histórias de chá muito forte e delírios e sair sem rumo pela madrugada nesse inverno maldito.

Não era bem uma pergunta, mas.

— Talvez seja isso.

Que quer que fosse *isso*, porque Estevão não estava tão certo. Certo era deixar-se levar até o laboratório de Patrick, encontrar a porta aberta e tudo lá dentro no mesmo lugar que havia estado na noite anterior.

— Ele ia testar a mucilagem nas cobaias — Dante disse. — Ia usar a chapa aquecedora e cronometrar o tempo que ficavam sobre ela até começarem a se incomodar com o calor.

— Como você sabe?

— Fiz faculdade de biologia.

Estevão as sobrancelhas erguidas em surpresa.

— Não terminei.

— Bem-vindo ao clube.

— Você também fez faculdade de.

— Meu pai fez. Eu comecei geologia, mas não durou dois anos. Tomei um atalho na minha carreira e logo os professores não me queriam com eles nas viagens por causa do meu interesse na pesquisa, mas sim porque eu sabia usar um GPS.

— Mal de família?

Estevão não percebeu que estava sorrindo quando afirmou com a cabeça. Quis dizer que ele e as irmãs todos haviam aprendido a usar um GPS antes mesmo de aprender a escrever e muito antes de GPS ser um troço com uma tela colorida que se coloca preso ao vidro do carro, mas não teve tempo de abrir a boca.

— Você é neto de César Timber, não é?

Dante havia se agachado ao lado da chapa aquecedora e conferia talvez modelo e botões.

— Como você sabe?

Dante levantou-se. Era ele quem sorria, embora não parecesse dar à conversa muita importância enquanto procurava naquele cômodo algum indício de.

— Existe hoje em dia um negócio chamado internet, Estevão — disse, antes de sentar-se na cadeira ao lado da mesa e puxar para perto de si uma caixa de madeira com alguns materiais. — César Timber tinha como assistente um estudante de biologia chamado Carlos Alberto

Tavares. Todo mundo sabe que o tipo depois se casou com a filha dele. Juntei dois e dois. Não foi muito difícil. Qual o problema?

Qual o problema, Estevão?

A caixa de madeira tinha alguns potes de vidro tampados com substâncias diversas e outro maior com o que deviam ser pedaços da casca do cacto. Também um lápis quebrado, um estilete grande e outras miudezas que Estevão não seria capaz de dar nome. Dante ergueu um dos potes e o mirou contra a luz da janela.

— Te parece a mucilagem do cacto?

— Pode ser.

Outros dos potes pareciam um pouco mais translúcidos ou mais líquidos. Dante os ordenou sobre a mesa por ordem de consistência e transparência. O vidro com a substância mais densa era o menor deles.

— Será que essa merda é tóxica? — Dante perguntou.

— Não usam a mucilagem para o chá. Patrick escreveu que o gosto é ruim.

— Estava escrito *dizem que o gosto é ruim*.

— Alguém experimentou.

Dante um pouco aborrecido qualquer que fosse o motivo ou a lógica que lhe ocupava a cabeça fez uma careta e deu de ombros. Destampou o vidro menor e cheirou.

— Cheiro de mato.

Meteu o dedo mindinho no pote e o ergueu próximo do rosto. Esfregou um pouco nas costas da mão esquerda como Estevão havia feito no dia anterior e experimentou o gosto com uma lambida. A careta que seguiu pareceu a Estevão inevitável.

— Esse é o seu método científico de pesquisa?

— Se ainda existissem aquelas cobaias.

— E que aconteceu com elas?

Dante a expressão de quem se aborrece porque tão óbvia a resposta se aquele frio e os camundongos eram incapazes de sobreviver a temperaturas como aquelas se nada para os manter aquecidos. Endireitou o corpo e pôs o vidro de volta na mesa, e uma careta porque o efeito da mucilagem na pele ou na língua. Voltou a atenção para a caixa de madeira mas agitado empurrou para trás a cadeira, olhando em volta.

— Você vai me dizer o que está fazendo?

— Algum tipo de mistura causou aqueles delírios.

— O próprio chá pode causar isso, Dante.

— Mas Patrick já sabia do chá. — E agitou no ar a mão esquerda como se para se livrar de um inseto ou. — Puta merda, que troço esquisito.

— Logo passa.

— Me deixa ver tua mão.

Estevão tirou a luva e estendeu a mão esquerda. Dante a aproximou dos olhos, esfregou com a ponta dos dedos a área afetada no dia anterior e terminou com um beliscão que fez Estevão puxar a mão de volta com um palavrão abafado.

— O chá muito concentrado pode causar algum tipo de delírio, mas Patrick não estava pesquisando a casca do cacto, e muito menos a flor.

Dante abriu e fechou a boca e fez outra careta como se mordesse a língua ou testasse a capacidade de movê-la quando parte dela estava adormecida. Levantou-se e andou até uma das prateleiras vazias.

— Mas o chá é feito com a casca — Estevão disse.

— Por que ele testaria qualquer merda nele mesmo se ele sabia que.

— Alguma coisa deu errado.

Dante parou um movimento para se apoiar na estante. Então o silêncio cortado pela respiração difícil porque a altitude e menos de uma semana de aclimatação.

— Que foi?

— Me deu uma tontura.

— Você se levantou muito rápido.

A resposta só um sorriso, sacudir a cabeça e concordar, voltar à cadeira e fechar um pouco os olhos para recuperar o fôlego perdido. Talvez não pensasse quando tomou para si o pote menor, tampou-o e enfiou-o no bolso interno do casaco sob o olhar curioso de Estevão que também calado, como se concordasse e que diferença ia fazer a falta daquele pote de vidro para um médico que provavelmente não tinha a menor intenção de voltar? Algo havia tomado um rumo muito errado naquela pesquisa: algo ligado aos delírios e Enrique Diaz e a briga com o holandês no dia anterior e única resposta que tinham era um nome de cidade e uma indicação de direção EAST BORDER SOCCER FIELD.

Isla del Sol, norte;
(Bolívia, ainda, embora não se possa nunca ter certeza).

Não era bem *quando começaram os sintomas* mais do que *quando os sintomas continuaram voltando e desaparecendo e voltando e desaparecendo*. Três semanas: mais de vinte dias e vez ou outra aquela tontura e já não se podia culpar a altitude. Era a vertigem e o mal-estar e um pouco aquele calor que surgia desencontrado do inverno boliviano. Não adiantava sair descalço e caminhar na terra gelada até a beira do lago. Sequer sentia fome, mas obrigava-se a engolir outra vez aquela sopa insossa servida no restaurante de frente para os embarcadouros em que paravam os barcos. Às vezes chegava ao fim do dia como se vinte e quatro horas pudessem ter sido duas semanas e lhe teria parecido estúpido perguntar que dia é hoje que ano estamos que lugar é esse.

Não: mais ainda era tudo suposição se no momento seguinte sentia-se bem e disposto e *buen día como estás buenas noches muchas gracias* etc. Refletir sobre a crise era refletir são e refletir são era a incapacidade de saber se a crise uma crise ou mero momento de distração porque a memória já disfarçava escondia sob o tapete as lembranças e sensações mais inconvenientes. No terceiro ou quarto dia começaria a se incomodar; uma hora a gente se incomoda quando perde o controle da própria mente do próprio corpo e a memória se torna um conceito abstrato. Estúpido impulso de perguntar quem sou eu onde estou e perceber que sabia, claro que sabia; ou conferir em pânico num pulo até o cabideiro o bolso do casaco o passaporte grená e sentir vontade de chorar. As letrinhas na capa as palavras ilegíveis se embaralhando todas aquelas consoantes e *paspoort*. Ora, um nome, uma foto, uma data de nascimento!

Mas essa vertigem, sim?

E depois o céu sem nuvens e *el gran lago Titicaca* imenso de um azul impossível e as vozes dos turistas num burburinho tão terrivelmente familiar. Conferir a própria temperatura e trinta e sete, trinta e oito; depois outra vez trinta e seis e que merda estou fazendo com esse termômetro na mão não me lembro de ter voltado ao quarto.

Suficiente para enlouquecer qualquer um essa confusão de dias e lembranças e temperaturas; foi alguma coisa que eu comi? Bem que me havia parecido um pouco suspeito aquele omelete do almoço de ontem, mas.

Eles estão chegando, pensei; lembro-me de ter pensado. Tivesse os visto em mais um daqueles delírios incertos. Policiais ou médicos ou agentes de algum serviço de inteligência embora àquela altura talvez não fizesse nenhuma diferença. Era sempre um exagero, porque *paspoort* e aquela sensação de que algo havia ficado para trás, algo havia deixado de ser feito, algo havia sido esquecido e não haveria mais volta, nunca mais.

Uyuni—Challapata; (na estrada, etc).

Seria uma surpresa que Beto súbito tão falante, ainda que a voz num tom discreto no espaço apertado do jipe. Seis pessoas ali e as janelas quase todas bem fechadas senão uma fresta ou outra e não por muito tempo até que os incomodasse o vento gelado. Também Renato despreocupado e Helena cantarolando em sussurro qualquer música desconhecida. Dante mantinha a cabeça encostada na janela depois do segundo comprimido antienjoo e os olhos acompanhavam a paisagem árida que havia começado quando deixaram Uyuni. Só as montanhas, próximas ou distantes, os vales, o horizonte; sempre o horizonte. Aquelas vilas de pedra abandonadas e empoeiradas e a sensação de que estavam indo para lugar nenhum.

Mas enfim um propósito e rumo a tomar. Estevão e Dante não haviam contado sobre a conversa com a argentina e Santiago de Huari e um campo de futebol, ou a briga entre o holandês e o médico no dia anterior ao desaparecimento — chega um momento se faz necessário continuar no jogo criado por nós mesmos. Mas todos sabiam haviam ouvido que um Enrique Diaz e era afinal a única pista que podiam seguir.

Um pesquisador como ele, talvez biólogo.

Beto e Renato em conversa de lembranças de outros tempos e viagens e paredões rochosos, um pouco como se a memória fosse torneira com defeito ou cano quebrado e não se pode mais contê-la uma vez que começou o vazamento melhor mesmo seria chamar um encanador. Dante uns minutos antes havia pedido para que parassem o jipe e apoiado o corpo numa pedra grande na borda da estrada. Curvou-se feito fosse vomitar, mas.

— Você está um pouco febril — Helena havia dito.

— Melhor você ir na frente — alguém sugeriu.

Pedro a impaciência disfarçada no sorriso pela metade, e nem mesmo a janela entre os dentes da frente. Fosse talvez uma apreensão, ou; quê? Ninguém se preocuparia com um sorriso medido se havia Dante numa crise de labirintite. Que o grupo conversasse e Helena contasse as histórias de luzes misteriosas nos topos das montanhas na Chapada Diamantina. Uma pergunta de Beto e ela contou que também formada em biologia e porque ele insistisse a resposta curta *não me formei em São Paulo*. Explicava talvez o sotaque híbrido, sim? Ali era o sol alto ou o mais alto que podia chegar e nenhuma nuvem no céu até onde alcançava a vista. Bem se podia imaginar que depois do horizonte tão distante já vinha o mar. Estevão não teria se atrevido a abrir a boca, sentindo um pouco que bastaria sua voz para que seu pai se calasse e tanto tempo não ouvia seu pai falar e contar as histórias todas repetidas. Estevão no último banco junto de Helena e mirava dali a cabeça de Dante metida no gorro e apoiada no vidro lateral. Parecia chacoalhar mais do que todos com as irregularidades da estrada esburacada de terra.

Foi aquela curva, a volta na montanha depois de cruzar o trilho do trem. Estevão viu que Dante havia endireitado o corpo e olhava para a direita com o que seria espanto e não por ter visto outro grupo de lhamas cruzando o altiplano feito não estivessem a centenas de quilômetros da área povoada mais próxima. Num plano um pouco abaixo um pouco afastado da estrada havia outra daquelas vilas abandonadas as casas com pedras cobrindo as portas e janelas e porque o sol muito forte um brilho metálico atrás de uma das construções. Estevão teria apertado os olhos com o reflexo e embora ainda prevalecesse a voz de Beto ouviu quase num sussuro que Dante perguntava a Pedro que era aquilo — perguntava em bom português e nem mesmo esperou resposta para concluir.

— É um jipe.

Pedro diminuiu a velocidade ainda que sem intenção de parar. Resmungou que e daí um jipe já encontramos o jipe de Patrick. Mas havia o holandês e as palavras de Madalena *ele nunca devolveu o jipe que usou para voltar para Uyuni*. Exagero pensar assim, acreditar em coincidências, crer que as respostas pudessem se enfileirar daquela forma feito esperassem ser encontradas. Dante bateu com as mãos abertas no painel e exigiu que pare essa merda de carro não estou me sentindo bem.

— Dante — Renato teria lhe posto a mão no ombro.

— Para essa merda de carro!

Pedro deixou escapar um palavrão, mas obedeceu; tomou a direita e enveredou pelo que antes teria sido uma saída para o povoado. Parou ao lado de uma das casas, ainda distante de onde o jipe estava. Dante saltou para fora e caminhou com passos incertos. A cabeça movia-se do chão ao horizonte e as casas e o céu.

— Dante! — Helena desceu do jipe e adiantou-se atrás dele.

Hesitou antes de alcançá-lo porque Dante aumentava o ritmo das passadas e voltou-se para os outros, esperando.

Esperando?

Estevão e Renato passaram por ela. O jipe estava escondido atrás de uma das casas para quem viesse da estrada, senão um jogo de ângulos e a luz do sol e os reflexos. A cor original um vermelho sob as camadas de poeira amarelada.

Dante iria ao chão ainda alguns metros antes de alcançar o jipe, feito tropeçasse ou se desentendesse com as próprias pernas. Tombou meio de lado e buscou com as mãos algo em que se apoiar para talvez pôr-se de pé, mas.

— Você está bem?

Renato a mão no ombro de Dante e o joelho na terra. O braço fez o apoio que Dante havia procurado: conseguiu se sentar e afirmou com a cabeça sem muita convicção, enquanto segurava firme no cotovelo do outro. Seria o tempo de se dar conta que, enfim, Renato e aquela preocupação quase forjada, quase cínica, quase esperando motivo para ter razão e que merda você pensa que está fazendo estamos no meio do nada não nos interessa um jipe já encontramos o jipe de Patrick etc. Dante livrou-se de Renato e conseguiu se arrastar até que se encostasse em uma mureta de pedra. Levou as mãos à cabeça por necessidade de mantê-la bem encaixada no lugar que lhe era direito.

As casas queriam contar qualquer história de seca e miséria e uma esperança teimosa de que em algum momento seria possível voltar e esperavam, feito estivessem esperando desde quando? Era a poeira e o altiplano seguia eterno, diluído aos pés das montanhas, e era como os arco-íris que não têm um ponto fixo onde nascem, e onde morrem. Como se dali em diante só restasse uma caminhada infinita pra lugar nenhum, e a montanha se afastando a cada passo.

O sol oblíquo anunciava ainda o meio do dia. Os passos de Helena e Beto mesclavam-se ao murmúrio do vento. Súbito pareceria um pouco errado que estivessem calados depois das conversas despropositadas enquanto ainda no jipe. A figura imóvel de Dante, encolhida aos pés de um pedaço de mureta de pedra. Prestavam atenção nas casas abandonadas. As portas que não existiam, as janelas bloqueadas por pedras. Ou as construções que já não se mantinham em pé. Ruínas modernas devoradas pela poeira e uma vegetação rasteira amarelada.

– Imagina esse lugar à noite.

Foi Renato quem falou, ao pôr-se de pé, e ele era o único que sorria. Era sempre ele o único que sorria, não? Ou Pedro e a ausência de um dente bem ali no meio do sorriso. Beto seguiu com o olhar o amigo, depois examinou a reação dos outros.

Teriam talvez ouvido a voz de Pedro que distante pedia *vamos!* mas nenhum deles quis lhe dar atenção. Dante havia erguido a cabeça e um pouco da cor lhe havia retornado ao rosto, embora tivesse os olhos vermelhos e respirasse com dificuldade. Gesticulou para que seguissem ou para dizer que *estou bem, me deixem em paz só preciso de um tempo e vão ver o que é essa merda de jipe empoeirado quem esquece um jipe desses na beira da estrada em pleno inverno.*

Renato tomou a frente. Parou ao lado do jipe e sem cerimônia abriu a porta do motorista. Havia uma mochila no banco do passageiro e o porta-luvas estava aberto em desordem. Um amontoado de fitas cassete jogadas no piso. Mas quê; nada: alguns mapas e folhetos de viagem, uma bíblia em formato de bolso, outras duas fitas cassete que não haviam ido ao chão.

E todos tão concentrados não prestariam atenção em Beto com os olhos numas manchas escuras na terra atrás da outra casa e os passos se afastando cuidadosos. Renato trouxe a mochila para o banco do motorista e a abriu. Tirou primeiro um aparelho de GPS, depois uma caderneta de telefones, um cachecol de lã azul e um par de luvas pretas. Também umas barras de cereal e dois chocolates de uma marca americana feito os que já haviam visto sendo vendidos pelas *cholas* nas ruas de Sucre e Potosí. Renato abriu a caderneta de telefones.

— Rudolph Van Dyck — ele disse, mostrando a Estevão o nome na primeira página. — Como era o nome do.

— *El holandés* — Pedro encostado numa das muretas que semidemolidas separavam algumas casas de outras.

Renato virou algumas páginas com a expressão confusa de quem depara com língua estrangeira.

— H. A. — disse, e Helena lhe tirou da mão a caderneta. — Heitor Andrade?

Parecia um pouco briga de criança porque logo Renato voltava a tomá-la para si. Pedro e Estevão observavam meio distante meio descrentes e Beto; já nenhum sinal de Beto nem mesmo o som dos passos cuidadosos se afastando na distância.

— Parece o nosso holandês — Renato disse.

— Isso não vai ajudar em nada.

Dante permanecia imóvel um pouco distante com as costas na mureta porque; enfim. Se não a caderneta de telefones não era a discussão que podia servir de alguma coisa. Estevão em pé ao lado do colega mais novo e o teria ajudado — Dante com os olhos perdidos e a boca semiaberta: ajoelhou-se na terra e apoiou as mãos no muro para se levantar, mas desistiu e voltou a se sentar. Estevão o teria ajudado, mas ouviu por sobre a discussão de Renato e Helena um ruído surdo e inconstante de; *tum tum tum* — olhou Pedro, mas dele só a pergunta devolvida.

Seguiram o barulho até que encontraram Beto atrás de uma das casas. Derrubava com as mãos as pedras que cobriam a porta.

— *Qué estás haciendo?*

A resposta uma careta de nojo ou.

— Alguém tem uma lanterna?

— No jipe — Estevão disse.

Beto o encarou; ora, no jipe, e que está fazendo aí parado olhando para a minha cara? Continuou empurrando as pedras para dentro ou puxando-as para fora movimento frenético quase hipnotizante. Estevão não teria se dado conta da corrida até o jipe de Pedro, abrir a porta traseira e procurar sua mochila no último banco, pegar dali a lanterna e finalmente perceber que estava sem ar. Dali era outra vez o silêncio e nem mesmo a voz de Renato que ainda. Enfiou a lanterna no bolso do casaco e tentou os passos mais calculados de volta.

— Estevão!

A voz do pai lhe gritando o nome pareceu deslocamento do tempo e do espaço. Outra vez correu; correriam: ele e Helena e Renato até a casa em que Beto.

Estava parado na porta, os olhos fixos na escuridão do lado de dentro e uma careta de descrença. As mãos vermelhas. Pedro atrás dele recuou alguns passos. A boca se movia silenciosa.

— Que aconteceu?

Claro: ninguém estaria pensando em Dante a alguns metros dali encostado no muro todo aquele tamanho e músculos, mas a cabeça nas mãos os olhos bem fechados para evitar o horizonte que instável dava piruetas. Estevão acendeu a lanterna e iluminou o interior da casa. Inevitável o passo para trás, o encontrão com Renato e o grito de Helena, e não saber se a náusea que o invadia era porque a viagem na estrada de terra ou a altitude e a corrida até o jipe ou a combinação de tudo aquilo, ou o cheiro de coisa estragada e a visão do cadáver estirado no piso de terra batida.

Beto tomou a lanterna da mão de Estevão e entrou na casa com passos cuidadosos. Estevão foi atrás. O homem estava vestido num casaco preto e pesado um pouco sujo de terra, as calças cinzentas; os braços meio abertos, os cotovelos dobrados em ângulos fechados. A pele do rosto de uma coloração escurecida acinzentada e um corte largo bem no meio da testa. Beto havia se agachado e apontava a lanterna para o ferimento.

Era homem de feições delicadas quase femininas. Os cabelos bem claros bem loiros escapavam um pouco do gorro. Estevão ajustou os óculos que lhe escorregavam pelo nariz e apertou os olhos ao se aproximar porque algo se movia pelo rosto do sujeito, algo que seu pai observava com interesse apesar da careta de nojo: nenhuma mosca e os poucos os insetos concentrados no corte da testa e na boca semiaberta. Estevão sentiu crescer o mal-estar porque o rosto muito intacto, tão terrivelmente humano.

— Precisamos chamar a polícia — Beto murmurou.

Estevão abaixou-se com as mãos nos joelhos. Olhou as mãos do homem: a mesma cor escura e um pouco acinzentada, também alguns insetos e as manchas negras e cortes e sangue seco principalmente nos dedos.

— Como eles entraram aqui?

— Quem?

— Esses bichos.

— Era para estar pior.

E moveu a lanterna para o resto do corpo, mas as roupas só um pouco sujas e empoeiradas e nenhum sinal aparente de outro bicho. Logo voltou a luz ao rosto que, sim, intacto apesar da pele mais escura e o buraco na testa.

— Esse frio.

— É a falta de umidade.

Só então iluminou o resto da casa: uma mesa de madeira e dois bancos, um armário baixo, duas cadeiras de plástico encostadas numa das paredes. O piso de terra batida se mesclava em alguns pontos ao cimento que avançava pelo outro cômodo da casa. O resto do grupo postado do lado de fora esperava que.

— Beto — Helena chamou.

— *El holandés* — Pedro disse, e os olhares todos se voltaram para ele. — *Sí, me parece.*

— Quanto tempo faz que ele está aí? — Helena perguntou.

— Não sei — Beto disse. — Não entendo disso, sou biólogo, não entendo de gente morta.

Aproximou a lanterna do ferimento outra vez.

— Estevão.

E o gesto para que o filho se aproximasse. Estevão apoiou um joelho no chão e sem evitar a careta empurrou outra vez os óculos que insistiam em lhe escapar do rosto; manteve os olhos no pai porque esperasse por alguma instrução, porque enfim estavam conversando se é que se pode chamar aquilo de conversa e não era bem daquele jeito que havia tantas vezes imaginado que as coisas aconteceriam.

— Estou sem meus óculos — Beto disse. — O que é isso?

Apontou o buraco na testa do holandês, a mancha escura de sangue e um inseto cheio de patas.

— Não parece muito profundo.

— Então não é tiro.

— Não.

— Uma paulada na cabeça?

— Deve ter sido alguma coisa mais forte do que um pedaço de pau.

A mão trêmula de Beto puxou para trás o gorro do homem, deixando aparente outra mancha escura na base do couro cabeludo, outra pancada embora o corte ali fosse menor.

— Duas pancadas.

Moveu outra vez a lanterna e conferiu os bolsos do casaco do homem, depois os bolsos da calça. Encontrou um protetor labial. Soltou um palavrão e se pôs de pé. Arriscou alguns passos para trás antes de sair da casa. Precisou se apoiar em Renato para passar pelas pedras que antes bloqueavam a porta e estavam espalhadas pelo chão. Estevão o seguiu.

— Ele saiu de Uyuni pouco antes ou pouco depois de o médico desaparecer — Renato disse. — São três semanas.

Só então Estevão viu as manchas escuras no chão de terra: as manchas que deviam ser sangue e faziam rastro desde ali mais ou menos perto do jipe estacionado. Ouviu que Renato e Beto conversavam e devesse talvez ter ficado por perto, aproveitado aquele momento porque o pai houvesse engolido o orgulho, mas. Ora: não era difícil engolir o orgulho quando um cadáver de sabe-se lá quantos dias e queria compartilhar com alguém o horror e *duas pancadas*. Estevão seguiu a trilha das manchas no chão de volta ao lugar em que o jipe, e Dante continuava encostado na mureta com os olhos bem abertos. Tinha nas mãos o isqueiro e tentava em vão produzir alguma chama sempre apagada com o vento ininterrupto.

— Achamos o holandês.

Nenhuma reação: só o movimento vagaroso da cabeça, mas logo voltou a atenção ao isqueiro.

— Ele levou duas pancadas na cabeça.

Dante girou um pouco o corpo até que conseguisse enfim se apoiar para pôr-se de pé. Pegou a caderneta de telefones que Renato havia jogado no chão ali perto e a enfiou no bolso do casaco junto talvez do maço de cigarros quase esquecido.

— Vamos embora.

— Patrick estava com o passaporte do holandês.

— Estou melhor, estou bem.

— Dante.

— Foda-se o passaporte.

— Precisamos chamar a polícia.

— Cadê aquele guia filho-da-puta?

Não era bem uma pergunta e Dante não esperaria por resposta. Respirou fundo e olhou uma última vez a mochila aberta abandonada no chão antes de seguir de volta para onde Pedro havia estacionado o jipe.

— Dante!

Estevão ouviria só a porta do carro se abrindo e fechando na distância. Perguntou-se quantos meses ou anos desde que as casas abandonadas ou a bicicleta sem a roda da frente o pneu traseiro vazio e senão a poeira nenhum sinal de ferrugem. Era também o cadáver estirado no chão a pele do rosto quase toda intacta e as duas marcas de pancada na cabeça feito maquiagem de cinema. Era?; tão real quanto. Tão real que parecia mentira. Quis prestar atenção no som dos próprios passos feito precisasse ter certeza de que não estava sonhando. Viu ao se aproximar que seu pai e Helena discutiam mas ouviu foi a voz de Pedro os interrompendo.

— *Vaya, vaya!* Resolvo isso, *ya*? De volta ao jipe.

— A gente precisa chamar a polícia, Pedro — Beto insistiu.

— *Sí, claro. Voy a...* chamo um amigo, ele chama a polícia.

— E o jipe, a mochila?

Estúpido o esforço para responder em português porque nervoso e as palavras não faziam sentido. Estevão voltou ao jipe abandonado e à mochila; o aparelho de GPS, o cachecol e as luvas continuavam jogados no banco do motorista junto do chocolate. A mochila estava quase vazia: Estevão encontrou ainda um carregador de celular, algumas cartelas de remédio e um colírio. Tomou para si o GPS e o meteu no bolso interno do casaco. Logo voltaria os olhos para o chão onde começava o rastro de sangue que então só uma mancha disforme quase negra.

Ele não é bem pesquisador, não é da área. É engenheiro.

Que morresse isolado nos confins da Bolívia a quase quatro mil metros de altitude com duas pancadas violentas na cabeça e uma briga, claro, porque os machucados nas mãos. Patrick com o passaporte de Rudolph Van Dyck. Adiante ao norte as montanhas e um princípio de vegetação amarela por entre o solo seco e esburacado. Estevão fez a volta no jipe abandonado. Não porque esperasse encontrar algo ou alguém. Mais pela necessidade de se afastar e observar na distância e superar aquela miopia que certo ia muito além dos óculos com o grau errado. Não podia seguir na outra direção se havia a estrada e o jipe e Dante. Ouviu que o chamavam: outra vez a voz do pai e não no melhor dos humores.

Virou-se para voltar e sentiu que chutava alguma coisa já preparado para xingar em voz alta a pedra maldita que quase o fez tropeçar mas. Pedra; nada. Um revólver pequeno o cabo de madeira e o corpo de um preto meio gasto nas bordas; metido na terra e empoeirado como tudo mais naquele lugar. Estevão abaixou-se. Ouvia ainda um murmúrio de vozes vindo de trás da última casa e com cuidado examinou o revólver em busca do mecanismo que fazia abrir o tambor.

— Estevão!

Uma trava na lateral e o tambor saltou para fora; seis tiros, cinco balas. Deixou cair na mão a munição e a guardou no bolso do casaco. Enfiou a arma desmuniciada no bolso interno junto do aparelho de GPS e levantou-se num pulo. O coração acelerado e outra vez a voz de seu pai que *Estevão!* quase como se precisasse compensar pelos seis meses que nenhuma palavra. Também aquela falta de ar e um cansaço nas pernas e os óculos velhos que ainda insistiam em escorregar pelo nariz. Sentia a secura nos olhos como se de lentes no pior dos invernos paulistanos e vento. Vinha do oeste uma brisa gelada e cortante.

— Que você está fazendo aí?

Um pouco aos tropeços voltou ao jipe abandonado e já o grupo sem mais discutir se dirigia para perto da estrada onde Pedro havia estacionado.

— Que vocês decidiram?

— Vamos embora. Pedro arrumou alguém para chamar a polícia e ninguém precisa saber que estivemos aqui — Helena disse. — Não podemos perder tempo com esse tipo de coisa.

— Esse tipo de coisa? — E buscou com os olhos o pai que a cara fechada e encolhia-se no casaco antes de entrar no jipe e calado tomar o banco do fundo. — Mas aquele.

— Você quer cuidar de burocracia? Não temos nada a ver com isso.

Renato entrou atrás de Beto e ocupou também o último banco, seguido por Helena e Estevão que não demoraria a concordar porque afinal havia um revólver no bolso do seu casaco e vá vendo que não é o tipo de coisa para se explicar a um policial boliviano à margem de uma estrada de terra no meio do nada. Pedro perguntou a Dante se ele estava melhor e o silêncio que recebeu como resposta foi o mesmo silêncio que os acompanharia até que os primeiros sinais de civilização na borda da cidade de Santiago de Huari.

Santiago de Huari, departamento de Oruro; (a cidade parda).

Era difícil ter fome depois que. Seria exagero culpar o frango, outra vez o frango e o cheiro de fritura e pimentão. Pedro conversava com o homem atrás do balcão a alguns metros de distância e na mesa deles ninguém falava. Dante tinha os cotovelos ao lado do prato e a cabeça baixa enquanto mirava com o garfo os pedaços de um frango empanado sem chegar a espetar nenhum deles. Beto havia dado fim em metade da comida e desconfiado as costas apoiadas os braços cruzados observava o guia. Também Helena e Renato mantinham os olhares no prato de comida sem muito entusiasmo.

Estevão sentia era o peso do revólver no bolso do casaco e mais ainda o peso das histórias que havia montado em sua cabeça durante a viagem de jipe. Precisava falar com o pai ou Dante. Não aquele silêncio, não a expressão sem vida do holandês que três semanas.

Deixaria no prato metade do frango para se levantar e sair, depois de acertar com o pé não muito sem querer a cadeira de Dante — ele, claro, outra vez, que era também engolir um orgulho ferido para cuidar de outro, e seu pai. Por que não se pode nutrir o próprio ego, um pouco, de vez em quando? Pensar-se capaz apesar de. A decepção e os comentários e a cidade de São Paulo imensa e insignificante. A paciência de Regina escapando pela porta aberta.

O frio; as ruas de Huari eram pavimentadas mas sem asfalto, e a terra seca e parda e onipresente era a mesma cor das pedras, das paredes, dos muros, dos cachorros e das pessoas. Só o céu de um azul impossível. Estevão seguiu à esquerda até a praça em que ainda algumas árvores quase verdes e algumas *cholas* coloridas vendendo biscoitos e chocolates. Sentou-se na mureta de um dos jardins já um pouco sem fôlego e esperou. Do outro lado da rua a construção de três andares: a parede num tom pastel e as letras pintadas em preto GOBIERNO MUNICIPAL AUTONOMO "HUARI", assim mesmo com as aspas que era o tipo de coisa que Regina notaria e comentaria indignada. Uma bicicleta encostada ao lado de uma das portas sob uma janela gradeada e um tipo vestido de preto fumando no degrau da porta da direita; o gorro vermelho e os olhos semicerrados. Também ao lado na outra esquina outra construção que as paredes todas pintadas de branco com os dizeres em azul de propaganda de uma marca de cimento. Muito fácil sentir-se estrangeiro e invasor porque tudo motivo para um desencontro: nos olhares curiosos a roupa de turista as feições de estrangeiro e desacostumado com os óculos e o peso do revólver desmuniciado metido no bolso do casaco.

Dante apareceria poucos minutos depois para sentar ao seu lado fazendo distância de quase um metro e antes que Estevão pudesse abrir a boca tirou do bolso do casaco o vidro com a mucilagem do cacto e o pôs sobre a mureta entre eles. Depois a caderneta de Van Dyck e por último um aparelho celular: um smartphone com teclado.

Estevão pegou o telefone.

— Está sem bateria — Dante disse.

— Não conheço esse modelo.

— Estava embaixo do jipe.

— A entrada é USB padrão, não deve ser difícil encontrar um carregador compatível. — E um pouco por efeito retardado no processamento da informação ergueu o olhar para o colega. — Pensei que você estava passando mal.

— Eu estava passando mal.

— Mas...?

Resposta; quê. Dante só fez sacudir os ombros. Estevão tirou do bolso o aparelho de GPS que havia encontrado e o enfileirou com o smartphone ao lado dos objetos na mureta. Dante pegou a caderneta e sentou-se um pouco mais perto enquanto examinava a caligrafia do holandês.

— Não sei, passou, de repente.

— De repente?

— Me veio uma clareza de visão. Literalmente: as coisas ficaram mais nítidas. Pode ter sido impressão. Estava tudo meio escuro e embaçado antes.

E apontou os óculos meio tortos de Estevão que também um pouco sujos, porque tanta a poeira da estrada. Estevão os tirou do rosto e limpou as lentes na camiseta por baixo do casaco e do agasalho.

— H. A. deve ser Heitor Andrade. O número tem o código de área, vê? São Paulo. Cinquenta e cinco e onze. A maioria dos registros são só iniciais. Que tipo de gente usa iniciais na agenda telefônica?

— Alguém vai avisar Heitor sobre o holandês?

— A essa altura do campeonato não sei nem se devíamos avisar Heitor se encontrarmos o médico. Aliás, quanto será que foi o jogo do Brasil?

— Como assim?

— A Copa América. O Brasil jogou no domingo. Que dia é hoje?

Estevão olhou em volta a gente da praça. Que dia é hoje; a mais simples das perguntas. Dante tomou nas mãos o pote de vidro e o observou contra o sol antes de guardá-lo outra vez.

— Dante.

— Vê: você disse que alguma coisa deu errado. Alguma coisa na pesquisa. Por que procurar um homem em Huari?

— Enrique Diaz.

— Alguma coisa deu errado e Heitor não podia saber e Patrick pensou que esse boliviano tinha a resposta.

— E o holandês?

Dante fez escapar um resmungo frustrado. Tomou de volta o telefone celular e o guardou outra vez no bolso do casaco.

— Isso estava na mochila? — perguntou, com um gesto de cabeça para o aparelho de GPS.

Estevão fez que sim. Que não houvesse sequer tentado ligá-lo era talvez receio desmedido. Senão um pouco o medo e a incerteza de um holandês morto com duas pancadas na cabeça numa vila abandonada à beira do caminho. Conhecia a marca do aparelho e já havia trabalhado com modelos semelhantes, e pegaria-se acariciando o botão de ligar antes de voltar a guardá-lo no bolso.

Teriam perdido alguns minutos observando em silêncio a movimentação em torno da praça até que Pedro surgisse na esquina e sem perder tempo andasse até eles sem nem olhar para os lados ao atravessar a rua.

— Precisamos ir a Oruro — ele disse.

E antes que pudessem protestar dizer que o campo de futebol e o nome no pedaço de papel:

— Vocês têm meia hora. Helena quer dar uma volta e ver se alguém sabe de alguma coisa. *Vaya, vaya.*

*

Com o campo de futebol acabava também a cidade e adiante os pés de uma cadeia de montanhas depois de uma área de plantio meio desbotada. Também a grama do campo um pouco a mesma cor de todo o resto da cidade e o vento gelado onipresente. Havia ao lado do campo maior um campo pequeno de terra e tudo aberto nenhuma grade de proteção. Seria um pouco pretensão chamar aquilo campo de futebol embora as dimensões parecessem razoáveis em relação ao que exigiam as regras oficiais.

Era o início da tarde numa quarta-feira e ninguém;

nada.

— Vocês demoraram.

Madalena estava encostada numa construção abandonada na lateral do campo menor, os braços cruzados e encolhida no cachecol. Quase a voz não saiu porque o vento.

— Contratempos — Dante respondeu.

Teria bastado o olhar de Estevão para saber que não tanto um contratempo e havia mais que precisava ser dito. A argentina percebeu e contra a vontade de Dante viria inevitável a explicação:

— O holandês está morto — Estevão disse.

— Van Dyck?

— Encontramos o jipe num povoado abandonado na borda da estrada. O corpo estava dentro de uma das casas e devia estar lá fazia algum tempo. Duas pancadas na cabeça.

Ela abriu a boca mas nenhuma reação, nem tanto o choque e um pouco como se não soubesse a forma mais adequada de responder à notícia. Buscasse os motivos que levariam alguém a acertar duas pancadas na cabeça de um engenheiro que.

Ou não pensava não imaginava e a informação só as palavras incapazes de se fazer realidade porque o absurdo.

(O holandês está morto.)

— Campo de futebol na borda leste da cidade. — Estevão disse. — É aqui, não é? Não há nada aqui.

Constatar o óbvio; ignorar o ruído distante de passos no chão de terra e afinal era o início da tarde numa quarta-feira e o máximo que podiam esperar era um jipe barulhento a um ou dois quarteirões de distância.

— Vamos seguir a Oruro — Estevão disse. — Pedro nos deu meia hora.

— Patrick nunca foi a Oruro.

— Um dos guias do Salar disse que Enrique é de lá.

— Vocês não podem ir embora. Patrick seguiu daqui para Potosí. Ele não teria tempo de passar em Oruro e estar em Sucre no dia quinze depois de devolver o jipe em Potosí.

— Como você soube que ele esteve em Sucre? — Estevão perguntou.

Ela cruzou os braços em defensiva automática. Estreitou os olhos e haveria na expressão indício de que não queria falar e não tinha nada a explicar a ninguém, mas. Olhou Dante e ele também esperava embora parecesse mirar através dela.

— Ele me ligou de Sucre. Me pediu para não contar a ninguém sobre onde estava. Disse que eu devia ir embora, voltar para casa. Que eu não podia confiar em Heitor.

— Mas confia em nós? — Estevão perguntou.

— Preciso de ajuda.

— E confia em Pedro.

— Pedro é inofensivo.

— Ninguém mais sabe sobre essa merda de campo de futebol. Não temos motivo para ficar aqui. Segundo o pessoal de Coqueza, Enrique é de Oruro.

— Falem com Helena. Precisamos saber por que Patrick abandonou a pesquisa.

— Não — Dante interrompeu, e sacudiu a cabeça como se num esforço para voltar à realidade. — Ninguém vai contar nada agora. Você começou com esse monte de segredo. Não confio naquela gente.

— Mas meu pai.

— Foda-se seu pai. Você não fala com ele há seis meses. Ele nem olha na sua cara. Vai confiar em alguém que não olha na sua cara?

Estevão havia cerrado os punhos e teria acertado um soco em Dante — ou teria tentado, teria feito o movimento para acertá-lo e certo que teria errado porque não se lembrava a última vez que havia se metido numa briga senão quando era moleque adolescente ou; vê que se aproximava seu aniversário de trinta anos. Estevão não pensaria em nada daquilo e por isso mesmo cerrou os punhos e girou um pouco o corpo, mas Dante percebeu, apoiou as mãos nos ombros de Estevão que um pouco mais baixo do que ele incapaz de se desvencilhar e se afastar para.

Mais ainda porque Dante os olhos de um desespero quase infantil. Ora: todo aquele tamanho, sim, e falando alto para espantar o vazio e o medo de.

— Se Heitor quer se certificar de que Patrick está morto, eu não quero ter parte nisso. Quem garante que ele não mandou matar o maldito do holandês?

— Dante.

— Um homem está desaparecido e outro morto, e você — e apontou Madalena erguendo o dedo meio débil sem tirar as mãos dos ombros de Estevão — está me dizendo que não posso confiar em qualquer um porque afinal alguém do grupo pode estar metido com tudo isso.

— Mas Helena.

— Não confio em Helena.

Deu um passo para trás e talvez um passo em falso porque desabou no chão desajeitado sem ter tempo de apoiar-se com as mãos. Estevão tentou ainda lhe segurar pela manga do casaco, mas.

Ajoelharam-se os dois para ajudá-lo a se pôr sentado.

— Você está com febre — Madalena disse.

Mas ainda consciente e ainda os olhos abertos. Tateou meio desajeitado o bolso do casaco até encontrar os óculos escuros. Estevão pôs-se de pé e procurou ao redor alguém que. Um cachorro preto e branco dormia à sombra de um barril de lata.

*

Era só o som da televisão no espaço estreito mistura de refeitório e mercado e sala comum. O jogo chegava ao final do primeiro tempo em um zero a zero pouco convincente para o time de Lionel Messi. Beto tinha os olhos na tela e Estevão mirava uma estante sob o apoio da televisão, perdido nas cores das embalagens de iogurte e chocolate. Outros dois homens também assistiam ao jogo: um deles apoiado no balcão sob a escada; o outro dividia uma das mesas de plástico com Beto. Helena estava lendo num banco mais ao fundo, ao lado de uma porta pela qual passava de tempos em tempo uma menina de oito ou nove anos: trazia uma pilha de lençóis brancos e subia a escada, descia, passava pela porta levando materiais de limpeza, voltava e escada acima, escada abaixo, porta afora e mais uma vez e de novo sempre com uma nova função.

Estevão distraído a observava. Ouvia a voz do narrador da televisão que anunciaria o fim do primeiro tempo e um jogo morno, e a campainha seguida pelo som da porta da frente e depois a porta para a sala em que estavam. Renato com os olhos miúdos e a expressão cansada e Dante o sorriso meio maníaco pouco coerente com as olheiras.

Helena deixou de lado o livro e endireitou o corpo. Mas foi Renato sacudir a cabeça em negação e puxar uma das cadeiras ao lado de Estevão para desabar sobre ela feito o peso do corpo o vencesse por nocaute. Estevão já a atenção dispersada e na televisão os comerciais do intervalo. O peso do revólver no bolso do casaco.

— Tem certeza do que ouviram? — Renato perguntou.

Referia-se ao que haviam discutido à tarde quando o grupo voltou a se reunir. Uma mentira bonita, quase uma verdade. Ora, que diferença fazia; Patrick escreveu, alguém escreveu, alguém disse, disseram.

Enrique Diaz está em Huari.

— Só mais um dia — Estevão disse.

A menina abriu a porta outra vez e passou por eles com um cobertor nos braços. Helena lhe sorriu antes de murmurar:

— Alguma coisa não está certa.

E a menina os passos cuidadosos escada acima.

— Ninguém sabe de nenhum Enrique Diaz e todas as vezes que mencionei uma pesquisa sobre cactos me olharam como se eu estivesse maluco — Renato completou. — Também não sabem de Patrick.

Beto mantinha a atenção dissimulada na televisão. Dante havia parado encostado na parede ao lado do banco. Pensar que talvez ele tivesse razão e talvez Patrick estivesse errado ao concluir que Enrique Diaz *east border soccer field* e não havia ido a Oruro seguiu dali para Potosí se livrou do jipe antes de tomar o rumo de Sucre.

Um equívoco (não vamos encontrar esse médico em lugar nenhum);

nunca.

Estevão virou-se para ver que a menina estava parada no meio da escada: havia derrubado o cobertor e tentava desajeitada dobrá-lo outra vez.

Eram ainda nove e meia da noite mas tão fácil sentir-se cansado feito fosse a madrugada e mais ainda porque nada para fazer nada a dizer e a imagem do cadáver abandonado num povoado esquecido na beira da estrada.

Dante deu um tapinha nas costas de Estevão antes de seguir para a escada e parar na metade dos degraus para ajudar a menina com o cobertor. O homem atrás do balcão resmungou qualquer coisa sobre o time da Argentina e a incompetência de Messi sem os companheiros do Barcelona. Seguiria outra vez o silêncio porque *só mais um dia* e Patrick ficava cada vez mais distante. Estevão ouviu os passos enfim escada acima e levantou-se quando cessaram.

— Vou dormir — anunciou.

Era a mentira maior: devia ter dormido um total de quinze horas em cinco noites desde que haviam começado a viagem. Sentia o peso nas pálpebras e culparia o incômodo dos óculos por tantos os anos que não os usava ou a secura do ar e a dificuldade para respirar, mas. No silêncio do andar de cima entrou no quarto de três camas que era dele e de Dante e de Pedro; Dante estava de costas inclinado por sobre o criado-mudo entre duas das camas. Que percebesse a aproximação do outro: virou-se num pulo e tranquilizado com a presença do colega deixou-se sorrir ainda que não tão convincente. Ergueu a mão com o telefone celular conectado a um carregador.

— Uma agenda telefônica de iniciais — Estevão disse. — Que mais você pensa que vai encontrar aí?

O telefone fez soar a anunciação de que estava iniciando o sistema. Dante deu de ombros e sentou-se na beirada da cama. Estevão ocupou a cama oposta e tirou as botas e as meias já meio úmidas e geladas de suor. Pegou do criado-mudo a garrafa d'água de um litro e tomou um gole demorado. Sentia-se cansado mas não viria o sono suficiente para dormir, para deixar descansar a cabeça e não pensar nos eventos do dia, na voz do pai que gritava *Estevão!* e nos insetos que rastejavam pelos ferimentos as manchas escuras no rosto sem vida do holandês. Fosse um avanço que não pensasse em Regina e que em quatro meses conseguisse se deitar sem que a mente fosse automática às lembranças do noivado interrompido. Ora, noivado; não é mais o tipo de coisa que as pessoas fazem assim impunemente e o que se pode dizer se afinal já moravam juntos fazia alguns anos. Estevão tirou também o cachecol e o deixou por sobre a mochila. Depois o casaco com cuidado porque o revólver e a munição no bolso lateral e o alívio por se livrar daquele peso. Afastou as duas camadas de cobertas e ajustou o travesseiro apoiado na parede para encostar nele com as pernas cruzadas.

— É um smartphone — Dante disse, distraído e atrasado por resposta à pergunta de Estevão. — E nada garante que seja mesmo do holandês.

Mas logo uma careta e:

— Ou talvez o fato de o sistema estar em uma língua incompreensível que provavelmente é holandês.

— Me dá isso aqui.

— Vai dizer agora que entende holandês?

— Entendo o suficiente sobre a lógica de um sistema operacional para conseguir mudar o idioma.

— Lógica de sistema operacional?

— Me dá isso aqui.

Dante obedeceu e Estevão precisou se aproximar porque o cabo do recarregador e a distância da tomada. Não demorou a encontrar o botão de configurações para mudar a língua do sistema para inglês. Ia devolver o aparelho quando uma mensagem pulou na tela: *GPS LOADED. LOCATING TARGET. THIS MAY TAKE A FEW MINUTES. PLEASE WAIT...* e as reticências finais piscando impacientes.

— Dante.

Mostrou o telefone e Dante o tomou de volta. Os passos do lado de fora e a porta, o susto, a cara redonda de Pedro e o sorriso pela metade antes que calado se dirigisse à sua cama e procurasse qualquer coisa na mochila. A mensagem havia sumido da tela do telefone e Dante buscava nos aplicativos aquele que responsável pelo aviso. Se não bastasse o resto do dia então a agitação seria mesmo ainda outra noite sem dormir. Estevão sabia: pensava que melhor teria sido sair daquele albergue decadente caminhar pela cidade e observar as estrelas.

Pedro lançaria a eles um olhar inquisitivo que sem resposta se desfez no minuto seguinte. Deixou o boné sobre a cama e saiu do quarto.

— Deve ser um aplicativo de localização — Estevão disse. — Ele usa o GPS do telefone para encontrar o sinal de outro aparelho. Pode ser outro telefone ou um dispositivo específico.

— O holandês estava seguindo alguma coisa.

— Ou alguém.

— Você acha que ele estava atrás de Patrick?

Estevão deu de ombros. Puxou as cobertas para que cobrissem as pernas e encolheu-se.

— Acho que ele está bem morto.

— Patrick?

— O holandês.

— Alvo localizado.

Dante esticou a mão com o telefone para mostrar a tela: *TARGET LOCATED*. Uma combinação de coordenadas de latitude e longitude:

-15.997,-69.183. Dante tentou o botão *view map* abaixo dos números, mas recebeu a informação de que não havia conexão. Estevão já se inclinava para procurar em sua mochila menor seu aparelho de GPS. Pediu o número indicado na tela e o inseriu no aparelho.

— Noroeste — disse.

— La Paz?

— Pode ser — e apontou a tela monocromática. — São mais de 420 quilômetros daqui. Também não tenho conexão e sem isso o mapa do celular não faz busca por coordenadas. Só tenho as imagens guardadas na memória.

— E aquele aparelho que você encontrou?

Estevão mirou ao pé da cama o casaco sobre a mochila. Esticou-se para buscá-lo no bolso driblando sem muito sucesso o contato com o metal gelado do revólver. Pressionou o botão de ligar sem cerimônia para constatar que sim, havia bateria e era a interface conhecida com a qual já havia lidado antes. Procurou nas localidades marcadas: a última delas era um ponto ao sul um pouco a leste de onde estavam e inevitável pensar que pela distância indicada na tela fosse o lugar em que haviam encontrado o corpo do holandês. O aparelho de GPS inconsequente o teria levado à sua morte; sim?

— Duas coisas — disse, e pegou também o seu GPS. Sacudiu a cabeça porque duvidasse de seu próprio raciocínio. — O dispositivo-alvo deve ter continuado em movimento.

E franziu a testa; duas coisas? Tão óbvio, mas. *Você acha que ele estava atrás de Patrick?* Quem mais? Enrique Diaz?

Dante o encarava.

— Pode ser que por um momento o dispositivo que está gerando o sinal tenha parado ali na beira da estrada, — continuou. — no lugar onde encontramos o.

Os insetos cheios de patas rastejando na pele escurecida do holandês e duas pancadas na cabeça o sangue seco o revólver atirado na vegetação rasteira que rodeava a vila um jipe abandonado esquecido invisível.

— O que diz aí? — Dante perguntou.

— Veja no aplicativo do telefone; deve ter algum tipo de histórico de localização desse dispositivo-alvo.

Dante espiou a porta do quarto antes de pegar o aparelho e apertar alguns botões. Impaciente entregou-o a Estevão e pôs-se de pé. Caminhou até a porta e olhou o lado de fora.

Estevão deixou de lado o seu GPS para se concentrar no aparelho que havia encontrado no jipe. Um pouco era a adrenalina da descoberta embora não soubesse bem de que ela serviria. Era enfim a sua área: uma indicação de coordenadas e o equipamento certo e podia se sentir feito criança com um novo brinquedo de montar. Os dedos gelados fora das luvas moviam-se com dificuldade, mas sentia mesmo era o coração acelerado e aquele começo de náusea da altitude. Comparou o histórico de busca do aparelho de GPS com as informações de localização do aplicativo do celular e nenhuma surpresa ao constatar que as coordenadas todas batiam.

— Ele estava usando o GPS para seguir o dispositivo-alvo.

A penúltima entrada no celular datava de doze de junho: pouco mais de três semanas antes. O mesmo par de números que no GPS marcava um ponto ao sul-sudeste de onde estavam.

Dante voltou à cama. Abriu a mochila e tirou de lá uma cartela de remédio; engoliu dois com um gole demorado da garrafa d'água e apertou os olhos.

Doze de junho.

Patrick havia desaparecido no dia doze.

Van Dyck estava morto desde o dia doze?

Seriam talvez os fatos lhe gritando incoerências ou porque não fosse inteligente o suficiente para perceber o óbvio; sim?

— Se você me arrumar um mapa de verdade eu consigo traçar uma rota aproximada.

Dante fez uma careta. Deixou-se cair na cama e a cabeça por pouco não acertou o encosto de madeira. Enfiou-se desajeitado debaixo das cobertas.

— Você não está no meio da floresta, Estevão. Amanhã a gente vai numa *lan house*.

Que era dizer toma aí mais um motivo para passar a noite em claro quem precisa dormir.

(Amanhã a gente vai numa *lan house*.)

Porque eram quase dez da noite e devia estar começando o segundo tempo daquele Argentina e Colômbia que terminaria em zero a zero e mais um empate frustrante para os anfitriões da Copa América.

Santiago de Huari, departamento de Oruro;
(a cidade vermelha).

Estevão a reconheceu encostada na porta da venda: a mesma roupa da noite anterior e os olhos que curiosos acompanhavam a movimentação. Renato conversava com o dono e sorrisos porque *sí, claro, brasileños, muy frío* etc. Comprar alguma coisa para o lanche do resto da viagem, que Pedro havia anunciado a partida para depois do almoço, e mais quatro ou cinco horas até Oruro. A menina escondeu-se quando Estevão olhou, mas logo meteria a cara de novo no vão da porta, para se esconder de novo, esperar que saíssem da venda e segui-los em silêncio. Duas vezes Renato se virou e ela impassível, sacudindo despreocupada os braços miúdos a cada passada feito fosse natural seguir dois turistas brasileiros de volta ao albergue ou precisasse garantir que eles não se perdessem.

— Estevão.

— É a menina do albergue.

— Ela está nos seguindo desde que saímos de lá.

Claro, Estevão, sempre o último a saber, o último a notar, tão distraído se até mesmo Renato. Pensar que Renato, de todos ali; amigo da família, amigo de seu pai e de sua mãe havia décadas, sim? Resistiria ao impulso de conferir as horas no telefone celular porque queria mesmo era saber o dia e quanto tempo até seu aniversário de trinta anos.

Dante no lado de fora do albergue tinha um cigarro aceso entre os dedos e a expressão desconfiada. Encarava a ponta acesa feito não estivesse de todo certo do que tinha nas mãos.

— Está tudo bem? — Renato perguntou.

— Um pouco enjoado.

Apagou o cigarro que nem mesmo pela metade e o atirou na sarjeta. Estevão sabia que também Dante não havia dormido porque toda a madrugada a movimentação na cama ao lado e três ou quatro da manhã a silhueta do colega sentado com as costas na parede e a respiração ruidosa.

— Onde estão os outros?

Dante apontou com a cabeça o grupo próximo da esquina: Beto, Helena e Pedro se aproximavam em silêncio. Pedro ocupado em limpar as lentes dos óculos escuros.

A menina havia parado ao lado de Renato e lhe puxou a manga do casaco.

— *Qué pasa, chica?* — ele perguntou.

— *Los cactos, sí?*

Dante desencostou-se da parede; Estevão buscou os olhos de Renato, mas ele já muito concentrado na criança e as palavras sussurradas que desde a chegada em Huari estavam esperando ouvir.

— *Los cactos blancos.*

— *Cómo te llamas?*

— *Belinda.*

— *Sabes algo qué.*

— *Diez bolivianos.*

E estendeu a mão miúda. Ela muito séria nenhum sinal de que pudesse estar brincando. Tinha os olhos fixos nas mãos de Renato por exagero de objetividade e ninguém poderia dizer que não, veja bem, dez bolivianos; dois reais e alguns centavos, sim? Beto e Helena haviam parado ao lado de Dante e seguia-se o silêncio apesar da pergunta *que está acontecendo* e Pedro alguns passos atrás ainda os óculos escuros.

Renato tirou do bolso a carteira e dela a nota cinzenta de dez bolivianos. Colocou-a dobrada na mão da menina.

— *Los cactos* — disse.

Ela afirmou com a cabeça. Guardou o dinheiro e com um gesto adiante pôs-se a caminhar. Teria parado alguns passos depois e voltado-se para o grupo paralisado na calçada em frente ao albergue e insistente *vamos, vamos* num sussurro cuidadoso.

Logo eram os seis e a menina à frente em direção à borda leste da cidade e o campo de futebol.

Passaram por trás do campo e à esquerda rumo a umas muretas de pedra e construções abandonadas feito as que haviam visto ao longo de toda a estrada. Então a subida e a dificuldade de vencer as distâncias. Vinha mais forte o vento gelado e o som dos passos na terra seca e o silêncio dava à situação aquele ar de irrealidade que desde o início da viagem vez ou outra parecia tomar conta do espaço. A menina havia parado ao lado de um muro de pedra um pouco mais alto do que os outros embora não passasse de um metro e meio. Via-se que atrás um pouco à esquerda havia uma construção comprida de tijolos sem reboco, como tantas as casas nas periferias em todas as cidades. Mais adiante, pelo plano inclinado ao pé do morro, o que devia ser o outro extremo da propriedade e o muro de pedra, e do lado de dentro só a terra seca e a vegetação rasteira e uma lhama solitária mastigando uma grama amarela.

— Belinda.

Renato não teria tempo de continuar falando ou perguntar onde estavam e os cactos etc. Ela fez escapar um breve sorriso, um pouco como convinha a uma criança que sem querer compartilha um segredo engraçado.

Belinda, Belinda; era o nome de conto de fadas e passava a mão esquerda pelas pedras acariciando-as inconsequente. Seguiu à direita até chegar a uma falha no muro: algumas das pedras haviam cedido e continuavam ali espalhadas no chão formando uma passagem. Não seria impossível com algum esforço pular o muro se quisessem, mas. A menina pouco menos de um metro e quarenta e a ela talvez parecesse desnecessária a acrobacia se tão óbvia a passagem alguns metros para o lado. Olhou Renato e levou o dedo indicador aos lábios num gesto desnecessário por silêncio, ou porque soubesse a pergunta que logo seguiria.

— *Conoces a Enrique Diaz?* — Helena quis saber, enfim.

A menina fez que não entendeu. Saltou por sobre as pedras e limpou as mãos na saia para depois olhar o grupo, esperando.

— Vocês ficam aí? — Renato perguntou, e não era tanto uma pergunta quanto a confirmação retórica de uma ordem disfarçada de pedido.

— Onde você vai?

— Ver quem mora aí; conversar.

— Sozinho?

Ele deu de ombros. Era o som do vento e o silêncio de fazer esquecer a cidade algumas centenas de metros a oeste. Renato passou pelas pedras e ao outro lado do muro com um sorriso para a menina Belinda. Segurava ainda a sacola de plástico com o lanche da tarde e havia algo de cândido na cena: Renato de costas caminhando ao lado da menina feito voltassem para casa. Estevão que teria se adiantado, esperado que a dupla se afastasse para também atravessar pelo vão. Ajustou os óculos e viu na distância atrás da construção de tijolos o que pareceu um dos cactos como os que haviam visto em Coqueza.

Seria um exagero afirmar o descompasso no batimento cardíaco, que desde Potosí já o ritmo mais acelerado. Mas foi porque prendesse a respiração: um, dois, três ou quatro segundos até que o atacasse aquela náusea familiar da altitude e se obrigasse a buscar mais oxigênio. *East border soccer field*; era saber procurar e um pouco de insistência. *El cacto blanco*.

Patrick sabia?

Mais atrás na parte mais baixa do terreno era possível ver outra construção um pouco maior e mais comprida: um pedaço de uma varanda e as janelas todas fechadas. Teria dado um passo adiante e ouviu a voz do pai, mas distraído que estava não identificou as palavras; os olhos na menina que caminhava sacudindo os braços no ritmo dos passos um pouco à frente de Renato enquanto ele confiante a seguia a sacola plástica na mão.

Estevão parou: uma das mãos apoiada no muro e empurrou os óculos de volta para o topo do nariz ainda outra vez. A lhama havia erguido a cabeça num movimento assustado e parecia observar a dupla. Estevão apertou os olhos para ter certeza de que o cacto; era? Porque havia a distância e o grau errado dos óculos e impossível dali ter certeza de que as pontas brancas. *El cacto blanco*: palavras da menina Belinda. Que ela, de todos os outros com quem haviam conversado no dia anterior; ela saberia? Brincadeira de criança: correr para além do campo de futebol escapar dos adultos e das obrigações — carregar roupa de cama e cobertores e material de limpeza escada acima escada abaixo — e encontrar passagens nos muros de pedra.

Ouviria talvez cortando o silêncio um ruído que podia ser passos ou o vento ou um eco de. Sua própria respiração ou as respirações dos quatro no outro lado do muro. Houvessem sido um pouco mais insistentes no dia anterior conseguiriam encontrar sozinhos aquele lugar e por isso talvez encarasse com desconfiança o excesso de solicitude de Renato ao aceitar a ajuda da menina e ir atrás dela antes que pudessem contestar.

Pensou que devia também segui-los e estranhou que Dante junto do grupo continuasse calado. Mas era a altitude e a labirintite e a tentativa necessidade de voltar a fumar o cigarro entre os dedos e *um pouco enjoado*. Viu que Renato havia alcançado a construção mais próxima e parado de andar. A menina ao seu lado o observava, mas súbito um estouro e com o susto Estevão outra vez prendeu a respiração: mal foi capaz de escutar o segundo estampido seco que seguiu, e depois ainda outro, e outro, e o silêncio. Renato e Belinda caídos no chão; a sacola plástica ainda enroscada na mão de Renato. De Estevão os óculos fracos a visão fora de foco uma mancha escura avermelhada sob. Haviam sido quatro tiros sem hesitação e logo na distância os passos apressados na terra.

— Estevão, que aconteceu? — Beto perguntou, pronto para também ele passar pelas pedras.

Só o gesto dos braços, a cabeça vazia e o coração em galope: indicar ao pai que voltasse e dizer por entre os dentes que *não, não; volta, vamos sair daqui agora*. Por cima das pedras para o lado de fora do muro e outro tiro rasgando o ar estilhaçando o silêncio.

— Corre.

A leveza nos músculos e a adrenalina, tomar o pai pela mão enquanto Helena segurava Dante pelo braço e disparar terreno abaixo em retomada do caminho.

— Mas Renato.

(Renato e Belinda caídos no chão e uma mancha escura avermelhada.)

Quatro tiros e ainda mais outro, e pensar que não havia morrido no frio da Antártica quando meia dúzia de erros de cálculo e agora isso, agora vou morrer com um tiro na nuca na borda de uma cidade pálida e cinzenta e esquecida antes de completar trinta anos e ninguém vai saber, se nem mesmo o desaparecimento de um médico irlandês faz vender jornal nessa merda de país. Via era o chão de terra e pedras; que a mente repetisse o mantra do desespero, mas era a concentração toda voltada para a precisão das passadas e não tropeçar, não perder o equilíbrio etc. A primeira fileira de casas na borda da cidade entrou na vista e de volta à rua larga de terra ainda correndo para o espanto de uma *chola* na porta de sua casa e um cachorro amarelo que dormia encostado à parede. Dante desabou no chão antes que alcançassem a esquina, e por pouco não levou Helena com ele.

— Vamos — Estevão disse.

Tentou erguê-lo pelo braço, mas o esforço e a falta de fôlego fez fraquejar as pernas e quase foi ao chão também. Olhou em volta: Beto estava apoiado num poste de energia e Helena seguia adiante em velocidade reduzida.

— Pedro?

Beto e Helena e Dante que no chão com as mãos no rosto, o cachorro amarelo e a *chola* colorida. Um vento gelado que fazia doer o ouvido com a dor de cabeça incipiente. Nenhum sinal de Pedro. A *chola* entrou em casa e bateu a porta.

— Vamos — Beto disse.

Aproximou-se de Estevão e apoiou-se nele; também as pernas gritavam a falta de oxigênio junto da respiração. Gesticulou com a cabeça: segurou Dante pelo casaco e junto de Estevão conseguiram fazer com que o rapaz se levantasse. Helena havia entrado à esquerda no que parecia ser o quintal murado de uma casa abandonada. Seguiram atrás dela apesar das pernas exaustas, o fôlego inexistente e a náusea: Estevão de um lado e Beto do outro escorando o caminhar de Dante em esforço de coordenação de passadas.

Desabaram os três tão logo se sentiram protegidos pelo muro alto que cercava o espaço: um retângulo de dez ou doze metros quadrados. Ali uns restos de material de construção e uns tocos de madeira jogados num canto sob os quais Helena havia sentado, os cotovelos nos joelhos e a cabeça nas mãos. Dante precisou ser arrastado pelos outros dois até que saísse da vista da rua, e então o silêncio das respirações pesadas e uns passos na distância que.

Era impossível dizer de onde vinham ou. Também o ruído dos carros nas ruas de calçamento irregular. Respirar fazia doer o peito e pulsava nos ouvidos uma dor aguda. Dante abriu o zíper do casaco e encolheu-se com a cabeça encostada no muro mirando o telhado da casa. Estevão viu a pergunta nos olhos do pai, mas não teve ainda coragem ou suficiente ar nos pulmões para formular uma resposta. Afirmou com a cabeça, devagar. Beto fechou os olhos.

E Pedro?

Lembrava-se de vê-lo com eles atrás da menina Belinda subindo a encosta do morro, mas. Tão preocupado que Renato fosse à frente seria incapaz de dizer se o guia havia desistido de segui-los ou tomado outro rumo quando.

(Renato e a menina que oito ou nove anos.)

Que gente é essa que sai atirando sem fazer perguntas?

E se Patrick havia estado em Huari procurando o que havia para além do campo de futebol.

Não; não parecia certo pensar em Patrick porque Patrick havia saído de Huari e seguido para Potosí com um passaporte holandês metido na bagagem. Pouco interessava se havia corrido morro abaixo e se escondido num quintal abandonado para recuperar o fôlego enquanto os ruídos se misturavam no vento gelado e na dor de ouvido; que importava um médico irlandês metido a biólogo quando ainda os tiros ecoavam na cabeça e a memória tratava de tornar difusa a imagem incerta de dois corpos no chão de terra próximos a um cacto que. Ora; pontas brancas. Fosse o reflexo do sol e as lentes dos óculos um pouco sujas da poeira.

Estevão ouvia em sinfonia as respirações dos quatro e mirava de rabo de olho a expressão do pai por medo de que os sessenta anos lhe cobrassem na pior das horas qualquer dívida acumulada por tantos anos vivendo no limite da segurança. Via era a pergunta, aquela primeira, feito o vento a houvesse trazido na correria junto com eles. Não existia fôlego para repeti-la. Pesou-lhe no bolso o revólver desmuniciado e lhe ocorreu que poderia enfim tirá-lo dali, devolver as balas ao tambor e. Mas era pensamento distante, como se estivesse imaginando um peso inexistente. Apalpou os bolsos do casaco: o aparelho de GPS, o telefone celular, o revólver. Precisou abrir a boca para buscar mais ar.

Ouviriam os passos, distantes mas apressados: eram dois ou três que sem conversa atravessariam a extensão da rua e adiante para além do quintal abandonado. Helena ergueu a cabeça e olhou os outros, em pedido desesperado por silêncio. Dante não se moveu. Beto ainda encarava o filho e Estevão fez afirmar com a cabeça, em gesto mínimo; ainda a boca aberta, ainda a dificuldade para respirar e a dor de cabeça, a náusea, a secura nos lábios e nos olhos apesar dos óculos que precisava a todo momento empurrar de volta para o topo do nariz.

Os passos se afastaram, mas ninguém se atreveu a se mover por outros dez ou quinze minutos.

— Que aconteceu? — Beto perguntou, ou repetiu, medindo as sílabas.

Estevão sacudiu a cabeça. Olhou Dante feito ele fosse capaz de resposta, ou porque o preocupasse seu estado de saúde e que nos importam os mortos se. Sentiu lhe fugir um pouco mais o ar e voltou a atenção ao pai. Beto havia abaixado a cabeça e esfregava o rosto.

— E Pedro? — Estevão perguntou a Helena.

— Não sei.

— Ele estava com a gente.

— Ele ficou para trás.

— Precisamos sair daqui. Dante?

Como se por resposta Dante se levantou, súbito todo altura e força. Piscou algumas vezes e acenou na direção da passagem à rua.

— Eles não nos viram — Helena disse.

Estevão tomou a frente. Atrás Dante, Helena e por último Beto que não parecia estar inteiro ali a cabeça distante num assombro. Saíram de volta à rua e andaram devagar até que outra vez as *cholas* apressadas e o povo cruzando o caminho, para então tomar o rumo do albergue. Houvesse nos olhares aquele ar apreensivo que costuma preceder as grandes tragédias, mas. Não é coisa que se vá prever: tragédias. Às vezes fogem os animais antes do terremoto, mas nem sempre as más notícias vêm com a mudança no clima. Ainda soprava a brisa gelada e o sol subia quase no mais alto de seu percurso invernal.

Vê: fosse impressão ou de fato os encaravam, as pessoas nas ruas e a gente do albergue. Que desfilasse a presa após a visita do predador. Não se atreveram a falar ou sorrir ao senhor que de trás do balcão lhes abriu a porta. Também porque o fôlego ainda faltava e disso todas as consequências sabidas do *soroche* famigerado. Sentir-se um pouco criminosos por lógica reversa, subir ao quarto de Dante e Estevão e Pedro e fechar a porta com o trinco. Distribuíram-se nas camas; Beto na beirada de uma delas as mãos ao rosto cobrindo a boca e o nariz e os olhos vermelhos.

— Pai.

Resposta; nada. Nem um aceno. Helena pousou de leve a mão em suas costas e Beto deixou escapar um soluço. Abriu a boca e desistiu de falar; mirou os outros um a um por medir reações em fúria resignada. Que ninguém ali pudesse entender ou nem mesmo se importassem. Depois só conseguiu negar com a cabeça, ainda a boca um pouco aberta e quase um sorriso descrente e irônico transformado em careta de desgosto.

— Vamos embora — disse. — Isso é ridículo. Está valendo os cinquenta mil? Os outros vinte mil? Alguém sabe por que estamos aqui? Patrick deve estar morto. Vamos embora.

Levantou-se.

— Mas Pedro.

— Pedro!

Apontou um dedo na direção do filho e não só os olhos mas todo o rosto vermelho fazendo contraste com os cabelos brancos. Hesitou; procurasse as palavras, ou.

— Eu vou embora.

Dante num salto bloqueou a porta.

— Você não vai a lugar nenhum sozinho.

— Está louco? Que merda está acontecendo com você? Quase desmaiou, precisamos te arrastar e agora vem dar ordem? Que droga você tomou?

— Estou bem. O problema é a altitude.

— Sai da frente, Dante.

— Pai, por favor.

— Não. — E virou-se para olhar Estevão e Helena que ainda sentados em camas opostas mas a mesma posição derrotada os ombros inclinados para frente e as costas curvadas. — Que vocês querem fazer? Esperar que esses... porra. Vocês têm ideia do que aconteceu? Alguma ideia? Conheço Renato desde que ele tinha quinze anos.

Dante não se moveu. Cruzou os braços e encostou-se na porta do quarto, sem tirar os olhos de Beto, todo tamanho de leão-de-chácara teimoso. Ergueu os ombros devagar que era dizer *não, nenhuma ideia do que aconteceu e conheço Renato há menos de uma semana*. Quê; facetas de um mesmo desespero. Não parecia a hora para esse tipo de análise ou ao menos não enquanto estivessem todos eles esperando para acordar de um sonho ruim. Beto tornou a erguer o dedo embora já não tanta a certeza de. Abaixou a cabeça e um ou dois passos para trás até se chocar com a cama de Pedro.

— Então vamos até a polícia. Agora.

*

Não seria necessário um esforço grande de percepção para saber que o policial estava inquieto com o relato. Helena que falava, num espanhol veloz e vigiada pelo olhar raivoso de Beto ao seu lado. A voz lhe saía bastante calma para quem contava sobre um caso de homicídio que havia acontecido menos de duas horas antes e talvez por isso o policial a encarava com alguma desconfiança ou — era, enfim — a certeza de que melhor mesmo era não acreditar em história de turista que certo só lhe traria problemas. Dante e Estevão se mantinham afastados perto da porta encostados na parede com as mãos nos bolsos: cumplicidade ou culpa compartilhada por esconder informações e; quê? Faria alguma diferença saber que sim, mais do que os cactos brancos ou o nome Enrique Diaz era exatamente aquele lugar que Patrick buscava? Por diferentes caminhos haviam chegado ao mesmo lugar que chegariam, inevitavelmente e daí vê: uma morte inevitável? Como se fosse possível que incidentes acidentes fossem evitados assim num exercício de imaginação em retrospecto.

Ou pensar na expedição Gatto e as ameaças de falta no estoque de suprimentos por erro estúpido de cálculo; e o frio. O resgate chegaria a tempo, haveriam alguns patrocinadores aborrecidos e um ou outro chefe de departamento arrancando os cabelos porque o cronograma etc. Números! Que a gente se acostuma a se preparar para o perigo e toma as precauções de segurança por mero hábito burocrático, até que minutos depois de um comentário sobre as nuvens no céu há um lapso fatal de atenção um palavrão fora de contexto e um grito se afastando no vazio. Um acidente de alpinismo; vê? Morte imbecil.

Caminhar ao lado de uma menina de oito ou nove anos uma sacola com o lanche da tarde balançando na mão esquerda como quem volta para casa depois de um dia de trabalho.

(Que gente é essa que sai atirando sem.)

Mas era; isso. Beto e o rastro de mortes imbecis: um acidente de alpinismo, complicações de parto, uma caminhada de menos de cem metros ao desconhecido em cidade esquecida no meio do altiplano boliviano.

— Dante.

Pensou que podia ser boa hora para lhe contar sobre o revólver no bolso enquanto estivessem na polícia e compartilhar assim o tamanho da encrenca.

— Sabe qual uma dose de ecstasy? — Dante perguntou.

— Do que você está falando?

— Alguns miligramas: cem, duzentos. Se não me engano com a mescalina é mais ou menos a mesma coisa, talvez um pouco mais.

— Dante, por favor.

— Parece pouco? Sabe quanto é uma dose de LSD?

Estevão desencostou-se da parede para encará-lo.

— Que você está fazendo?

— Contas.

— Por quê?

— Porque não se precisa muito.

Estevão deu de ombros, mas ainda a expressão surpresa e a pergunta nos olhos. Dante gesticulou com a cabeça na direção da porta e saíram os dois para a rua.

— Claro que Enrique Diaz tem interesse no cacto, mas não me parece o mais científico dos interesses — Dante disse, por atestar o óbvio. — É o tipo de interesse que se defende com homens armados que atiram sem perguntar.

— Droga?

— Quer apostar?

— E como Patrick entra nessa história?

— Essa é a pergunta.

— Será que Madalena sabe alguma coisa?

Dante deu de ombros. Meteu a mão no bolso interno do casaco como se para pegar algo, mas desistiu, subiu o zíper e ajustou o cachecol para que lhe cobrisse também o queixo.

Os gritos que irromperam na distância soariam primeiro como anunciação de uma briga. Depois a dúvida porque talvez uma brincadeira entre amigos, ou dois que decidiram conversar em lados opostos da rua. Na paranoia dobra-se a dúvida e, enfim, briga?

Impossível compreender o que era dito e Estevão pensou que sequer falavam espanhol. Não entendia de aymara ou quechua ou. Fosse o momento para se interessar pelos assuntos da cidade; morto um dos seus porque na cidade ninguém dizia nada? Curioso pensar assim: *um dos seus*. Um companheiro de viagem, um brasileiro, um professor aposentado com uma filha de vinte e dois anos? Voltou-se para Dante para perguntar se, enfim, seguimos? Mais do que continuar na cidade ou descobrir quem era Enrique Diaz e *essa é a pergunta* a questão era mesmo saber se valia a pena continuar se nem sequer pelos cinquenta ou setenta mil ou o que lhes restasse assim que Heitor se desse conta de que não estavam mais fazendo o trabalho que haviam sido contratados para fazer. Porque ainda o telefone celular com o programa de rastreamento por GPS e não haviam conferido outra vez as coordenadas.

(Patrick era *meu* professor, *meu* amigo.)

Queriam encontrar o médico?

(Estão aqui porque foram contratados.)

Um vento súbito e outro grito, mais próximo, e passou correndo um homem. Vinha a certeza de que não, algo não vai bem, ou ainda a paranoia, colada toda na náusea que não ia embora nunca mais.

Um policial saiu à rua. Deu um passo adiante na calçada e parou, e também outros apareceram nas portas e nas janelas e depois Helena e Beto e o policial com quem estavam falando. Foi Estevão que tomou Dante pelo cotovelo e seguiram apressados atrás do homem, medindo passos sem correr. Pararia ao perceber num relance aquele gorro vermelho e o rosto familiar, mas foi pensar em deter-se e se deu conta de que sim, o homem que corria era um que havia visto no albergue na noite anterior, assistindo ao jogo com eles. Sentiu como se algo lhe agarrasse a garganta e a visão se estreitou; continuou andando por inércia e desnecessário manter o ritmo para alcançar o homem porque já sabia aonde ia.

O sujeito entrou no albergue e na distância podiam ouvir sua voz se repetindo naquele tom lamentoso e incompreensível. Passou por eles outro homem que se meteu pela porta atrás do primeiro. Dante hesitaria, ou porque a necessidade de parar e tomar fôlego e olhar em volta para perceber a gente observando a cena. Um casal de ciganos com duas crianças e muitas mochilas gesto automático os olhares interrogativos na direção dos brasileiros. Não conseguiriam resposta. Outra vez Estevão a mão nas costas de Dante e vamos que já é tarde para voltar atrás e estamos mesmo metidos nessa merda de qualquer jeito. Entraram no albergue e ouviram mais claras as vozes na sala depois da recepção, embora ainda impossível entender o que era dito. Passaram pela porta a tempo de ver que o primeiro homem saía pelos fundos junto de uma mulher — outra que haviam visto trabalhando no albergue — enquanto o segundo pedia licença ao passar para tornar a sair à rua.

Estevão fez o gesto para segurá-lo e perguntar que merda estava acontecendo, mas Dante o puxou para o lado e deixou passar o homem.

— O que você viu, Estevão?

— Como assim?

— Só ouvimos os tiros. Deduzimos sozinhos que morreu Renato, mas quero saber o que você viu.

— Renato está morto.

— E a menina?

— A menina também.

Dante fechou os olhos e suspirou. Golpeou a parede com o punho cerrado e meteu outra vez a mão no bolso interno do casaco. Tirou de lá o telefone celular do holandês e conferiu qualquer coisa na tela antes de devolvê-lo ao bolso. O gesto repetido, e que fosse pegar de novo o telefone, mas desistiu, coçou a cabeça e enfiou as mãos nos bolsos da calça.

— Não sei — disse.

Os ombros caídos e derrotado. Estevão teria talvez achado graça nas palavras e nos gestos e na atitude que lhe parecia tão pouco característica do Dante que havia conhecido naqueles últimos dias. Quê; graça. Mirou na direção da porta de fundos e quis dizer que era questão de fazer acomodar as ideias e deixar passar aquele mal-estar da correria e quem sabe também comer alguma coisa que já se aproximava do meio-dia e haviam todos acordados por volta das sete. E se Estevão acostumado à própria insônia — o quanto se pode acostumar assim a um desarranjo do organismo — também Dante não havia dormido.

Parecia um pouco estúpido pensar assim em descansar e comer quando tão mais sérios os problemas. Certo haveria nisso alguma lógica ainda que Estevão fosse incapaz de percebê-la e irritava-se consigo pela própria incompetência. Era a fama de negligente e displicente e imprudente mas sempre a criatividade necessária para se livrar de qualquer encrenca ou erro de cálculo ou falta de energia elétrica ou solar nos lugares os mais ermos. Qualquer erro de cálculo, pois sim, descontando-se a expedição Gatto que para tudo há um limite principalmente quando se está num navio nas proximidades da Antártica. Então isso: duas mortes e já a segunda vez que topava com a morte em menos de dois dias. Funcionava sobre pressão, claro, mas vá culpar a altitude pela inação.

(Tão fácil culpar a altitude por tanta coisa.)

Nem tudo se pode resolver com um pouco de sorte e criatividade, ainda mais quando a sorte escapou na primeira oportunidade quando no jipe abriram um pouco as janelas. Estevão só fez negar com a cabeça e antes que pudesse responder vieram outra vez os gritos, outra vez da rua. O rugido de um motor de jipe e três disparos de.

Quê; arma de fogo? Nem o tempo de se perguntar e correram os dois à calçada em tempo ainda de ouvir um cantar de pneu e ver a poeira levantada pelo carro que dobrava a esquina adiante. O homem ensanguentado na beirada da rua quase na sarjeta era o mesmo que havia corrido minuto antes para fora do albergue. Havia se encolhido meio de lado e tinha as mãos juntas ao peito, mas já não se movia quando outro homem ajoelhou ao seu lado e lhe tomou o braço. Pudesse tê-lo detido, Estevão pensaria, inevitável; sim? Quão calculado pode ser um ataque como aqueles? Sentiu fraquejar as pernas e deu alguns passos para trás até que as costas na parede. Virou-se na direção que ficava o prédio da polícia e viu a argentina entre a multidão que se formava.

— Seu pai tem razão — Dante disse.

Estevão concordou e afirmar com a cabeça era movimento contínuo de sacudi-la em entrega. Insistente encarava Madalena até que ela também o visse. Como estar alheios ao ocorrido quando quase todos voltavam os olhares a eles, tão estrangeiros. Viria a polícia e depois Beto e Helena; ela que quase esbarrou na argentina mas a tempo desviou e breve trocariam olhares como se em reconhecimento.

— Que aconteceu? — Helena perguntou.

O tumulto engoliu a argentina e fez perder a visão do cadáver. Vinha gente de todo lado e Estevão não pôde deixar de pensar que antes as ruas mui vazias em pleno dia de semana senão nas proximidades do que parecia ser a praça principal. Não pôde deixar de pensar que precisava beber água e se deitar e descansar e quem sabe assim acabaria aquele sonho estúpido sem dúvida resultado de outra quinta-feira em que bebia demais depois que se encerrava seu turno na casa noturna.

— Para dentro — disse, autoritário.

Obedeceram, todos: subiram ao quarto e com a porta fechada Estevão jogou sobre uma das camas a mochila de Pedro. Dante uniu-se a ele numa busca sem objetivo que os outros dois não se atreveram a questionar. Beto havia se sentado na cama de Dante com o corpo inclinado para frente a cabeça baixa e os cotovelos nos joelhos. Era figura diminuída como cópia distorcida de si — e Beto não era e nunca havia sido um tipo dos mais altos.

— Vamos embora. — Estevão ergueu-se para olhar o pai do outro lado do quarto e Helena que outra vez lhe havia pousado a mão nas costas. — Tomamos o primeiro ônibus para fora da cidade. Mas vamos embora sem entender que está acontecendo aqui. Está bom assim para você?

Beto imóvel. Mal chegavam ali os ruídos da rua. Nos olhos de Helena qualquer coisa que não se podia ler: uma fúria ou ansiedade ou.

— Estou falando com você, pai.

De Beto o movimento do peito com a respiração pesada. As mãos que se buscavam à frente do corpo e os dedos que se entrelaçavam feito fosse necessário segurar-se de alguma forma.

— Renato era seu amigo.

Seis meses de silêncio e parecia a pior das horas para quebrar uma promessa teimosa que nenhum dos dois havia feito. Ora, que já haviam trocado algumas palavras antes mas sempre Beto que falava e perguntava e Estevão mui solícito ao responder quase sem memória como se não se pudesse fazer conta dos meses passados e todas as perguntas que não puderam ser feitas.

A maçaneta da porta trancada foi forçada e os quatro se olharam, súbito silêncio acordado. A mochila de Pedro aberta sobre a cama e algumas roupas para fora. Havia no quarto uma janela que fazia vista para a sala comum do andar superior, mas estava coberta por uma cortina pesada. Viriam as batidas no vidro e a voz já conhecida de Pedro aquele *vamos vamos* com a última vogal prolongada sem paciência. Dante abriu a porta.

— Onde você estava?

Pedro os óculos escuros por sobre a cabeça e uma mancha avermelhada no queixo parecia também um pouco sem fôlego. Estevão viu que ele deteve o olhar por um instante na mochila sobre a cama, mas só fez encostar-se na porta fechada com as mãos para trás do corpo e observar enquanto recuperava o ar perdido. Dante ao seu lado era quase vinte centímetros de diferença na altura e esperava com os braços cruzados.

— *Tenemos que ir ahora ahorita, ya.*

— Que está acontecendo. Onde você estava?

— *Qué importa? Vamos, vamos.*

E gesticulou para Beto e Helena que fossem logo aos seus quartos buscar as coisas e que quer que fosse que precisavam arrumar e levar. Ninguém se moveu até que Pedro tomasse a iniciativa para arrumar a bagunça que haviam feito em sua cama e obrigando Estevão a dar um passo ao lado.

— *Bueno, me voy yo.*

Terminou de enfiar de volta as roupas em sua mochila e nem o tempo de fechar o zíper sentiu as mãos de Dante lhe tomando a gola do casaco e só não foi com as costas contra a parede porque encontrou-se antes com Estevão que precisou segurar-se para não cair. Os óculos escuros foram ao chão e Pedro os chutou para longe por medo talvez que lhe pisassem em cima. Beto e Helena em pé as mãos erguidas mas sem ação. Estevão tomou Pedro pela parte de trás da gola do casaco primeiro em esforço para manter o equilíbrio depois porque nele também crescia a raiva potencializada pelo mal-estar constante.

— Pode falar no português que você sabe e *muy despacito* que o único com pressa aqui é você. — Dante disse.

E era mentira, claro, gritava a voz do desespero quando a gente começa a tomar tiro por todo lado e a pressa é requisito para a sobrevivência. Vamos ou ficamos ou fugimos ou nos escondemos.

De quê?

— Onde você estava e que merda está acontecendo?

E não que Estevão fosse tão alto como Dante e menos o tamanho e constituição muscular, mas eram de qualquer forma os dois mais altos do que Pedro e ele desaparecido encolhia os ombros como se previsse um golpe no queixo. Sacudiu a cabeça e tentou se livrar mas só conseguiu cair sentado sobre a cama. Escorria o suor pelos cabelos e no pescoço.

— Não sei que passou — disse, mais devagar e mais as vogais todas muito bem medidas. — Me escondi, *ya? Le*... mataram a...

Sacudiu a cabeça e franziu a testa a boca ainda aberta por procurar as palavras. Helena bufou. Tomou a frente e empurrou Dante para o lado. Sentou-se ao lado de Pedro e lhe apoiou a mão nas costas em mímica da posição que havia pouco assumia junto de Beto. Ninguém diria nada porque era pedir demais que se prestasse atenção na mais sutil da linguagem corporal, mas Estevão percebeu — algo, um gesto, quê; percebeu? Perceberam, todos, sem saber pôr nome no incômodo que era aquela mímese torta de um carinho a mão de Helena nas costas de Pedro.

— Arrumem as coisas — ela disse.

Alcançou a mochila de Pedro e o tomou pelo braço para erguê-lo. Dante num gesto veloz teria ainda lhe segurado pelo punho, mas ela rápido se desvencilhou com um olhar raivoso e levou Pedro e a mochila para fora do quarto. Beto em esforço para conter um riso frustrado e descrente talvez para também ele não agredir ninguém.

Estevão seguiu com os olhos o pai que vagaroso tomava o rumo da porta. Deixou que saísse sem lhe dirigir mais palavra embora quisesse mesmo era obrigá-lo a uma resposta que nem mesmo fazia sentido com a decisão categórica de Helena. Sobraram ele e Dante naquele silêncio estúpido dos passos e portas no salão comum e as vozes quase inaudíveis na confusão da rua.

— Vamos e depois decidimos o que fazer — Dante disse.

Era a afirmação mais sensata e de pouco lhes serviria insistir numa cidade ou *east border soccer field* se sobravam tiros e faltavam explicações. Não encontrariam o médico e morto Renato uma expedição inútil e cinquenta mil na conta do banco. Se Heitor queria confirmar que Patrick estava morto parecia coisa menor porque a sala de reunião em edifício da Avenida Faria Lima parecia tão distante. Havia algo a fazer uma pista a seguir: um aplicativo de rastreamento por GPS e a relação de Patrick com a possibilidade de se fazer do cacto uma droga lucrativa.

E Heitor sabia?

Estevão pôs na cama as duas mochilas e meteu dentro delas as roupas que haviam ficado para fora.

— Quem sabe a argentina.

Dante se interrompeu por se concentrar na própria arrumação ou porque lhe ocorresse ideia mais pertinente. Virou-se para Estevão a tempo de vê-lo sacar do casaco o revólver e abrir o tambor antes de tirar do bolso a munição uma a uma e metê-las nos espaços que lhes eram destinados com o cuidado de uma criança numa brincadeira de encaixar peças de madeira em formatos variados.

— Que merda é essa?

— Estava jogada no mato para além de onde estava o jipe do holandês.

— E você me mostra isso agora?

— Você não é um tipo que pode andar por aí armado.

— Você é?

— Mais do que você.

— Que vai fazer?

— Não sei.

Dante fechou a mochila num gesto violento e a atirou no chão perto da porta. Se fosse para assustar não conseguiu muito resultado porque fica-se assim muito corajoso quando se tem uma arma carregada nas mãos. Estevão fechou o tambor e examinou o revólver como se para compreender as travas e o gatilho e que mais havia para fazer funcionar aquela porcaria. Teria alguma vontade de testá-lo e provável que ninguém se desse conta de um disparo contra a parede de um dos quartos quando lá fora a polícia e um morto na sarjeta. Por fim enfiaria a arma de volta no bolso do casaco e as roupas na mochila maior, a caderneta de anotações na mochila menor junto do gorro e das luvas e se é para ir embora sem dizer nada não vou ser eu que vou começar a me explicar agora.

Dante adiantou-se para colocar-se na frente da porta como parecia era o que fazia melhor. Pôs a mochila nas costas e enquanto apertava a barrigueira encarou Estevão os olhos muito sérios.

— Você quer entender o que aconteceu com Renato.

Que não era pergunta nem mesmo em sutileza de entonação. Estevão deu de ombros. Pesavam a reação de Beto, o desespero de Beto, a tristeza de Beto. Assumir responsabilidade mesmo quando suas próprias ações pouco ou nada haviam influenciado o estado das coisas. (Negligente, displicente, imprudente etc.)

— Ele se meteu onde não devia e tomou um tiro — Estevão disse. — Não há muito que entender. Se o interesse daquela gente é no cacto não há nada de científico no interesse deles. Só o que podemos fazer é continuar procurando o médico e perguntar a ele o que ele sabe.

— E se não souber nada?

Estevão deu de ombros.

— A argentina pode saber alguma coisa. — Dante continuou. — Pedro também. Ninguém está nos contando merda nenhuma. Que te faz pensar que com o médico vai ser diferente?

Frustração vazia quando nem mesmo isso o fazia desistir ou porque muito teimoso e uma vez expedição começada levava-se adiante a tarefa até que o objetivo alcançado.

— Não vou voltar para casa agora — Estevão disse. Pôs a mochila grande nas costas e apoiou num ombro a mochila menor. Depois sacudiu o cobertor de sua cama para conferir se não havia ficado nada para trás. Só a garrafa d'água sobre o criado-mudo quase vazia. — Que te espera em casa?

Dante quase sorriu. Foi mesmo um espasmo de músculo do rosto antes que se virasse e abrisse a porta do quarto.

*

Pedro os conduziu por uma saída lateral até onde havia estacionado o jipe na rua ao lado. Também sairiam apressados pela mesma passagem uma mulher e uma moça de uns vinte anos junto do homem que havia antes entrado correndo no albergue. Estevão quis culpar o grau fraco dos óculos ou a poeira no vidro do carro ou a pressa da saída porque havia nas expressões algo de nebuloso como um esforço por chorar em tão seco o clima. Havia se metido no banco da frente antes que alguém pudesse reclamar o posto e virou-se para ver os outros três todos na primeira fileira dos bancos traseiros: Dante apoiou a cabeça na janela assim que Pedro fez correr a porta, Helena na outra ponta e Beto encolhido entre eles com os olhos que ainda vermelhos e nenhuma lágrima. Pedro assumiu o banco do motorista e com as ruas vazias menos de cinco minutos já se aproximavam da borda da cidade.

— Vamos a Oruro? — Estevão perguntou.

Talvez não fosse pergunta das mais pertinentes saber aonde se vai quando assim em fuga, mas. Pedro os óculos escuros que lhe ocultavam a expressão, mas se podia ver que sério o suor escorrendo pelo cabelo e as articulações nas mãos sujas de terra assumiam um tom esbranquiçado porque a circulação cortada tanta a força com que agarrava apertava o volante.

— Oruro — Pedro repetiu. Conferiu o espelho retrovisor e afirmou com a cabeça. — *Ya, ya.*

Que se havia em Oruro? Era ponto de passagem se pretendessem seguir a indicação no rastreamento do telefone do holandês; La Paz? Chute aproximado. Quanto se podia saber de cabeça o mapa da Bolívia e distâncias e norte sul etc.

— Pedro.

— Oruro, vamos a Oruro.

Estevão tirou do bolso do casaco o aparelho de GPS que ainda a indicação das coordenadas -15.997,-69.183 e mais de 420 quilômetros dali seguindo-se a noroeste. O jipe alcançou a estrada de terra e pelo retrovisor Estevão veria o rosto já tão conhecido da argentina que pareceu surgir atrás do último dos muros para gesticular qualquer coisa incompreensível; visão surreal ou miragem como se um resto de sonho que invade o dia sem pedir licença. Quando se virou já não a via, e Dante tinha os olhos fechados concentrado no ritmo da própria respiração. O aparelho de GPS indicava que seguiam rumo ao sudeste e aumentava a distância do ponto marcado.

— Estamos voltando — disse.

As mãos de Pedro quase brancas e o corpo inclinado para frente sequer teria escutado. Mastigava também a parte interna da boca quase como se hábito adquirido e Estevão precisou conter um impulso de olhar outra vez o banco de trás para conferir se seu pai fazia o mesmo.

— Pedro, estamos voltando.

— *Ya, ya. Cállate* — resmungou, num sussurro.

Mas, vê: as mãos tão firmes no volante e ainda assim se podia ver que tremiam. Ou a estrada de terra, e tremiam todos, as mãos e as pernas e o jipe e o volante e enfim.

— Que está acontecendo?

Helena e Beto no banco de trás também súbito a atenção desperta e o tronco ereto para a conversa nos bancos da frente. Dante mantinha os olhos fechados apertava os olhos com força e a mão na testa feito se protegesse do sol.

— Pedro — Helena chamou.

Pôs-lhe a mão no ombro e ele se esquivou, quase a cabeça encostada no para-brisa. Conferiu o relógio no punho e repetiu o gesto débil de afirmar com a cabeça.

— Faz a volta, Pedro. Vamos a Oruro.

— Não podemos.

Havia alguns metros à frente na beirada da estrada um resto de cidade ou outra dessas vilas abandonadas os muros de pedra semidemolidos e as casas que portas e janelas bloqueadas. Pedro diminuía a velocidade quando Estevão lhe tomou a gola do casaco porque parecia naquele momento a única forma de conseguir sua atenção.

— Faz a volta.

— *No, no.* Por favor.

Tomou à direita para enfiar o jipe por entre as casas até que longe da estrada o motor desligado e ainda agarrado ao volante, as mãos e os braços e o corpo trêmulos, e os óculos escuros que escondiam mal o desespero. Estevão viu-se largando a gola de Pedro o GPS entre as pernas e a mão no bolso do próprio casaco para tirar de lá o revólver e desajeitado engatilhar a arma ainda que não a apontasse senão para o teto do carro.

— Vamos voltar.

— Que merda você está fazendo, Estevão? — Beto imóvel no banco traseiro as mãos erguidas como se o primeiro tiro fosse certo destinado a ele. Também Helena e mesmo Dante embora na expressão fosse o espanto de quem acorda em lugar estranho. — Guarda essa merda agora. Que porra está acontecendo aqui?

— Faz a volta.

— Estevão, por favor — Helena disse.

Mas todas as vozes muito distantes e Pedro havia se inclinado com a cabeça no volante as mãos enfim afrouxadas os óculos lhe escapando do rosto para mostrar uns olhos vermelhos e úmidos.

— *No, no. No hay nada que.*

— Do que você está falando?

Estevão soltou o cinto de segurança, agarrou Pedro pelo casaco e o empurrou contra a porta sem que ele fizesse qualquer esforço de resistência. Outra vez negaria com a cabeça e sim, chorava ou quase ou o medo que fazia brotarem as lágrimas. Que Beto e Helena falassem, mas era um pouco como estar prestes a adormecer quando há muito barulho e na verdade não se ouve coisa nenhuma.

— *Van a matarme* — murmurou.

— Quem?

— *Yo o ustedes.*

— Liga o carro e vamos embora.

Pedro sacudia a cabeça de olhos fechados. Sobre as vozes viria o ronco de um motor e os pneus pela estrada irregular de terra e pedras e buracos.

— Pedro, por favor.

Quão estúpido podia ser pedir *por favor* com o dedo no gatilho de um revólver carregado e engatilhado enquanto ainda a voz de seu pai do banco de trás lhe chamando de volta à sanidade e *Estevão pelo amor de deus pare com essa idiotice e guarde essa merda que você pensa que está fazendo que você pensa que vai conseguir* e Helena que *vamos embora chega dessa estupidez ninguém precisa morrer* etc todos tanta sensatez na mais insensata das horas. Pedro apertou os olhos antes de abri-los outra vez e quase contra vontade esforço terrível o movimento da cabeça para dizer que *sim*.

— *Vaya, vaya* — disse, impaciente, e a voz tremeu por sobre um soluço. Viria quase inaudível uma sequência de palavrões e um pouco mais claro um *irlandés de mierda*. — Por fora da... por fora da estrada, *ya*? Faz a volta.

Abriu a porta do motorista e desceu como se impulsionado para fora e cambaleou para manter-se de pé. Afastou-se de costas enquanto viram que se metia entre as casas outro jipe e não precisava muito para identificar que na janela do passageiro o sujeito de óculos escuros estava armado e bem armado, e certo não seria o tipo a pedir ou dar explicações. Estevão pulou para o banco do motorista e largou o revólver no banco ao lado. Fechou a porta e girou a chave uma, duas, três vezes até que o outro jipe estivesse estacionado. O motor deu sinal de vida quando já Pedro caminhava de cabeça erguida e braços abertos as palmas das mãos para cima em pedido de bom senso rumo a um destino que.

Foi acelerar e a curva fechada em primeira marcha. O revólver escorregou para o chão do carro junto do aparelho de GPS e Estevão conseguiu engatar uma segunda. Os disparos soaram terrivelmente próximos e pelo espelho retrovisor era Pedro caído na terra figura miúda o casaco empoeirado e parecia era um cachorro na distância crescente e na imprecisão da imagem tremida e do grau insuficiente nos óculos empoeirados. Beto pulou para o banco da frente e pegou do chão o revólver para com cuidado abrir o tambor e desmuniciá-lo. Meteu as balas no bolso do casaco e jogou a arma de volta aos seus pés antes de pegar o GPS e conferir a tela no momento em que Estevão conseguiu uma terceira marcha mas o caminho irregular que nem o Toyota parecia apto a encarar e já o outro jipe assumia a cola.

Viria outro tiro e no susto Estevão tomou à direita. A vila ficava para trás a cidade adiante as montanhas ao lado e era a pior das ideias medir a velocidade dos jipes ainda que iguais como todos os outros naquela região. Alcançaram a estrada e outra curva abrupta; por um instante Estevão sentiu gelado o sangue pela possibilidade de que o jipe capotasse com o desnível entre o descampado e a estrada de terra e lhe escureceu um pouco a vista porque. Agarrou-se ao volante. Ouviriam mais tiros e o motor gritando no limite da aceleração. Estevão viu no espelho retrovisor um vestígio de movimento e uma mancha escura entre a poeira levantada. Beto o corpo inclinado para frente as mãos no painel e o GPS entre os dedos olhava ora adiante ora para trás o que não ajudava o nervosismo de Estevão e a dificuldade de manter o pé fundo no acelerador quando a perna não parava de tremer. Não saberia dizer como alcançou as primeiras casas de Santiago de Huari, quando se deu conta de que não havia mais ninguém os seguindo, quando precisou diminuir a velocidade porque as pessoas e os cães cruzando a rua pavimentada, quando voltou a acelerar assim que percebeu na distância que os aguardava a continuação da estrada de terra e o horizonte. Ninguém mais falava embora fizessem os três mui diligentes o trabalho de conferir se não mais o outro jipe os perseguia.

— Estevão.

Quanto tempo, metros, quilômetros? Foi a voz de seu pai e a mão em seu ombro e sentiu afrouxarem as pernas e escapar a força nas mãos. Deixou cair o corpo para trás e diminuiu a velocidade e outra vez lhe fugia a visão; respirar pareceu tarefa ainda mais complicada do que já estava sendo desde que haviam chegado ao altiplano. O horizonte adiante escapava incerto e se movia como uma gangorra e seria o tempo de sentir a mão suada e fria do pai sobre a sua no volante e alguém lhe teria gritado o nome outra vez mas.

Copacabana, quase;
(porque o lago Titicaca não tem fim).

Fosse psicológico assim como o frio pode ser psicológico como a sensação da dor ou um começo de resfriado quando um vento gelado na rua. Nenhuma explicação lógica e na literatura especializada nenhuma evidência conclusiva de que. Devia surpreender que soubesse isso, que esquecido de si nos confins da Bolívia ainda se lembrasse de detalhes como aquele, mas já havia lido os mais curiosos estudos por buscar alguma brecha em que a mais nova descoberta da ciência etc. E ela diria *cada loco con su tema* tão engraçadinha quando estava de mau humor.

(Meu deus quanto tempo que os dias não terminam e as distâncias se alargam com cada passo adiante e o passado se transforma em memória inventada de vida inexistente como foi que vim parar aqui ideia estúpida.)

Ora, claro; cada louco com suas manias mas que podia ser aquela tontura, aquelas vertigens, aquele surto na memória de fazer embaralhar as horas e os dias; pensar que talvez o estresse e o nível elevado de adrenalina no corpo e podia substância daquelas interagir tão violentamente com a adrenalina e serotonina a ponto de desregular o funcionamento normal do corpo? E permanentemente? E que se pode dizer de normal, a quase quatro mil metros de altitude a falta de oxigênio e a circulação sanguínea acelerada por necessidade.

Ou voltaria a pensar que não: que seria questão de isolar o componente nocivo e seguir com as pesquisas, que insistente seguiria com as pesquisas, apesar de um desvio do caminho, apesar de.

(O que sobra do tempo, na memória?)

O lago Titicaca tão imenso e tão azul mesmo nas águas agitadas sob a lancha. A balsa com o ônibus desajeitada e frágil e impossível seguia paralela. Um senhor de chapéu havia encostado o queixo no colete salva-vidas laranja que lhe haviam posto nas mãos e cochilava abraçado a ele. Mais duas meninas brancas e gringas e vermelhas porque o sol, um japonês de olhos bem abertos e o gringo loiro *quão gringo é aquele ali* suas calças listradas e o rosto queimado por dias meses anos vivendo longe do clima de sua terra natal.

Sóbrio, vê? Sentimos é o coração batendo cadenciado num ritmo que já sabia tomar como normal. Nem o enjoo no sacudir da lancha e mirar as próprias mãos sobre as pernas: os cortes voluntários na pele e aqueles que nem tanto e sequer se lembrava de tê-los feito; marcas escuras de uma cicatrização irregular.

(Aonde você está indo, gringo estúpido?)

Challapata, departamento de Oruro;
(e na verdade pouco importa, porque, enfim: rumo a Oruro.)

Teria se dado conta do espaço limitado e as pernas e braços amortecidos encolhidos junto ao corpo. Abriu um pouco os olhos para a claridade do altiplano e se deu conta de que não estavam mais em movimento; era o banco traseiro do jipe e um rumor de vozes na distância. Agarrou-se ao encosto do banco e sentou-se num salto para ver pelo vidro empoeirado as casas pardas imagens embaralhadas porque lhe faltavam os óculos. Precisou apertar os olhos e concentrar-se na respiração. O coração acelerado e a súbita falta de ar faziam crescer o mal-estar e uma dor de cabeça aguda que parecia haver despertado com ele. Quando tornou a abrir os olhos deu com o rosto de seu pai próximo à janela observando-o pelo lado de fora. O barulho da porta traseira soaria como um estrondo e Estevão viu-se encolher no banco movimento automático as pernas junto ao peito.

— Como você está?

— Que lugar é esse?

Beto tirou do bolso do casaco os óculos de Estevão e esticou o braço para entregá-los. Tremiam-lhe as mãos e ele as esfregou uma na outra num gesto nervoso.

— Estamos comprando comida e vamos seguir para Oruro.

Um pouco de sensatez passada a tempestade e de qualquer forma Estevão só fez encolher-se um pouco mais depois de meter no rosto os óculos e ver mais nítido o mercado onde certo estariam Dante e Helena. Veio-lhe uma vertigem por pensar na fuga e a visão do guia Pedro caído no chão misturado à terra como também Van Dyck e Renato e a menina Belinda enquanto em São Paulo estaria o amigo Marcos ocupado com o negócio da casa noturna e as irmãs e Regina — se morresse na Bolívia, Regina saberia?

(Não vou voltar para casa agora.)

Com que força se pode agarrar a algo ao se despencar no vazio: quatro meses sozinho e ainda aquele apartamento enorme decorado por ela as dívidas no banco e tão caro o condomínio e água e luz e telefone e o salário de barman que. As tardes de caminhadas pela cidade com a câmera do telefone celular e fotografar a vida alheia.

(Que ele tinha para fazer naquele mundo enorme de concreto, asfalto, semáforos?)

Beto entrou no jipe e ocupou o primeiro banco traseiro. Fechou a porta e virou-se para o filho uma pergunta nos olhos. Fosse porque tantas as perguntas não sabia bem por onde começar ou a dificuldade de se quebrar um silêncio de meses com conversa que não envolvesse a análise de um cadáver de três semanas.

Todo o nervosismo e a tensão no maxilar e Estevão conseguiu fazer escapar um riso por entre os dentes. Soltou as pernas para endireitar-se no banco e também ele não sabia o que dizer, e era rir para sufocar um pouco a raiva que crescia por entre o desespero, porque afinal estava vivo, mais uma vez estava vivo e contra todas as expectativa e; por quê?

(Que te espera em casa?)

— Que aconteceu? — perguntou.

— Você desmaiou.

Não era óbvio? Lembrava-se de um reflexo do sol na lataria do jipe que atrás deles escapava por entre a poeira levantada na estrada de terra; sim? Lembrava?

— Estão todos bem?

Foi Beto que daquela vez o sorriso contra a vontade. Olhou na direção do mercado por necessidade de conferir antes de responder. Chegou a abrir a boca para falar, mas desistiu e só fez esticar o braço para um tapa amistoso no ombro do filho.

— Descanse.

Pulou para fora do jipe e fechou a porta traseira, para então fazer a volta e assumir o banco do motorista. Estevão tateou os bolsos do casaco, mas não encontrou o aparelho de GPS. Pensou em perguntar mas.

(Descanse.)

Talvez a primeira vez em alguns meses que conseguia se desligar por uma ou duas horas sem intervalo de lucidez e a que custo. Pensar que deveriam enfim contar sobre o celular do holandês e o aplicativo de rastreamento e a única pista que lhes restava única possibilidade de entender talvez a morte de Renato e Pedro e a merda em que haviam se metido por um adiantamento de cinquenta mil reais e a incapacidade de permanecer em um mesmo lugar por mais de dois meses.

Helena e Dante voltariam com três sacolas e água iogurte queijo pão e chocolates. Entraram no jipe com olhares para Estevão desperto, Helena no primeiro banco traseiro e Dante no banco da frente, mas havia na expressão antes de abrir a porta algo de cumplicidade: uma pergunta guardada para depois. Beto ligou o motor e de volta à rua. Dante disse algo em voz baixa para uma resposta monossilábica um *sim* e o gesto de cabeça para reforçar uma certeza que certo inexistente. A cidade toda pálida e fria como Huari e ainda menos gente nas ruas; parecia menos uma cidade do que um acidente geográfico ou um erro de percurso e em alguns minutos estavam de volta à estrada de terra rumo a Oruro.

Oruro, enfim;
(3706m de altitude e subindo).

Já o sol se aproximava da linha do horizonte de onde não tinha se afastado muito durante o dia. Era o vento gelado do fim de tarde no altiplano quando Beto estacionou o jipe em frente a um albergue nas proximidades da rodoviária. Haviam parado na entrada da cidade para pedir informações e um tipo de gorro e poucos sorrisos explicou o caminho com gestos e grunhidos. Mas logo se aprende que muito raramente se perde quando há um dos Tavares no comando do volante e do mapa — vá vendo que a expedição Gatto deveria ser ter sido a exceção que confirma a regra etc, mas também logo se aprende a intolerância de alguns tipos para esses erros pequenos que quase matam de fome toda uma equipe de pesquisadores. Estevão confiava mesmo era no seu GPS.

Não havia tanto descansado senão se encostado de olhos fechados a cabeça apoiada na janela; era por permitir-se confiar um pouco em seu pai que.

Mas enfim Oruro: as ruas pavimentadas e as casas cinzentas e o vento. Helena quis saber de Estevão se sentia-se bem e hesitou antes de soltar um *obrigada* meio indeciso. Beto havia subido no teto do jipe e passava a Dante as mochilas que também a de Renato e Pedro e não era hora de tomar decisões sobre o que fazer com elas. Helena entrou no albergue para saber de quartos e Beto desceu à calçada. Estendeu aos outros dois a mão aberta com a chave do jipe uma pergunta não dita no movimento sutil de mastigar a parte interna da boca.

— Seguimos de ônibus — disse, e era quase uma pergunta, ou talvez *a* pergunta mas.

— Deixe a chave na ignição — Estevão respondeu.

Dante concordou. Já o exagero de mochilas nos ombros e era deixar para trás um peso estúpido para entrar no albergue e seguir ao quarto quadrúpulo que havia disponível *baño compartido en el mismo piso água caliente veinticuatro horas sí claro por supuesto.*

*

A sala comum era uma espécie de corredor com dois sofás surrados e algumas mesas ao lado de uma cozinha minúscula: armário fogão pia e geladeira. Estevão queria sair e comprar meia dúzia de cervejas porque quanto tempo se pode passar sem dormir e fugindo de gente armada, mas parou colado à parede e viu-se deslizar a um dos sofás e deixar cair a cabeça nas mãos. Um grupo de duas meninas e um rapaz ocupava uma das mesas e conversavam em inglês debruçados sobre um mapa dividindo uma garrafa d'água e um pacote de bolachas.

Não haviam encontrado na mochila de Pedro nada que lhes pudesse interessar senão algum dinheiro e roupas e o que já haviam visto naquela primeira busca antes de sair de Huari. Certo que tinha com ele no bolso a carteira e o celular — conseguiriam encontrar a argentina? Fosse o caso de deixar a mochila dentro do jipe e esquecer-se dela.

Notou que alguém havia se aproximado e pensaria que era Dante a ocupar o sofá para a pergunta guardada desde a parada no mercado em Challapata ou — precisaria conferir o mapa no telefone celular para saber o nome da cidade e na verdade não se importava. Surpreendeu-se ao abrir os olhos e dar com a figura de seu pai que também os cotovelos nos joelhos o corpo inclinado para frente e a atenção dissimulada no grupo de amigos com o mapa.

— Estevão.

Mero esforço fático por se testar a comunicação e seguiria calado por um ou dois minutos ou dois meses, dois anos, que diferença fazia. Quase Estevão falou; era hora de protestar e dizer que vamos parar com essa criancice vou fazer trinta anos e você já passa dos sessenta é mesmo esse o tipo de relação que quer manter com seu próprio filho?

Voltou a fechar os olhos.

(Um minuto, dois minutos, seis meses.)

— Quem disse que Enrique Diaz estava em Huari? — Beto perguntou.

(Que diferença fazia.)

Estevão demorou a entender a pergunta e mais ainda suas implicações porque o pedaço de papel *east border soccer field* etc. Não: haviam dito aos outros que precisavam ficar porque alguém havia mencionado Enrique Diaz e só uma noite não podia fazer mal. A dúvida real se disfarçava: não era tanto quem havia dito quanto por que acreditaram, por que insistir em um nome que. Ou fosse pretensão imaginar que mesmo Beto soubesse o que queria perguntar.

Por que a menina Belinda *diez bolivianos* e.

Por que Renato.

Por quê.

E pedido de trégua Beto tirou do bolso do casaco o aparelho de GPS e o entregou ao filho. Na primeira tela ainda as mesmas coordenadas e a distância diminuída com os quilômetros percorridos até Oruro. Estevão o guardou no bolso e encostou-se com a cabeça para trás e os olhos no teto: uma mancha de infiltração e a tinta descascada. Seria fácil distrair-se com as marcas escuras desenhadas pela água esquecer a pergunta, mas a voz de Beto insistente e cansada:

— O que estávamos procurando em Huari?
— Patrick.
— Estevão, por favor.
Um mínimo de sinceridade é o que se pede, Estevão, veja se consegue engolir o orgulho e dizer o quê; afinal. Orgulho? Ainda mirava o teto e esvaziava a mente em cálculos de formas e distâncias esquecia a pergunta ou a resposta e tão cômodo esse silêncio que não havia sido construído por ele. Vê, pai: a culpa foi sua, eu sei, nós sabemos. Essa necessidade estúpida de ser melhor do que tudo que me veio antes e do que um avô que morreu num acidente de alpinismo. Se posso aceitar seus erros a ponto de assumi-los, que lhe custa aceitar os meus, que lhe custa me deixar fazer merda de vez em quando sem que me pese essa sensação de que não, assim não se pode seguir e há uma reputação a se manter.
Um exagero, claro. Vá se culpar um avô por uma distração fatal um ano antes de seu nascimento.
— Você pode confiar em mim? — Estevão perguntou.
Que a tudo se pudesse reduzir a uma relação de confiança, assim, tão simples. Confia-se nas coordenadas de um aparelho de GPS porque há algo que se chama triangulação e há satélites enormes orbitando o planeta. Ora! Confiemos em gigantes de lata flutuando em queda livre. Por quanto tempo não teria sido daquela forma, e *no hace falta preguntar* etc.
— Renato era meu amigo.
Estevão mirou o pai com o canto dos olhos.
— Eu sei.
— Ele tinha uma filha.
— Pai, por favor.
— Isso não está certo.
— Ninguém disse nada.
— Como assim?
— Não posso explicar isso agora.
(*No se puede confiar en cualquiera.*)
— Tente.
(Vai confiar em alguém que não olha na sua cara?)
— Não posso.
— Vocês mentiram.
— É mais complicado do que isso.
— Ninguém disse que Enrique Diaz estava em Huari?
— Não, ninguém.
— Que te parece complicado nisso?
Abrir a boca e sentir que escapavam as palavras e que talvez mais do que seis meses fossem quinze ou vinte anos sem conversar com o pai.

— Por que mentir, Estevão?

Falou e — sim? — se arrependeu. Tanto porque a pergunta genérica e imprecisa e a pouca disposição para uma discussão filosófica sobre a essência da verdade ou conceitos da metafísica. Beto abaixou a cabeça com os ombros encolhidos as mãos juntas à frente dos joelhos. Seria aquele riso nervoso e conter o impulso de levantar-se e voltar ao quarto para dormir mais cedo.

E para quê?

— Para onde vamos agora? — Estevão perguntou.

Beto um gesto displicente ao apontar no peito do filho o bolso do casaco e o aparelho de GPS.

— Que isso quer dizer?

— Não sei.

— Me pareceu indicação bastante precisa.

Estevão pegou o GPS e encarou as coordenadas quinze sessenta e nove ainda a noroeste. Seria o caso de fazer funcionar outra vez o aplicativo no smartphone do holandês para conferir se ainda o mesmo ponto ou — e quão melhor seria se dessem com outros números porque a certeza de que seguiam algo que se movia e não um dispositivo de rastreamento abandonado num buraco na fronteira entre Bolívia e Peru.

Que fácil acreditar no azar culpar o azar esperar o azar e dizer que, claro, quão improvável pode ser o sucesso em situação como essas.

(Você está errado, pai.)

Encontrariam o médico?

— Você e Dante estão nessa, é isso?

— Confia em mim.

— Por quê?

— Custa?

Voltou a guardar o GPS e cruzou os braços, arrumou os óculos. Súbito silêncio porque do grupo na mesa cada um se ocupava com tarefa diferente conferir o mapa digitar no telefone celular mastigar uma bolacha recheada. Que mais tinham com o empresário Heitor Andrade se ia fazer uma semana de viagem e o combinado era uma semana e avaliar a necessidade de se continuar etc. E como entraria em contato se Pedro.

— Te interessa saber se Patrick está vivo?

— Estevão, estou perguntando se.

— Porque até agora tudo parece sugerir que ele também caiu pelo caminho.

Beto levantou-se quase num salto e mesmo o grupo de amigos com o mapa pareceu se espantar com o movimento abrupto. Meteu as mãos no bolso do casaco e mastigava a parte interna da bochecha quando ameaçou afastar-se engolindo irritação por evitar que.

— Não sei se me interessa esse médico e não entendo por que interessa tanto a vocês.

— Fomos contratados.

— Não importa.

— Então por que aceitou esse trabalho?

E nem mesmo parecia muito adequado chamar àquilo *trabalho*.

(Você não se pergunta o que está fazendo aqui?)

Beto apontou um dedo na direção de Estevão a expressão furiosa e tão conhecida, mas. Cerrou o punho e o devolveu ao bolso do casaco para alcançar a escada e sumir da vista rumo talvez à rua comprar meia dúzia de cervejas fabricar o sono por sobre um exagero de adrenalina que certo não podia fazer muito bem ao organismo.

*

Dante estava sentado nos degraus de uma loja fechada a alguns metros da entrada do albergue: brincava com o isqueiro e encarava o cigarro aceso entre os dedos. O gorro quase lhe cobria os olhos e no escuro encolhido no cachecol e no casaco não parecia o mais amigável dos tipos mas também o humor de Estevão não era dos melhores e precisasse o seguraria contra a parede para que o escutasse; enfim. Difícil que conseguisse vencer Dante num embate físico mas também o instinto de autopreservação esgota-se num cansaço quando arrastado ao limite.

Isso tudo pensou pela metade na vaga ideia de que o outro se recusasse a uma conversa mais séria. Era vontade de brigar disfarçada no esforço por conter a irritação frustração crescente e ainda o eco das perguntas do pai.

Dante notou que ele se aproximava mas manteve a atenção no isqueiro. O gesto de endireitar as costas e jogar para trás os ombros era talvez o que melhor podia fazer para indicar que estava disposto a escutar mas não se esperasse muito mais do que isso. Estevão sentou-se um degrau abaixo distante quase um metro porque lhe incomodasse a fumaça.

— Não está mais enjoado? — perguntou, e apontou o cigarro que Dante não levava à boca.

— Um pouco.

Estevão cobriu o rosto com o cachecol e meteu as mãos com luvas nos bolsos do casaco.

— Fez o herói hoje — Dante disse.

— Pedro morreu.

— Ele nos enganou.

— Mas nos salvou.

— Pesou a consciência. Talvez tenha sido sorte; vai confiar na consciência alheia?

— Você é mesmo o tipo incapaz de confiar na própria mãe.

— Na minha mãe eu confio.

Levou o cigarro à boca. Guardou o isqueiro no bolso da calça e escondeu a mão livre entre o casaco e a perna. De Estevão crescia a irritação e teve raiva de si ao pensar em Renato e *isso aqui não é competição, Dante*. Por que tanta a implicância com Renato?

— Confio em meu pai — Estevão disse.

— Seu pai não fala com.

— Isso não é problema seu. Não é questão de orgulho. Está morrendo gente e precisamos pensar muito bem antes de se meter em qualquer canto só porque.

— Quem seguiu a menina foi Renato.

— Todos nós.

Dante riu e encarou outra vez a ponta acesa do cigarro entre os dedos. Apagou-o no degrau em que estava e o atirou na sarjeta. Enfiou a mão no bolso do casaco e inclinou o corpo para frente.

— Foi Renato que se meteu atrás dela para além do muro. Ninguém além dele é responsável pelo que aconteceu. Heitor também não é, e muito menos Patrick. Pedro morreu porque deu de fazer acordo com traficante e depois se arrependeu; que eu tenho com isso?

— As coisas não.

— Não são assim? As coisas são mais complicadas?

— Na verdade são mais simples: — Estevão endireitou o corpo e virou-se para Dante — Se confia em mim, vai precisar confiar em meu pai.

— Não confio em você.

— Então não estamos nisso juntos.

— Mas você é o cara do GPS.

Era constatação do óbvio: todos aqueles adjetivos que rimavam e negligente, displicente, imprudente etc; mas ele era o cara do GPS e *muito raramente se perde quando há um dos Tavares no comando do volante e do mapa*. Estevão levantou-se. Era — fosse, devia ser — estúpido que se importasse e mais certo pensar que seu pai tinha razão e *não me interessa esse médico*. Mais estúpido parecia desistir quando um cadáver de três semanas e outros quatro que havia visto cair, e por quê. Que estivesse levando para o lado pessoal um trabalho dos mais suspeitos. E Dante também não estava?

Seu pai não se importava.

Helena?

Poderia ter voltado ao albergue ou seguido a um boteco — passavam das nove da noite e compraria aquela meia dúzia de cervejas — mas já o passo na direção de Dante e tomá-lo pela gola do casaco obrigá-lo a se levantar um pouco pelo susto e muito menos pela força até que as costas conta a porta de aço da loja fechada. O estrondo teria talvez assustado algum passante mas não havia ninguém ali e ninguém nas casas pareceu interessado em descobrir o que estava acontecendo. Não custaria muito para que Dante se livrasse das mãos de Estevão, com um gesto brusco e um empurrão que quase o lançou à calçada por cima dos degraus numa aterrissagem forçada. Logo invertia-se a situação e não tão fácil Estevão conseguiu fazer com que Dante o soltasse. Mais simples o gesto de entrega e soltar os braços ao lado do corpo encarar o outro com os olhos semicerrados por através das lentes dos óculos que desalinhados escapavam do rosto.

(Não vou brigar com você.)

— Somos os únicos que querem encontrar esse médico — Dante grunhiu. Soltou a gola de Estevão e enfiou as mãos nos bolsos do casaco, mas manteve o olhar raivoso e quase oculto pelo gorro. — Seu pai não se interessa e Helena.

— Que tem ela?

E arrumar o casaco e o cachecol encolher-se um pouco erguer os ombros em gesto de ênfase também por confrontar qualquer afirmação mesmo que concordasse com ela.

— Ela desaparece de vez em quando e não.

— Não diz o que estava fazendo? Parece alguém?

Dante tiraria as mãos dos bolsos como se para outro ataque, mas o gesto interrompido e os punhos cerrados de volta aos bolsos. Sempre mais fácil desistir da discussão se afastar seguir adiante tateando às cegas. Estevão sentia-se tão terrivelmente cansado e frustrado e parecia tarefa improdutiva construir argumentação para encontrar um ponto em comum. Quão difícil podia ser que quatro pessoas entrassem em acordo ou ao menos em desacordo o suficiente para que cada uma tomasse seu rumo.

— Precisamos decidir o que fazer — Estevão disse.

— Vamos encontrar Patrick.

— Não podemos arrastar meu pai e Helena se não vamos contar o que estamos fazendo.

— Eles podem voltar para casa.

— E que fazemos com Heitor?

— Foda-se Heitor. Se quiserem entrar em contato e avisar que tem gente morrendo a cada passo em falso, isso é problema deles. Não quero mais nada com ele.

— Porque confia na argentina?

Dante sorriu. A expressão suavizada e simpático ao gesticular com a cabeça na direção oposta à do albergue. Sem esperar já desceu os degraus e Estevão o seguiu, porque parecesse naquele momento a única coisa que podia fazer. Contra o vento noturno cortante e seco de fazer arder o nariz e lacrimejar os olhos. Havia depois da esquina uma região iluminada com um restaurante miúdo e vazio só alguns tipos encostados num balcão encarando a televisão suspensa: os melhores momentos da partida entre Bolívia e Costa Rica. Os gorros e os cachecóis lhes cobriam a maior parte do rosto, mas inevitável que todos os olhassem como os estrangeiros que eram. Dante já gesticulou para o tipo atrás do balcão e perguntou pelas cervejas antes de escolher uma mesa e sentar-se. Do lado de dentro ainda um frio que nem mesmo era o caso de se animar a tirar o gorro.

Era tirar as luvas e esfregar as mãos até que a cerveja e os copos sobre a mesa e apertar os olhos com os dedos por baixo dos óculos. Um cansaço de dias semanas meses mirando o teto na escuridão para lembrar como se faz para dormir. Era estúpido enganar-se com cerveja enquanto aquele mal-estar que permanecia dormente, mas.

Dante terminou de servir-se e junto da cerveja apoiou sobre a mesa o pote de vidro com a mucilagem do cacto que tirou do bolso do casaco. Depois o smartphone do holandês e um sorriso enigmático.

— Que fizeram com o revólver? — Estevão quis saber.

— Seu pai ficou com ele. Disse que ia atirar numa lixeira.

— E que isso significa?

Apontou os objetos ao lado do copo de cerveja e pegou também a garrafa para se servir. Dante meteu outra vez a mão no bolso do casaco para tirar de lá outro pote de vidro ainda menor do que o primeiro e dentro algo como o equivalente de uma colher de substância esbranquiçada e opaca. Tomou um gole de cerveja antes de abrir os dois potes e com a ponta do dedo tirou de cada vidro um pouco da mucilagem e passou nas costas da própria mão lado a lado. Ergueu o braço como se para aproximá-lo da luz e do rosto de Estevão.

— Te parece a mesma coisa?

— Esse parece menos denso. — E apontou a substância que havia saído do vidro menor.

— Sim.

— O que é?

— A mucilagem do cacto.

— Então o outro é.

— É outra coisa. Também é feito com a mucilagem. Parece mais concentrado.

— Onde você encontrou esse outro?

— Tirei de um cacto em Coqueza antes de irmos embora.

— E o que você está querendo me mostrar?

Dante retirou com o mesmo dedo o excesso das substâncias das costas da mão e as devolveu aos respectivos vidros. Esfregou a mão nas calças e deixou-se perder alguns momentos encarando as costas da mão antes de voltar a atenção a Estevão.

— Não era a altitude — disse.

— Do que você está falando?

— A altitude pode ter piorado as coisas, mas não era só a altitude.

— Dante, você precisa ser um pouco mais direto.

Estevão tinha alguma ideia do caminho que tomava aquela conversa mais demais o cansaço para adivinhar ou construir teorias coerentes com pedaços de explicação. A resposta de Dante um negar com a cabeça porque não soubesse muito bem como começar a ser direto. Tomou outro gole da cerveja.

— Lembra o que te falei sobre as doses de LSD e ectasy?

— Sim.

— Eu experimentei esse troço. — E apontou o vidro maior. — Quase nada. Uma dose, uma lambida, quê.

— Você está dizendo que.

Foi Dante sorrir e Estevão interromper-se. Endireitou o corpo e os cotovelos sobre a mesa ao lado da garrafa e do copo de cerveja e a expressão muito séria muito preocupada muito o cansaço e os olhos que pesavam e ardiam com a secura do ar ainda que estivesse de óculos e não o incômodo das lentes de contato no fim da noite. Dante serviu-se de mais cerveja.

— Não era a altitude — repetiu.

— O cacto é um alucinógeno.

— Vê: essa forma concentrada — Dante disse, e tomou o vidro contra a luz. — Depois fiz outros testes, e por isso, enfim. Estive um pouco ausente, sabe como é. Você já tomou alguma coisa, alguma droga, algum.

— Não — a resposta seca antes que se pudesse terminar a pergunta. — Nunca.

— A mucilagem pura é fraca. Cria quase um mal-estar, como uma mistura de ressaca com bebedeira. Isso — e devolveu o vidro com a substância mais densa à mesa — é terrível. Te destrói a noção de tempo e memória. Não sei o que Patrick fez para conseguir essa outra substância. Se quiser testar eu.

— Não quero testar nada.

— Sabe o que me parece?

E também Dante inclinou o corpo para frente e era como se precisassem compartilhar um segredo terrível quase as testas se encontrando por sobre a mesa e a cerveja. Estevão um pouco o alívio porque enfim conversa que soava sincera, mas crescia uma irritação e não, não, isso está errado, as coisas não são assim não podem ser assim.

— Patrick descobriu sobre a droga e se interessou — Dante disse.

Não foram tanto as palavras como a forma e o ritmo e o erguer de sobrancelhas que as fazia sumir dentro do gorro: Estevão riu porque o absurdo de constatação tão assertiva como se jamais algum resto de dúvida. Era mais ainda perceber que precisava dormir ou nunca mais o cérebro seria capaz de raciocínio lógico coerente e não conseguia de qualquer maneira acompanhar o raciocínio alheio.

— O mesmo Patrick que, segundo Madalena, não fuma, não bebe, nem refrigerante, nem café, nada, nunca?

E o cotovelo na mesa os olhos miúdos como se a qualquer momento fosse adormecer.

— O mesmo Patrick que estava com a reputação no buraco e pouco dinheiro — Dante respondeu.

— E o holandês?

— Foda-se o holandês. E Heitor?

— Que tem Heitor?

— Se ele não nos contratou para encontrar um amigo desaparecido, que ele quer? Se a argentina estiver certa...

— Então você confia nela.

— Deixa de ser babaca. Isso não tem a ver com confiança. Estou falando de possibilidades.

— Por que você quer encontrar Patrick?

— Você não quer?

— Responde minha pergunta.

— Quero saber o que está acontecendo.

— Por quê?

— Quero saber o que está acontecendo comigo.

E o que dizer que se pode fazer senão afastar-se até que as costas na cadeira as mãos ainda sobre a mesa e uma delas os dedos no copo de cerveja e terrível a dificuldade para processar a resposta compreender seu significado. Pensaria outra vez que precisava dormir; mais do que tudo precisava dormir e quem sabe se livrar das imagens insistentes que eram Van Dyck e Renato e Belinda e Pedro e o boliviano do albergue os corpos no chão de terra seca e pálida diminuídos como se. Precisava dormir para saber o que fazer e que rumo tomar e por que etc. Desviou o olhar e encheu outra vez seu copo a atenção na garrafa de cerveja. Havia em sua inquietação a pergunta que tão óbvia talvez fosse desnecessária, mas quanto pode ser óbvio a quem não dorme mais de três horas por noite há mais de quatro cinco meses?

Era?

Estevão afirmou com a cabeça. Cumplicidade recuperada ainda que contra a vontade, de empatia involuntária e vão-se os meses de silêncio na relação com o pai por um irlandês desconhecido envolvido com uma droga extraída de um cacto mutante. Necessário construir em palavras assim mentalmente o absurdo da situação por aceitar a própria loucura. *Vamos encontrar Patrick*. Tomar outro gole da cerveja e calado observar enquanto Dante metia os potes de volta ao bolso do casaco e ligava o smartphone para conferir as coordenadas no aplicativo de rastreamento por GPS.

*

Havia dormido? Foi se dar conta de que o quarto escuro e por hábito imaginou que duas ou três da manhã. O telefone celular metido debaixo do travesseiro marcava seis e quarenta e sete. Da janela pequena via-se algo de luminosidade difusa e uns passos no corredor uma angústia quase um desespero e; por quê? Havia talvez dormido por quatro ou cinco horas e não era pouco; sentia os músculos amortecidos como se inexistentes e deixou-se estar imóvel até que lhe retornasse a consciência do próprio corpo até que fugisse a sensação de que algo terrível e.

Mais vinte ou trinta ou quarenta minutos e o dia na janela a movimentação no quarto a luz acesa e organizar as malas. Que Beto houvesse dito *seguimos de ônibus* era para que fossem a La Paz e de lá o aeroporto e voltar a São Paulo. Já as novas coordenadas -16.495,-68.134 eram prova de que o dispositivo estava em movimento e havia se aproximado deles e um pouco menos de 240 quilômetros os separava.

Estevão havia perdido alguns minutos encarando um mapa da Bolívia na parede do albergue para concluir que pela lógica e um pouco de matemática encontrariam o que procuravam em La Paz ou El Alto ou qualquer outra cidade próxima.

Helena quebraria o silêncio, quando as malas do lado de fora do quarto e sentados no refeitório com iogurte e alguma coisa para um lanche improvisado. Estevão sentia-se ainda um pouco atordoado como se a noite mais curta e houvesse dormido por meia hora. Fechar e abrir os olhos e súbito a manhã pela janela etc.

— Afinal continuamos? — ela perguntou, os olhos em Dante e Estevão mais do que em Beto que a cabeça baixa mirando as migalhas sobre a mesa. — Não temos muito.

Beto soltou um riso por entre os dentes, mas manteve-se calado quando todos esperaram dele algum comentário. Não moveu a cabeça e ainda os dedos distraídos juntando restos de bolacha na borda da mesa. Helena notou foi a troca de olhares entre Dante e Estevão e franziu a testa em expressão mais dura.

— Já não basta? — ela continuou.

— Não me venha falar de gente morta que agora já estamos.

— Seguros?

E outra vez Beto calado o riso silencioso fechar os olhos e negar com a cabeça porque jamais diria o que estava pensando.

— Enrique Diaz mora em Oruro — Dante disse.

— Ele disse à gente de Coqueza que mora em Oruro.

Ela tombou a cabeça um pouco para o lado como se bem óbvias as implicações.

Estevão sabia que a discussão tomava rumo perigoso e recostou-se com os braços cruzados; tão difícil manter os olhos abertos. Helena tirou os cabelos do rosto e pouca a paciência para explicar e insistir.

— Beto quer ir a La Paz e tomar um voo de volta para São Paulo.

— Faz bem.

— Sabemos que Patrick não está em Huari, que deixou o jipe em Potosí e pode não estar mais na Bolívia — e era quase um desafio, ou ao menos foi o que pareceu a Estevão, que calado determinado a deixar que os dois se entendessem. — Renato e Pedro morreram e nem mesmo entendemos o motivo. Me parece talvez o caso de desistir mas de qualquer maneira precisamos seguir para La Paz.

Dante endireitou o corpo e inclinou-se por sobre a mesa os cotovelos apoiados e tanta a atenção em Helena não percebeu de Estevão o sorriso cúmplice como se por dizer que sabia bem o que o colega estava pensando. Ou porque tinham nas mãos no bolso do casaco de Dante um novo par de coordenadas que era o melhor motivo para seguir adiante e, sim, La Paz.

— Por que La Paz? — Dante perguntou.

— O voo para São Paulo sai de La Paz ou de.

— Quem falou em voltar para São Paulo?

— Te parece que vamos encontrar Patrick vivo?

— Mas por que La Paz?

Fosse psicologia reversa ou aproveitar a oportunidade e inverter a situação ou ainda pura birra e contrariar quando a todo momento eram os outros o contrariando. Estar no comando do mapa quando uma equipe de pesquisadores todos convencidos da desnecessidade do tipo com o aparelho de GPS dizendo o caminho a tomar. Estevão engoliu um sorriso e buscaria na expressão do pai qualquer vestígio de identificação mas.

— Eu e Beto vamos a La Paz.

Palavra final e apoiar na mesa a embalagem vazia de iogurte. Estevão pensaria que devia haver algo de sensato numa separação e que cada um seguisse seu rumo, mas; desagradava a ideia de que seu pai fosse embora quando finalmente algum progresso na relação entre eles e um início de conversa frustrada era melhor do que o silêncio — ainda porque mesmo antes companheiros mas com frequência discordavam e discutiam etc.

— Deixa de ser babaca — Estevão disse, enfim, e descruzou os braços.

Não acreditaria muito nas próprias palavras porque soassem alheias e ensaiadas calculadas como se cumprindo sua parte num teatro. Helena havia se espantado por pensar que o comentário fosse dirigido a ela, mas Estevão olhava para Dante e havia oculto entre eles algo de brincadeira de moleque feito fossem crianças se esforçando para não rir durante a missa. Continuou:

— Oruro é cidade grande e não podemos sair perguntando por Enrique Diaz ou Patrick e a essa altura do campeonato eu diria que procurar por Enrique não é a mais sensata das opções.

Beto afirmou com a cabeça e movimento inesperado que quase Estevão desmontou a atuação construída, por um instante sem saber o que fazer com as mãos e.

— La Paz — Dante disse, e era naquele jogo de improvisação como se prestes a se deixar convencer.

Que todos ali nenhuma habilidade de interpretação e; veja, Estevão: precisa mesmo essa análise em retrospecto para afirmar que havia algo de muito estranho naquela conversa ou jogo de pôquer ou luta de espadas ou. Sim? Quanto se pode culpar a falta de sono de semanas e meses se havia afinal dormido pelo menos quatro horas e sentia-se alerta o suficiente para perceber que.

Momento passado e se pode identificar os detalhes dar nomes às sensações mas.

Ora: La Paz.

(Porque cai o pano e cumprimenta-se o público com uma reverência fim de espetáculo muito obrigado missão cumprida.)

Dante deu de ombros e soltou um *bueno* meio irônico para enfim fazer que sim, La Paz, que diferença pode haver e melhor afastar-se desses tipos traficantes armados enlouquecidos. Helena percebeu? Recolheu o braço como se um tanto de incerteza e afastou a cadeira para se levantar, outra vez arrumar o cabelo e dizer que vamos logo à rodoviária tomar o próximo ônibus que a viagem é longa mas com sorte chegamos ainda no início da tarde resolvemos o que precisa ser resolvido e.

(mais estrada e rumo a La Paz.)

O isqueiro inquieto na mão esquerda movimento nervoso como se os dedos endurecidos pelo frio. Parecia que praticava truque de mágica fazia o isqueiro desaparecer na palma da mão cerrada e a abria e ameaçava produzir alguma chama mas só o gesto do polegar sem a pressão necessária. Estevão num estado semialerta o observava. Continha-se para não lhe tomar o objeto das mãos e atirá-lo pela janela mas impossível prestar atenção em outra coisa se os rodeava o altiplano interminável a paisagem repetida e o céu azul sem nuvens. Vez ou outra um grupo de lhamas ou uma vila abandonada e Estevão precisava voltar o olhar para dentro do ônibus e o isqueiro na mão de Dante porque era então o cadáver do holandês e disso Renato e Belinda e Pedro e o homem desconhecido em frente ao albergue de Huari. Era toda a sensatez de Beto que *alguém sabe por que estamos aqui?*

(Patrick deve estar morto. Vamos embora.)

Estevão seria incapaz de lembrar a última vez que havia obedecido à sensatez senão quando arrastado e obrigado e Marcos que o sacudiu e o acertou no rosto com um tapa pouco amistoso para dizer que deixe de lamentação ninguém aqui vai se matar te arrumo um emprego temporário você não tem nem trinta anos há tempo para mudar de carreira ou reconstruir a carreira que você destruiu.

Porque havia ido ao fim do mundo perder uma reputação e seis meses depois perguntava-se o que estava fazendo dentro de um ônibus rumo a.

Já duas horas de silêncio e Helena e Beto nas poltronas da frente também calados: via-se que Helena o cotovelo apoiado na janela a testa no vidro e distraída mordiscava as unhas.

— E depois? — Estevão teria perguntado, ao girar a cabeça para o lado e encontrar a expressão aflita de Dante ainda o gorro metido na cabeça até que cobrisse quase os olhos.

— De quê?

Dante mantinha os olhos no isqueiro. Tinha as unhas sujas e via-se nas dobras dos dedos que a pele muito seca. Riu-se por entre os dentes e chegou a abrir a boca como se para continuar, mas deteve-se e sacudiu a cabeça.

— Pela argentina, pode ser? — sussurrou, enfim, porque Estevão não respondesse. — Madalena; se ela é afinal a única que se importa com esse médico filho-da-puta.

— Não foi isso que eu quis dizer.

— Você não sabe o que está dizendo.
— Precisamos encontrá-la.
— Ela sempre nos encontra.
Aborrecido meteu o isqueiro no bolso da calça e cruzou os braços para encolher-se na poltrona feito criança contrariada como se não houvesse ainda duas ou três horas de viagem e nem mesmo umas palavras cruzadas para fazer passar o tempo.
(Ela sempre nos encontra.)
Quão difícil pode ser encontrar um grupo de quatro brasileiros fugitivos de Huari num jipe que não lhes pertencia e pernoite no albergue mais próximo da rodoviária o jipe estacionado em frente com a chave jogada sobre o banco do motorista ônibus para La Paz pela manhã e.
(Quão difícil pode ser encontrar um irlandês branco e loiro perdido no altiplano boliviano.)
Que se Madalena podia segui-los por que não também os tipos armados que.
Porque não estavam se escondendo, embora fosse talvez o mais sensato a se fazer. Patrick fugia ou se escondia e.
(Por quê?)
Estevão fechou os olhos e quase mímica da posição de Helena a testa na janela o zunido nos ouvidos no balanço da estrada de terra. Apresentava-se o problema feito quebra-cabeça e Estevão sentia-se quase capaz de resolvê-lo se conseguisse descansar por mais algumas horas. Era montar as bordas sem saber em que ponto se encaixavam para formar o todo: havia Heitor mas havia o holandês e uma discussão em Coqueza, e a gente morrendo em Huari porque Enrique Diaz e os cactos. Parecia certo pensar que Patrick havia de alguma forma se metido com os traficantes e precisou fugir mas faltavam peças e mais ainda faltava coerência e a pergunta única possível repetindo-se no zunido da estrada.

La Paz, departamento de La Paz;
(e agora?)

A rodoviária de La Paz uma confusão de pessoas e cartazes e mochileiros e a busca por um hotel a insistência de Helena para que permanecessem juntos o táxi muito velho e o hotel próximo à *plaza Murillo* numa rua muito inclinada como pareciam ser todas as ruas por ali. La Paz é uma cumbuca, Dante havia dito, quase num murmúrio para si quando ainda no ônibus e súbito acabava a paisagem repetitiva de toda a viagem e desciam, desciam, desciam. Mas sim, o rastreamento por GPS indicava que estavam a uma distância estúpida de duzentos metros do que procuravam quando no quarto do hotel e foi necessário deixar o smartphone no carregador por algumas horas. Eram três casas decimais e era o caso de considerar a falta de precisão da informação, mas.

— Seria aqui.

(Quão difícil pode ser encontrar um irlandês que.)

Jogados na confusão da cidade grande depois de uma semana de povoados e desertos e não havia voo de volta para São Paulo senão dali dois dias senão tomar um ônibus a Santa Cruz de la Sierra e dali o trem etc. Que mais se pode dizer se era como se voltassem ao início da viagem e não havia Renato para perguntar idades e origens e talvez já soubessem o suficiente uns sobre os outros.

— Atualize a localização e me diga se o dispositivo se moveu nesses últimos quinze minutos.

Helena teria desaparecido por volta de cinco da tarde e começava a escurecer quando Dante e Estevão deixaram Beto no hotel e saíram sem explicações. Também porque Beto distraído sentado na cama com a cabeça nas mãos e a atenção na parede e sim, havia notado — como poderia não notar — que os dois se esgueiravam pela porta feito crianças mas.

— São três casas decimais — Estevão disse, como se fosse mesmo muito óbvio e desde o início não se pudesse esperar nada melhor. — São uns cem metros de imprecisão.

— Isso quer dizer que.

— Esse dispositivo de rastreamento é uma merda.

Parar na esquina com a vista para a praça imensa e muito movimentada na agitação de uma sexta-feira no fim do dia e os *paceños* apressados subindo e descendo a rua brigando ao telefone e *ya ya ya* como se não estivessem a quase quatro mil metros de altitude como se não fosse aquela calçada de menos de um metro de largura e os carros ocupando as ruas em duas fileiras não muito ordenadas quando mais sensato seria fila única e mui devagar. Que o mal-estar pela inconstância da altitude fosse normal ou que depois de uma semana já estivessem acostumados à carência de oxigênio mas ainda a dificuldade em subir a rua sem as pernas pedirem descanso e não tão rápido para que a pressa. Havia também muitas pombas e muita gente atravessando a rua — uma quantidade estúpida de gente atravessando a rua sem esperar pelo semáforo. Fazer o gringo e procurar no mar de cabeças alguma que destoante: o irlandês loiro e branco. Podia estar metido num hotel ou albergue que não eram poucas as ofertas naquele trecho e de qualquer forma crescia em Estevão a frustração e a certeza mais uma vez de que não, nunca.

Tão acostumado a esperar em vão sabendo que.

Teria mesmo imaginado por um instante a possibilidade de encontrar ali Regina, que certo não sabia daquela expedição e teria aproveitado as férias de julho porque professora e. Não, Estevão: um médico metido a pesquisador desaparecido após se meter pelo deserto de sal e um dispositivo GPS sem precisão. E que diferença fazia se um médico ou Regina ou uma relação com o pai e o apartamento continuava ali e continuaria ali naquele bairro dos Jardins que era bairro demais caro para seu novo padrão de vida.

Não, Estevão.

Seria qualquer outro turista aquele sujeito pálido descendo a rua entre os bolivianos com pressa. Dante tinha os olhos no smartphone esperando talvez uma atualização na posição do dispositivo e assim arriscar uma estimativa de; ou que viesse a certeza de que o alvo estava caminhando pela cidade e não dentro de um daqueles edifícios que faziam o espaço da calçada parecer ainda menor. Estevão o reconheceu apesar do gorro metido até os olhos e o cachecol metido por dentro da gola alta do casaco. Porque dias que lhe assombrava as noites de insônia ou porque a combinação de força e fragilidade no desenho do maxilar e do nariz uma expressão assustada de gringo deslocado a mochila nas costas pendurada num só ombro e ambas as mãos na alça. Primeiro impulso deter-se na calçada e o empurrão de um tipo que vinha atrás toda a disrupção do fluxo quando também Dante percebeu que.

Porque seria qualquer outro turista, mas faltava-lhe talvez a câmera fotográfica ou as mãos nos bolsos de quem caminha sem pressa ou mesmo o interesse na praça e a postura toda muito dura. Cruzaram-se os olhares e não, não saberia quem eram os dois estrangeiros ali menos de uma quadra de distância uns vinte metros adiante se tanto. Não saberia mas soube, claro que soube, como não saberia? Que os estivesse esperando desde sempre desde subir no jipe e ir embora de

Coqueza ou mais ainda desde chegar a Sucre transformado em turista gringo mochila e calças listradas encurralado pela própria paranoia. E não poderiam ser diferentes: dois moleques de menos de trinta anos a barba por fazer; um deles uns óculos meio tortos cabelos desalinhados esse jeito de se mover como se desnorteado ou duvidasse do que se apresentava à sua frente; o outro a cabeça metida num gorro até quase cobrir os olhos e a expressão furiosa.

O passo para trás e também os bolivianos aborrecidos na tentativa de desviar sem causar um acidente de trânsito. Estevão tomou com força o braço de Dante que já ameaçava se adiantar na direção de Patrick. Teria sido um instante de hesitação, mas também o médico se deu conta do que estava por acontecer, meteu-se por entre dois carros estacionados e atravessou a rua em direção à praça sem olhar, sem fazer conta de dois ou três carros que eram obrigados a frear e a buzinar — porque sim, era La Paz e buzinava-se para dizer *hola cómo estás todo bien* ou pedir licença negar passagem ofender a mãe e estamos todos entendidos. Dante livrou-se de Estevão e também ele ameaçou atravessar a rua mas os carros e Patrick mais alto mais branco e tão loiro entre os bolivianos e a multidão da praça.

— Vamos — Dante insistiu, antes de lançar-se pelo asfalto num intervalo entre semáforos junto de mais uma dúzia de gente o passo apressado rua acima temendo que.

Vamos, Estevão.

Guardar o aparelho de GPS no bolso do casaco e certo não pensava quando ultrapassou Dante e pôs os pés na praça Murillo desviando sem muito cuidado de uns tipos vestidos de terno e gravata. Patrick continuava subindo e desapareceria atrás das árvores ou noutra daquelas ruas estreitas do centro da cidade. Era enfim o médico e ele fugia, e era óbvio que fugisse se não queria ser encontrado e fosse ele talvez o único capaz de responder por que Heitor e uma expedição de busca cinquenta mil adiantado e mais vinte se a expedição for bem sucedida. A resposta que buscava: por que eu, por que depois do que havia sido a expedição Gatto ao polo sul e os meses de afastamento de uma carreira que.

A resposta que.

Patrick parou uma vez antes de atravessar a rua ao alcançar a outra extremidade da praça e, vê: não corriam. Era um pouco ridículo que não corressem como se um esforço para disfarçar e não chamar atenção e sejamos cavalheiros etc. Que na verdade a prudência ou o coração temeroso pela memória da correria em Huari e mesmo o médico limitava-se a lançar-se em zigue-zague por entre as pessoas. Mas parou e olhou para trás e houvesse notado que dos olhares uma tentativa amigável de aproximação. Os lábios se contorceram ainda que mui sutis numa mímica torta de um sorriso ou um princípio de riso, que era dizer a si mesmo que não, não vai agora começar a confiar em dois malucos que.

Era?

Estevão tomou o braço de Dante e dessa vez para apressá-lo, transformar o que era um caminhar veloz em corrida no momento em que Patrick punha os pés na faixa de pedestres e enfiava-se entre a multidão, tomava a rua à direita e corria pela calçada estreita. Impossível correr não tanto pela altitude mas pela quantidade de pedestres ocupando a faixa de um metro que lhes era destinada. Alguns segundos sem ninguém em frente e seria o suficiente para aumentar a velocidade e o pique; o médico parecia perder o ritmo, levava a mão ao peito e a outra a um poste de iluminação para buscar o fôlego perdido.

Nada: foi Dante que parou primeiro, ele também apoiando-se na parede de boca aberta e aspirando com dificuldade o escasso oxigênio dos 3.660 metros de altitude que era a marca da sede do governo logo ali aos pés da praça um pouco ainda abaixo de onde estavam. Um exagero, era certo, que pudesse fazer diferença se 3.660 ou 3.670, mas era mesmo nesse tipo de cálculo que Estevão pensava quando viu-se obrigado a parar a vinte metros do maldito irlandês, apoiar as mãos nos joelhos feito uma criança que dá voltas pelo parque e não sabe medir a hora de respirar. Doía-lhe o peito ao puxar o ar e os óculos sujos e desalinhados faziam dissolver-se o foco da figura loira adiante. Não via que os *paceños* tocavam a vida como se não estivessem ali, com suas maletas e telefones celulares e *ya ya ya*. Miravam-se, Patrick e Estevão, de canto de olho, e mais sensato teria sido se explicar, que estavam à distância da qual poderiam com algum esforço conversar e veja que não queremos te fazer mal por favor precisamos de respostas e há gente morta não sabemos por quê.

Demais pedir ao cérebro capacidade de raciocínio avançado quando falta a necessária oxigenação. A vista havia se estreitado e via só o médico, acompanhava sua respiração dificultosa no movimento do tórax e fazias as contas para o momento em que poderia continuar com fôlego recuperado e quantos passos até. Viu que Patrick sacudiu a cabeça numa negativa antes de endireitar o corpo e dar dois ou três passos incertos para trás, virar-se e cambaleante seguir em frente: que não visse calçada nem rua nem prédio nem carros ou a gente apressada naquele final de sexta-feira e se formasse adiante uma linha imaginária caminho a ser tomado único caminho possível.

Isso Estevão não sabia, preocupado que estava em medir reações e esquecido da inconstância de Dante que certo ficaria para trás mais uma vez. Fôlego não recuperado mas já disparava atrás de Patrick, apoiava-se ou tomava impulso nas paredes e nos postes como se pudesse assim distribuir um pouco o próprio peso e amenizar a fadiga muscular. Mas fosse exagero afirmar que corresse: arrastava-se a passo apertado e também o irlandês que já dois ou três meses naquele altiplano mas vá saber quanto tempo era necessário para fazer como os *paceños* que inconsequentes ladeira acima ladeira abaixo sem parar; Estevão e Patrick faziam mais era desviar deles. O médico tomaria a direita na esquina seguinte e enfim ladeira abaixo e a gravidade etc. Ainda assim fraquejavam as pernas e Estevão apoiava-se no que lhe surgisse no caminho, buscava com todas as forças o oxigênio impossível e nas têmporas a anunciação de uma dor de cabeça histérica. O corpo pediria trégua, era certo, e súbito a concentração toda voltada para a tarefa de respirar. A cabeça loira de Patrick havia desaparecido entre as dezenas de cabeças pretas ou castanhas e Estevão sentiu foi o impacto do joelho direito no asfalto antes que lhe escurecesse a vista por um ou dois ou vinte segundos. Alguém lhe havia tomado o braço e uma voz feminina perguntava com o sotaque conhecido *você está bem?*

*

— O que você está fazendo?

— Triangulação.

Não conseguiriam de Estevão resposta mais específica e já era muito que conseguissem resposta. Ele mantinha os olhos fixos no aparelho de GPS e no smartphone do holandês, um em cada mão; os óculos meio soltos na metade do nariz prestes a escapar do rosto. Respirava pela boca e bocejava a cada minuto para driblar o mal-estar. Na outra ponta do sofá também Dante não parecia estar de todo recuperado da breve correria. Então Madalena que na poltrona oposta os encarava com a preocupação que já lhe era característica. Dante tinha os olhos nela; ele também muito irritado. Movia a cabeça devagar numa afirmação quase irônica quando insistiu na pergunta que havia ficado sem resposta a primeira vez que a perguntou:

— Como você nos encontrou?

— Vocês pararam perto da rodoviária em Oruro. Encontrei o jipe.

— E como sabia que seguiríamos a La Paz?

— Eu não sabia.

Mesmo na necessidade de articular as palavras estrangeiras a argentina fazia escapar as frases por entre os dentes, feito animal acuado preparando-se para um ataque. Que houvesse tentado distrair o rumo da conversa perguntando a Estevão etc, mas. Era a casa de uns amigos ou conhecidos de Madalena mais distante da praça Murillo um pouco afastada do centro começo de periferia. Alguém na cozinha lavava louça e pela janela os engolia a escuridão da noite gelada.

— Não sabia e mesmo assim.

— O hotel em que estão — ela disse, com um movimento de inclinar o corpo para frente, num gesto interrompido de.

— Que tem?

A argentina havia erguido a mão direita feito fosse dizer a Dante que se calasse, ou lhe desse espaço e tempo para formular algo difícil, ou porque ela mesma estivesse ainda juntando as peças.

— No começo da pesquisa — continuou.

Sacudiria a cabeça, insatisfeita com a própria formulação. Que lhe escapasse o português tão claro e bem treinado, mas haviam sido afinal algumas semanas misturando inglês com português e espanhol por conversar com um professor irlandês que havia conhecido no Brasil. Depois buscá-lo por um país vizinho disfarçando por vezes o sotaque portenho que parecia lhe fechar algumas portas. A ansiedade porque sim, Patrick estava em La Paz, porque Dante e Estevão não queriam contar como o haviam encontrado, porque eles estavam hospedados no mesmo hotel em que.

— Antes que fôssemos a Santa Cruz ficamos uma noite em La Paz. Encontramos Van Dyck em La Paz.

— O holandês.

Estevão chegou a erguer os olhos, por um segundo ou. Voltaria a atenção ao GPS e ao smartphone, mas inevitável que não mais tão focado e diluída a irritação na curiosidade.

— Ele estava nesse hotel em que vocês estão.

— Coincidência — Dante disse, e era quase uma pergunta.

— Pensei que talvez me restasse descobrir o que Van Dyck estava fazendo em La Paz.

— E nos encontrou.

— Vi vocês saindo do hotel — e apontou na direção de Estevão e dos dispositivos que tinha nas mãos. — Como sabiam que Patrick.

— Não sabíamos.

Ela sorriu.

— Não sabiam e mesmo assim.

Também Dante deixou-se sorrir, ainda que um pouco como um cão que mostra os dentes para se defender de uma ameaça. Estevão bufou; estava cansado dos jogos e desconfianças e não saber com o que estava se metendo. Seu pai que insistia em ir embora e aquele senso estúpido de obrigação que o fazia ficar e encontrar Patrick e descobrir que merda era aquela e por que tanto mistério. Helena que.

— Ele sabe que estamos atrás dele e se está fugindo não vai esperar muito tempo para ir embora — Estevão disse. — Vamos.

Fez que ia se levantar, mas permaneceu imóvel sob os olhares dos outros dois. Escapava-lhe o fôlego outra vez e se intensificava a dor de cabeça, o mal-estar, a necessidade de encostar a testa em algum lugar.

— Dante, você volta ao hotel.
— Por quê?
— Helena sabe alguma coisa que não está dizendo.

Dante não duvidou; não duvidaria. O problema era mais receber ordens do que concordar com elas. Mesmo Madalena estranhou de Estevão a postura tão decidida e teria aberto a boca para talvez protestar ou perguntar, mas enfim fez só franzir a testa.

— Ela quis vir para La Paz — Estevão continuou. — Não quis nos explicar por quê. Você estava ocupado demais fazendo jogo de gato e rato para perceber, mas.

— Claro que eu.
— Quem escolheu aquele hotel?
— Helena disse ao taxista que nos levasse ao centro.
— Dante.

A voz lhe saiu mais grave do que o normal, e era um pouco cômico porque aqueles óculos tortos e sujos, o rosto já marcado pelo sol depois de uma semana na altitude, os cabelos desalinhados. Mal se lembrava da mão de Madalena em seu ombro, a pergunta preocupada e a ajuda de um estranho que lhe puxou o braço para que se pusesse de pé. O homem havia feito um comentário simpático sobre os perigos da cidade para quem não estava acostumado; havia dito que repousasse e bebesse muita água e que não ficasse muito tempo por ali, porque a Bolívia tinha lugares mais bonitos para se visitar. A Estevão parecia que depois daquilo havia outra vez apagado, por alguns segundos, o suficiente para dar por si encostado na parede de uma construção colada à calçada com um braço de Madalena em suas costas e o outro em seu queixo.

— De todos nós, você era para ser o único que já havia estado na Bolívia — Estevão continuou.

Dante ainda fez que ia dizer alguma coisa, mas contentou-se em fechar a boca e concordar com a cabeça. Não havia corrido tanto, desistido em meio de caminho e talvez porque receoso com os efeitos recentes do *cacto blanco* em seu organismo, ou que mais fosse aquela mistura translúcida que haviam encontrado no laboratório de Patrick. Estevão pôs-se de pé, buscou em vão algo em que se apoiar e por pouco não desabou na primeira tentativa de dar um passo adiante.

— Você vem comigo — disse à Madalena.

*

A cidade à noite diminuía o ritmo mas ainda o cheiro de fumaça de carro velho misturado a óleo queimado e fritura tudo para piorar a náusea e a dor de cabeça. Estevão sabia que precisava comer embora a ideia lhe fosse detestável. Pensar em comer era perder a fome, e disso um círculo vicioso porque também a náusea nascia do fato que não havia comido nada desde a chegada em La Paz. Ou ainda porque desde a chegada à Bolívia que de Sucre a Potosí, de Uyuni a Huari e a Oruro a qualidade da comida parecia cair a cada quilômetro percorrido e frango frito e pimentão. Nunca que Estevão havia sido dos mais exigentes com a comida; pensava na irmã nutricionista e as manias do próprio estômago do próprio organismo e o hábito dos meses anteriores de beber até desabar de sono mas.

Tão estranho pensar nos últimos meses que uma semana na Bolívia e desconhecia-se. Pensou em Regina e olhou Madalena sentada à sua frente na mesa. A argentina tinha os cabelos curtos moldados pelo uso do gorro um pouco encaracolados nas partes que ficavam para fora. Também o rosto queimado de sol e uns traços delicados num conjunto masculino porque as roupas ou talvez a ausência de maquiagem ou a expressão muito séria.

Estevão pensou em Regina e em chegar em casa depois de uma visita à irmã e uma ida ao supermercado, encontrar o armário aberto e esvaziado; não tanto vazio que ainda ao longo do mês Regina voltaria para buscar outras coisas e os livros, mas o banheiro parecia abandonado e na escrivaninha a ausência do computador e do material com que ela havia estado trabalhando nas semanas anteriores. Tão fácil fazer voltar a imagem que o havia atormentado naqueles últimos meses, saber a sensação de ridículo porque incapaz de ler os sinais de uma crescente impaciência.

(Que te espera em casa?)

Sabia a sensação mas súbito tudo tão distante, como se a lembrança de algo fictício, ou. Apoiou a cabeça nas mãos. Tinha os cotovelos na mesa e mirava o suco de laranja sem vontade de tomá-lo. Madalena não se incomodava. Bebia seu suco e os olhos bem abertos espiando a rua pela janela grande do café.

— Quem é esse holandês? — Estevão perguntou, ainda sem se mover. Só o peso do smartphone e do aparelho de GPS no bolso do casaco e a náusea insistente porque.

— Ele é engenheiro.

Com alguma força de vontade Estevão ergueu a cabeça para que pudesse encarar a argentina.

— Já não deu o tempo para que confiasse na gente?

— Não é isso.

— Qual o interesse dele na pesquisa de Patrick?

— Não sei.

— Mas desconfia.

— Não. Escuta.

— E o outro holandês?

— Não sei de outro holandês. Não sei dos preparativos e do financiamento da pesquisa. Patrick me convidou para a pesquisa e aceitei.

— Então por que está tão preocupada, por que não confia em Heitor e.

— Patrick me disse que não confiasse. É o suficiente, não te parece?

A garçonete veio com os lanches e Estevão achou melhor se calar. Tentou um gole do suco de laranja e por mais que se esforçasse era incapaz de fazer juntar as peças soltas. Tirou o celular de Van Dyck do bolso e buscou mais uma vez a localização atualizada. Deixaria o aparelho sobre a mesa enquanto o programa rodava.

— Van Dyck está morto — Madalena disse. Não havia tocado no lanche e não parecia muito interessada nele. — Patrick está fugindo com o passaporte dele. Isso pode significar duas coisas: Patrick pegou o passaporte antes de sair de Uyuni, e talvez por isso Van Dyck tenha ido atrás dele; ou.

Hesitou. Tomou um gole de suco e ameaçou uma mordida no sanduíche, mas desistiu, arrumou os cabelos e alisou o gorro apoiado num canto da mesa.

— Ou...?

— Patrick encontrou Van Dyck ali na beira da estrada onde vocês disseram que encontraram o corpo.

— Antes ou depois que.

Ela deu de ombros. Obrigou-se a sorrir, ou porque o riso nervoso de quem se esforça para ironizar as próprias conclusões. Estevão olhou sobre a mesa o telefone celular.

— O holandês saiu depois — Estevão disse.

— Eu sei.

— Ele sabia que Patrick não ia voltar.

— Porque havia levado o passaporte dele?

Estevão franziu a testa como se à pergunta faltasse lógica.

— Você está dizendo — ela insistiu — que Van Dyck sabia que Patrick não tinha intenção de voltar a Coqueza.

— Sim.

— Pergunto: te parece que Patrick teria ido embora com o passaporte de Van Dyck, e por isso Van Dyck desconfiou que.

— Não foi isso que eu quis dizer. Estou falando disso — e apontou o smartphone sobre a mesa.

Tomaria-o nas mãos. Mais uma vez a mensagem conhecida: *TARGET LOCATED*. Anotou as coordenadas no aparelho GPS que buscou no bolso do casaco. Pensou em dizer que a pior parte era Patrick estar procurando um tipo metido a pesquisador mas que recebia as pessoas a tiros antes de fazer perguntas. Se o médico havia saído de Coqueza antes do holandês, toda lógica indicava que também teria chegado antes naquela vila abandonada na beira da estrada, que Van Dyck o seguia e por que. Se Patrick não houvesse tomado o passaporte antes de deixar Uyuni por que parar numa vila deserta no meio da estrada; e se havia tomado o passaporte depois, era certo que o havia tomado quando Van Dyck já estava morto e, sim, entendia a preocupação e a hesitação de Madalena, entendia o lanche inteiro no prato e a falta de vontade de comer e não tanto porque ele mesmo sentia-se enjoado e desorientado e lhe doía a cabeça, mas porque a situação o engolia entre certezas e possibilidades e sequer podia pensar em Regina, no condomínio atrasado e no apartamento vazio, aquela merda de apartamento grande demais desde que Regina havia levado todas as coisas e os livros que eram dela e a estante vazia continuava ali na sala, inútil e silenciosa.

— Toma logo o suco e manda embrulhar o lanche — Estevão disse. — Não podemos perder tempo.

La Paz, Bolívia; (porque já é noite).

Tão pouco: tomar o termômetro nas mãos e trinta e sete graus e meio e deve mesmo ser um exagero essa sensação de que o corpo em chamas, o suor escorrendo pelas têmporas apesar do frio e, sim, o frio porque o cabelo molhado grudado na testa. Também recuperar o fôlego depois de correria não planejada e como é que alguém pode planejar uma correria naquela cidade-ladeira, como ia esperar que de todos os lugares justo ali a praça Murillo do outro lado da rua num fim de tarde movimentado; justo ali se por tanto tempo Isla del Sol e nunca, nada. Que me houvessem tomado como morto, que me esqueceram. Assim se deixa de lado essa obsessão com uma reputação no buraco, pode-se parar de pensar no fracasso e nas chances perdidas, pode-se até mesmo acreditar que algo foi construído nesses quarenta e sete anos de vida torta. Em que buraco fui me meter? O quarto do albergue era gelado e estreito: duas camas e um criado-mudo entre elas. Uma janela pequena que dava para o corredor. Gringo que era fosse talvez mais discreto hospedar-se num hotel e fazer o turista europeu simpático e desorientado, mas já alguns dias que as crises e.

Pode-se assim mudar de vida depois que tão certa a ambição e as certezas de que agora sim, era isso que faltava e finalmente sei o que estou fazendo. Seria certeza distante, obscurecida pela febre e ainda outro ataque de vertigem, o desespero por algo de claustrofobia e o ímpeto de sair daquele cubículo. Vestiu o casaco e o cachecol e as luvas e meteu os pés nas botas sem se preocupar em amarrar os cadarços: passou-os por trás do tornozelo e deu um nó duplo improvisado.

Tatearia no casaco o telefone celular, peso morto desde a saída de Uyuni porque já incapaz de fazer ou receber ligações e ainda assim o carregava esperando talvez que por milagre voltasse a dar sinal de vida e receberia uma ligação de sua esposa preocupada onde você está que está acontecendo. Também porque havia perdido o relógio e lhe restava saber as horas por resquício de controle da própria vida. Passavam das nove da noite e de pouco lhe servia a informação, senão para pensar que não havia se alimentado desde a manhã, não tinha fome e pensava que não era má ideia comprar outro tanto de folhas de coca para driblar a necessidade de comer. Desconhecia-se. Estranhava a figura no espelho quando tão acostumado aos traços indígenas dos bolivianos. O vento gelado na rua e olhar em volta — movimento automático: os olhos desconfiados antes mesmo que o cérebro pudesse processar as chances de perigo; e nem mesmo sabia que estava fazendo ali na rua, parado entre os *paceños* apressados.

Quis se lembrar: os rostos e as roupas e a expressão dos dois rapazes que mais cedo. Teria por um instante a certeza de que não, nada, ninguém. Delirava. Não havia fugido ou tão somente havia corrido em despropósito sem que ninguém o perseguisse, porque outra das crises e imaginava coisas, perdia a noção de presente passado futuro os eventos todos enfileirados fora de ordem na bagunça da memória. O telefone celular na mão e conferia as horas para perceber que dois minutos haviam se passado desde que havia posto os pés na rua. Permanecia imóvel e inútil, contando os passantes e medindo fisionomias e calculando intenções. Ora!, que carregassem todos as intenções feito máscara, e que se sentisse num súbito muito capaz de sabê-las, em detalhes.

Ameaçou um passo adiante e lhe esbarraram no braço. O telefone escapou de sua mão e espatifou-se no chão, fez soltar a capa traseira e a bateria e um palavrão muito bem pronunciado em sua língua nativa porque aquela merda de capa havia algum tempo soltava-se por qualquer tranco menor e lhe tremiam as mãos era tarefa dificultosa tornar a montá-lo como deveria ser e certo que por isso a capa não se encaixava direito, nunca mais se encaixaria direito. A mão em seu ombro e pronto para esquivar-se, dizer que *no, gracias, estoy bien*, mas foi olhar para cima e reconhecer o rosto inventado do rapaz que, antes. Sentiu a descarga de adrenalina disfarçada de vertigem e então o esforço para pôr-se de pé, derrubar outra vez o telefone e pensar que não podia deixá-lo ali no chão porque.

Quê.

Não haveria motivo pertinente para a preocupação com aparelho eletrônico que cumpria tão somente a função de relógio mas hesitou; hesitaria quando o rapaz se abaixasse para pegar o telefone e depois lhe entregar, amigável e sorridente apesar de. Não os traços indígenas mas a pele queimada de sol, os cabelos castanhos desalinhados a barba por fazer e uns óculos tortos a armação quadrada num rosto redondo. Ora, intenções: que o outro tivesse algo ali oculto feito máscara atrás de máscara, nos gestos vagarosos como quem se aproxima de bicho selvagem. Tomou nas mãos o celular e o manteve ali próximo ao peito e um passo para trás, e sentir o choque de alguém às suas costas; outra vertigem e a sensação claustrofóbica embora não mais o quarto minúsculo do albergue e ali na calçada a quantidade de gente na rua parecia diminuir.

— Patrick.

Teria se virado num movimento involuntário e então era Madalena e um sorriso simpático mas no olhar aquele medo que era também do rapaz que o cercava e era ainda o seu quando se atrevia a se olhar no espelho. O medo que era o meu porque não me reconhecia, porque encarava meu reflexo e via outro, via um estranho de pele muito queimada pelo sol e pelo descaso com a própria saúde, via os cabelos loiros e encontrava os cabelos brancos, e via sobretudo o pavor que gritava por trás daqueles olhos que eram meus, claro que eram meus, só podiam ser meus, mas.

Por quê.

(Patrick.)

Deixaria cair os braços em entrega e jamais teria certeza de que houvesse feito fugir uma tentativa de sorriso ou uma súplica silenciosa por desculpas.

Ou que fosse tudo invenção: uma lembrança distante de algo que sequer aconteceu. Porque a memória embaralhada e estava talvez em casa com o computador ligado montando um projeto de viagem de pesquisa num povoado no altiplano boliviano porque uns cactos mutantes que. Vê: o inconsciente anseia pela grandiosidade do herói que se desmonta pelo caminho e morre no final, anseia pelo que há de mirabolante numa história de crime e perseguição. Fechar os olhos e acreditar que bastasse um pouco de esforço e despertaria. Pensar com muita vontade muita convicção que já estou cansado a brincadeira ultrapassou todos os limites e *não, não aguento mais*.

(porque se alinham os astros ou porque não devesse ser tão difícil um momento de paz, um só; ou vem a calmaria que anuncia a tempestade e nunca se pode deixar cair a guarda enquanto não foi oficialmente anunciado o fim da guerra.)
La Paz, ainda.

Patrick Doherty era um tipo alto, embora não tanto quanto Dante, e não tão branco como fazia crer a fotografia. O rosto queimado de sol e os cabelos loiros mesclados com uns fios brancos. Tinha os olhos azulados e fundos, miúdos sob as rugas e as sobrancelhas grossas que muito claras desapareciam no tom da pele. Tremiam-lhe as mãos quando enfim sentaram no mesmo café que antes Madalena e Estevão. Segurava o telefone celular com a capa da bateria meio solta e mantinha os olhos em Estevão, porque o medisse ou duvidasse de sua existência.

E agora?, Estevão teria pensado, também os olhos fixos no médico. Houvesse talvez a pergunta certa, o comentário mais pertinente. Nem Madalena, embora apoiasse a mão no braço de Patrick como se para garantir que ele não escaparia outra vez. Havia nele algo de insanidade, algo que era o brilho no olhar e a expressão de desespero, era a boca semiaberta e o suor que fazia os cabelos colarem na testa e nas têmporas.

— Você está com febre — Madalena disse.

Esticou-se para lhe tocar o rosto e Patrick se esquivou, fez que não e *I'm fine*.

— O que aconteceu? — Estevão perguntou.

— Quem é você? — a resposta cautelosa no sotaque sutil de quem há anos se acostumou à língua portuguesa.

— Meu nome é Estevão.

— Ele é meu amigo — Madalena interrompeu.

— Brasileiro?

Era mais afirmação do que pergunta — tão brasileiro o nome impronunciável — mas ainda a expressão desconfiada que era talvez insanidade controlada ou. Certo que não parecia de todo são. Patrick Doherty, enfim, encontrado. Então? Avisar Heitor, missão cumprida e pode depositar aqueles vinte mil que estou voltando para casa e para minhas dívidas, vou pagar o banco e vender o apartamento, e.

(Então?)

Voltar ao trabalho na casa noturna do amigo Marcos e ao apartamento compatível com a renda etc. Vinte e nove anos quase trinta e Estevão conteve o impulso de conferir o dia no telefone celular porque quisesse acreditar que pouco lhe importava a aproximação de seu aniversário. Interrompeu-se nas contas quando Patrick abriu a boca outra vez:

— Por que você está aqui?

— Não vou mentir para você e espero que você não minta para mim.

— Ele é meu amigo, isso não importa — Madalena insistiu.

— Não, por favor, chega dessa brincadeira imbecil — Estevão disse. — Fui contratado por Heitor.

Foi o nome e Patrick quase um salto para trás, mas as mãos de Madalena e não conseguiu se levantar. Também Estevão havia erguido as mãos em pedido de trégua, e apressou-se em continuar:

— Somos... éramos... cinco. — Estreitou um pouco os olhos. — Heitor contratou cinco pessoas. Um dos nossos foi morto por uns malucos em Huari ontem.

Tão estranho dizer que *ontem* quando o tempo distorcido pelas horas de estrada e a correria e a altitude e o mal-estar. Outra vez quis conferir o dia no telefone celular, por dizer a si mesmo que a Copa América e quando seria o próximo jogo do Brasil, mas só fez morder o lábio, arrumar os óculos e passar a mão nos cabelos, tudo um só gesto nervoso; de qualquer maneira a data pouco lhe diria sobre um campeonato de futebol que não estava acompanhando.

— Ele era amigo de meu pai — continuou, incerto. — *East border soccer field*.

Patrick a expressão de espanto e que lhe fugisse o fôlego por um instante em descompasso; precisou respirar pela boca como quem acerta as passadas ao marchar esquerda direita esquerda direita direita esquerda etc.

— Pedro também foi morto por eles.

Desnecessário contar que a traição, que havia morrido pelas próprias escolhas mas.

— A história foi mal contada desde o começo e tem muito que Heitor está escondendo. Não me importo com Heitor. Que ele enfie o dinheiro dele no rabo. Quero saber por que Renato morreu e por que tentaram nos matar. Mataram uma menina, uma criança de uns oito anos, Patrick. Quero saber em que você se meteu e quero ajudar, se puder.

— Me ajudar? — e o riso por entre os dentes que meio tortos como ditaria o estereótipo britânico. — Por quê?

(Por quê.)

A pergunta em eco tão simples tão óbvia tão sem resposta. Estevão mexeu-se na cadeira, feito lhe sobrassem as pernas e não soubesse o que fazer com elas. Veio a garçonete com o cardápio e Madalena pediu uma garrafa d'água.

(Por que, Estevão?)

— Não sei — e deu de ombros. — Não importa. Deixa eu te ajudar. Que está acontecendo?

— Muito que Heitor escondeu também para mim. Por que um engenheiro naquela pesquisa? Engenheiro! Van Dyck podia ser formado em gastronomia; não fazia diferença. Veio me dizer que a pesquisa não podia continuar, que eu estava passando dos limites. Sou médico, você sabe?

Van Dyck está morto, Estevão pensou em dizer. Só fez olhar Madalena e perceber também nela a confusão e o esforço por compreender o que Patrick estava dizendo. Jogo de quebra-cabeças e encaixar peças, e uma semana de viagem parecia um mês, tanto que pode acontecer num só dia quando se esquece de contar as horas. Havia o rapaz brasileiro em Coqueza e a discussão entre o médico e o holandês, havia a noite anterior e Patrick encontrado de madrugada em estado de hipotermia depois de passar o dia desaparecido. Um nome Enrique Diaz e uma localidade escondida numa cidade de passagem.

Patrick inclinou-se por sobre a mesa com os cotovelos apoiados e a cabeça erguida. Ainda o telefone entre as mãos trêmulas e também o queixo num movimento involuntário.

— Eles querem o cacto, mas não querem o anestésico que eu queria desenvolver. E de que me adianta uma substância que pode ser tão... mal interpretada? Não quero meu nome nisso.

— Patrick, por favor.

— São os holandeses: eles ficaram sabendo de Enrique Diaz, mas não conseguiram negociar com ele. Não é um tipo com quem você pode negociar, não é? Eles queriam a droga.

— Os holandeses queriam a droga produzida com o cacto?

— Você precisa de um laboratório melhor, mais completo, precisa outras substâncias e aparelhos, não é coisa que se pode fazer com o que eu tinha. Mas consegui produzir um protótipo, se é que a gente pode chamar assim; vê? Uma coisa perigosa. A literatura especializada tantas vezes insiste que essa história de *flashbacks* causado por drogas alucinógenas é mero efeito psicológico nas mentes predispostas e não existe para isso explicação química ou biológica, mas e aí? Se a substância danifica a área certa, ou errada, do cérebro, e com microgramas! Sabe o que são microgramas? Em quem você vai acreditar?

Dante e a conversa sobre microgramas e doses de LSD e ecstasy. Era? Parecia que Patrick falava consigo, embora mantivesse o olhar em Estevão. Haveria em seu discurso algo de um sarcasmo contido, ou porque precisasse rir para não chorar em desespero. Mas as peças todas desordenadas e Estevão precisava conter a ansiedade; impedir que a náusea, transformada em alerta constante de que algo não ia bem, obrigasse-o a tomar Patrick pela gola do casaco e vamos do começo em sequência cronológica estou cansado de resgatar migalhas pisoteadas no chão de terra.

Estevão puxou para perto de si o suporte de madeira com os sachês de açúcar e adoçante. Também suas mãos tremiam quando pegou um pacotinho de açúcar e o mirou por detrás e por cima dos óculos, em medição do grau da miopia e do quanto ainda enxergava tudo fora de foco apesar das lentes. Sentia os olhos secos e o ar passava cortante pelas narinas e o corpo lhe gritava que encostasse um pouco a cabeça quem se importa com um médico alucinado em digressões incompreensíveis. Deixou sobre a mesa o açúcar e inclinou também o corpo para frente.

— Por que você abandonou a pesquisa?

— Não abandonei a pesquisa.

— Faz quase um mês que você saiu de Coqueza e até mesmo a polícia boliviana desistiu de te procurar.

Patrick tinha ainda a boca aberta para continuar falando ou retrucar mas os lábios tremeram, O gesto mínimo de mover um pouco o corpo para trás embora ainda os cotovelos sobre a mesa e a cabeça incerta numa negação.

— Não abandonei a pesquisa — insistiu.

— Quem é Enrique Diaz?

— Não sei.

— Mas estava atrás dele.

— Sim.

— Por quê?

Desconfiado buscaria em Madalena a segurança que não podia sentir em contar a um estranho história que talvez nem mesmo a ele fizesse sentido. Ela lhe sorriu. Guardasse caladas as perguntas por certeza de que quando sozinhos Patrick não mentiria e que Estevão fizesse ali seu teatro. Também por fazer-se cúmplice e não sou eu a curiosa que o obrigou a falar; *viste?* Exagero pensar assim, mas o silêncio da argentina parecia incoerência se afinal *Patrick é meu amigo* etc. Ou porque percebesse no tom delirante do médico a gravidade da situação.

Patrick deu de ombros. Abriu a boca e não lhe saíram as palavras e de qualquer forma não sairiam: mistura de vergonha e arrependimento e frustração e. Maior o medo estampado na íris azulada e adiante nesse esforço de transformar em palavras as sutilezas do desespero. Pôs-se a sacudir a cabeça em negação contínua e débil.

— A pesquisa deu errado — disse, enfim, fazendo nítida a derrota que a Estevão pareceria tão familiar. — Pensei que ele pudesse talvez esclarecer algumas coisas, que eu pudesse entender o que estava acontecendo. Pensei que.

— O que estava acontecendo?

— O cacto, a droga.

— O anestésico?
— Não.
— Que droga é essa?
— Não quero meu nome ligado a esse tipo de coisa. Já ninguém me leva a sério, e muito menos aqueles imbecis da universidade. Pensei que Enrique Diaz fosse um pesquisador. Ele não é pesquisador.
Claro que não; fosse nome inventado e por isso ninguém em Huari o conhecia. E se na fala de Patrick algo de súbita sobriedade mantinha nos olhos a mesma expressão, e fazia parecer pouco pertinente acreditar em tão inconstante sanidade. Enrique Diaz era um nome e pouco importava o nome: era uma fortaleza vigiada na borda da cidade de Huari e a visão dos *cactos blancos* na distância antes que os tiros e. Enrique Diaz era a substância *mal interpretada* e tudo o que Patrick queria longe de seu nome.
— O que você descobriu? — Estevão perguntou.
— Nada; passei direto por Huari, tomei o rumo de Potosí.
— Por quê?
Foi um gesto meio abrupto e Estevão afastou-se: Patrick havia endireitado o corpo e erguido uma das mãos por sobre a mesa, aberta e trêmula. Fechou-a e tornou a abri-la, deixou-se sorrir e mostrou os dentes que tortos acompanhavam o desencontro do maxilar.
— Você disse que produziu uma espécie de protótipo.
— Foi acidente, vê? Testes de concentração, variações com a casca e a mucilagem para que chegassem os camundongos e é pouco o que se pode fazer com aquele laboratório precário. Mas é porque a gente ouve as histórias e eu precisava ter certeza.
— Certeza de quê?
— Dos efeitos negativos da substância.
Devia mesmo ser conclusão óbvia: Estevão lembrava ainda os comentários sobre um ou outro de Coqueza que nos registros do médico *potencial do cacto como algo perigoso* ou *propriedades mágicas* etc.
— Pense o que se pode fazer com o material certo — Patrick disse, e arregalou os olhos. — O potencial e os efeitos e o retorno financeiro, claro, por que não? Está tudo errado. Eles não queriam um anestésico, por melhor que fosse. A dor física é suportável, e toma outra aspirina ou outra dose de uísque etc. Um médico metido a biólogo fazendo remédio natural com plantinha exótica; quem vai levar a sério um tipo desses?
— Os holandeses; Van Dyck e o outro?
— Heitor era meu amigo! Pensei que.
— Como eles sabiam da droga?
Patrick olhou Estevão como se a pergunta fosse a mais absurda. Madalena calada os braços cruzados e ninguém havia visto a garçonete deixar sobre a mesa a garrafa de água e três copos.

— Foi porque me meti onde não fui chamado. Engenheiro! Queriam que eu fizesse a minha pesquisa para servir de base ao desenvolvimento da droga, a quem fosse que contratassem para fazer competição com esses bolivianos. Ou porque sabiam que eu descobriria a droga, a meio passo de distância do anestésico. Ou nem isso: tão tentador deve ser o mercado externo, e nada que a boa aparência do europeu não resolva, não é mesmo? Que ele queria? Em algum momento eu saberia. Todos sabem! Queriam que eu entrasse na brincadeira? Aí veio dizer que eu não podia continuar, que devia voltar e desistir da pesquisa. Abandonar a pesquisa. Não: falaria com esse Enrique Diaz porque pensei que era pesquisador sério e quem sabe unir forças, driblar as consequências negativas e descobrir juntos a concentração ideal para.

— Mas não parou em Huari.

— Não.

— Por quê?

— Desisti.

Era mentira e Estevão sabia; soube antes mesmo que a palavra escapasse por entre os lábios do irlandês. Era coerente que não houvesse parado em Huari. Mais provável que estivesse morto caso houvesse inventado de se meter com os traficantes, que eles não pareciam os tipos mais interessados em competição saudável ou troca de figurinhas.

Mas que se podia esperar? Eram Heitor e os holandeses interessados num potencial alucinógeno do cacto enquanto Patrick muito indignado pretendia seguir pesquisando um anestésico com demais efeitos desconhecidos e perigosos no organismo humano. Mas por que fugir, se de tudo nenhuma certeza ou prova e não havia motivos para tanto desespero se.

— O que aconteceu na noite antes de você ir embora de Coqueza?

— Não lembro.

— Mentira.

Patrick sacudiria a cabeça em negação enfática. *Não lembro*: a mais fácil das respostas. Madalena lhe apertou o braço. Já tão cansado de fugir e incapaz de confiar naquele que brasileiro amigo de Madalena o interrogatório para entender a sequência dos fatos. *Que diferença faz* era a pergunta a ser feita, e que o rapaz tomasse seu rumo de volta ao Brasil: vamos, Estevão, era o momento para desistir do que não lhe competia. Convenhamos!

— Por que você está com o passaporte de Van Dyck?

A mão esquerda ao bolso da calça mas constatar que havia deixado os documentos todos no quarto do albergue. E pouco importava porque a pergunta a ser feita não era bem aquela e Estevão sabia, e Patrick sabia, e Madalena planejava a melhor maneira de tirar o amigo dali e dispensar o brasileiro, descobrir os detalhes que Patrick não estava contando, que jamais contaria, e não tanto por maldade ou prazer em mentir, mas porque a vergonha e o medo, porque a pesquisa havia dado errado e havia um holandês morto e um grupo violento de traficantes em estado de alerta e Patrick não tinha mais nada senão voltar para casa de cabeça baixa e aceitar o fracasso; encarar a esposa que o havia apoiado mas sem tanta convicção, talvez por desconfiar da índole e das intenções do amigo Heitor; explicar-se ao amigo da universidade que de qualquer forma não o havia levado a sério e de qualquer forma por que alguém o levaria a sério.

— Eles vão me encontrar.

Patrick teria conferido as horas no telefone celular antes de se dedicar a encaixar a capa da bateria mas notou que Estevão lhe estendia a mão como se para pedir o aparelho.

— Não aguento mais fugir.

— Me deixe ver — Estevão disse.

— Vou voltar com ele — Madalena interrompeu. — Vá falar com Dante e vemos o que fazer.

— Dante precisa falar com ele sobre a substância.

Era um aviso e um pedido e a desconfiança de que deixá-los ir embora era nunca mais vê-los. Ainda tinha a mão estendida e por insistência o médico lhe ofereceu o telefone com a capa desencaixada. Estevão a abriu e conferiu o compartimento. Não foi difícil notar o dispositivo de alguns milímetros conectado à bateria por uma espécie de gambiarra e oculto sob fita adesiva preta Pequeno que era quase imperceptível, mas fazia com que a bateria ficasse um pouco deslocada de seu lugar habitual e por isso a dificuldade de manter a capa fixa no telefone. Sim? Estevão pensaria ainda que *acho que entrou água ou terra no meu telefone* mais provável que fosse a interferência de uma conexão improvisada do chip com a bateria.

Disso Estevão não entendia, mas tornou a fixar a capa no aparelho com o cuidado para que ficasse o mais encaixada possível. Apoiou o telefone sobre a mesa.

— Amanhã nos encontramos — disse. — E decidimos o que fazer.

O médico não estaria prestando atenção nas palavras de Estevão e mantinha a cabeça baixa os olhos no telefone como se súbito compreendesse que a bateria e o sinal defeituoso etc. Perdido talvez em outro delírio, em esforço mental para agarrar-se a alguma referência temporal que lhe permitisse apoiar os pés e tentar outra passada. Porque o tempo embaralhado e pensasse que era capaz de prever o futuro, de saber o futuro, de estar ali vivendo o futuro que ainda não lhe pertencia.

Madalena calada só o gesto de cabeça para que Estevão fosse embora, fazendo disfarçar um sorriso de derrota ou de entrega ou aceitação, ou ainda nada daquilo e sorria, porque não pudesse fazer outra coisa.

La Paz, Bolívia.
Porque o clima segue gelado e seco mas;
(a tempestade).

Os dias têm dessas de a gente não saber muito bem por onde começaram, ainda mais quando se é um tipo insone que há mais de quatro meses não dorme mais de três horas por noite e há mais de uma semana se desentende com a escassez de oxigênio e a falta de umidade no ar, quando se tem vontade de dormir dentro de uma banheira mas mesmo a água da torneira no hotel vem gelada de fazer doer os dedos.

Mais: o tempo tem dessas de passar sem ser notado, feito não fosse óbvia a sequência de dias e horas e o movimento do sol e das estrelas. Ou porque contar é deslocar-se da cronologia, seguir adiante e retroceder, fingir que não se conhece o depois porque a linearidade e a coerência etc. Acreditam? Estevão não encontraria Helena, e Dante estaria metido debaixo das cobertas no quarto do hotel, encolhido e respirando com dificuldade, a boca semiaberta, ambas as mãos na cabeça como se precisasse mantê-la no lugar enquanto dormia. Beto chegaria depois, com uma sacola de plástico e uma garrafa grande de água. Passaria pelo filho na sala comum da recepção e direto ao quarto sem dizer palavra. Parecia estúpido pensar que desistidos quando enfim haviam encontrado o médico, quando enfim chegava ao fim a *expedição de busca* e. Fosse o caso de perguntar-se que estivera procurando, mas vinha maior um sentimento de ironia de não saber bem explicar, e desacreditava-se. Pensar na viagem à Antártica e principalmente na volta, quando o navio de resgate, quando os esclarecimentos. Naquele tempo voltar era o sorriso de Regina, as digressões literárias de Regina e sem isso São Paulo era só aridez: asfalto e concreto e carros e gente e uma esperança cega e estúpida de que Regina voltaria, claro que voltaria.

Mas quatro meses uma semana e Estevão chegaria a tirar do bolso o telefone celular para conferir uma foto antiga porque embaralhava-se a memória e Helena entrava no hotel e tirava o gorro e afrouxava o cachecol e sorria, ou fosse a memória de um sorriso inventado e Estevão tinha sono, sentia-se cansado e desorientado embora soubesse que a cabeça seguiria a noite inteira trabalhando sem pausas, como bem lhe era conveniente.

— Me perguntei por um momento se vocês voltariam — ela disse, com um sorriso enigmático, antes de passar para o corredor e desaparecer com os passos escada acima.

A sala era estreita e mal iluminada por um abajur alto e amarelo metido entre o sofá e o corredor que seguia para as escadas e os quartos. Um aquecedor a gás estava postado ao lado da outra extremidade do sofá e Estevão havia se acomodado ao lado dele, enfim sem as botas e sem as meias e o casaco dobrado ao seu lado

Não saberia bem por que a importância atribuída a outras dessas horas insones em que a mente dá voltas. Pensaria nas perguntas que não havia feito e nas respostas que não havia conseguido, porque incapaz de se fazer levar a sério e porque sentia-se ali ocupando função que não era dele. E teria sido sempre assim desde a faculdade: fugir de um avô aventureiro exibicionista morto em acidente de alpinismo e da competência do pai; manter-se próximo na escolha desacertada da faculdade e dos trabalhos e viagens em companhia dos professores para depois interromper o curso pela carreira que era a de Beto e se fazia migalhas da não-carreira do avô. Era o cargo de barman na casa noturna do amigo Marcos depois de uma proposta de sociedade recusada. Que o médico Patrick fosse à imensidão branca do deserto de sal para recuperar uma reputação perdida. Estevão bem sabia que aquele tipo de cenário era muito mais propício para perdê-las.

(Um nome assim um pouco sujo, um eco de adjetivos quase todos começados em *in-* e terminados em *-ente*: incompetente, inconsequente; que mais?)

Que não porque a expedição Gatto, todo aquele coro havia começado muito antes, em expedições anteriores e bem sucedidas. Fosse Beto a assumir os próprios erros de cálculo nada lhe teria acontecido porque *errar é humano etc* que se pode fazer. Claro, Estevão: estavam todo aquele tempo rindo pelas suas costas e esperando os motivos certos para descartar seu trabalho com um bom motivo; não se pode afinal dispensar o neto de César Timber filho de Betinho Tavares sem que antes exista um ótimo motivo.

Não vou te desmentir. Faça o que achar certo.

Que era, sim, provavelmente, uma forma de dizer que ele estava errado, ou mais ainda dizer que já havia dado o tempo de fazer sozinho o que se acha certo.

Passaria de meia-noite e por aí começam os dias: outra vez os passos na escada e dessa vez a figura miúda do pai ocupava a poltrona ao lado do sofá. Pôs ao lado de Estevão um embrulho pequeno em papel pardo e o gesto sutil da cabeça para que.

Era objeto pesado e Estevão não precisou pensar duas vezes para saber de que se tratava. Ainda teria buscado nos olhos do pai a resposta que encontrou no telefone celular: começava o dia nove de julho e era enfim seu aniversário de trinta anos.

— Encontrei Patrick — disse.

— Aqui em La Paz?
— Sim.
— Como?
— Rastreamento por GPS. — Pegou no bolso o smartphone de Van Dyck. — O holandês tinha instalado um dispositivo no telefone de Patrick.
— O holandês é aquele que — e deteve-se, feito lhe escapasse o ar. — Vamos embora.
— Heitor quer encontrar Patrick porque descobriu que.
— Não importa.
— Claro que importa.
E tomar o embrulho nas mãos, o presente que Estevão reconhecia porque o mesmo de seu aniversário de quinze anos quando não havia faculdade nem carreira nem as escolhas mal feitas: um menino agitado na empolgação para acompanhar o pai em trilhas de fim de semana. Perturbava as irmãs para irem junto e convencia-as de que não podia haver programa mais interessante do que se meter no meio do mato junto de dois vislumbrados prontos para interromper a caminhada a cada nova planta ou inseto.
— Amanhã eu e Dante vamos falar com Patrick.
— Para quê?
— Entender o que está acontecendo.
— Não me importa o que.
— O que aconteceu com Renato?
Beto cerrou os punhos e ameaçou cruzar os braços, mas fez apenas apoiá-los nas pernas e esfregar as mãos na calça. Mirou do outro lado o aquecedor.
— E Helena?
— Ela está trabalhando para Heitor.
— Não seja paranoico. Todos nós estamos. Que você quer fazer? Descobrir o que aconteceu e depois? Que vai fazer com isso?
Estevão teria aberto a boca para uma resposta qualquer resposta nenhuma que satisfatória mas. Rasgou o papel pardo para tomar nas mãos o canivete novo e vermelho e grande, tão cheio de ferramentas como havia sido aquele primeiro.
— Por que você está aqui?
— Só consegui comprar passagem para.
— Não; por que aceitou esse trabalho?
Beto apertaria os olhos com força antes de dar de ombros.
— Que você acha? Estava entediado. Não sirvo para aposentado.
— Mas está trabalhando como instrutor de voo.
— Todos os dias a mesma coisa. A mesma gente, as mesmas brincadeiras, aquela mesma cidade, a mesma vista, os mesmos lugares para

sair e comer e passar o fim de semana. Estava entediado e aceitei essa merda sem pensar. Todos nós; duvida?

— Regina foi embora, pai.

— Eu sei.

— Sabe?

— Sua irmã me contou.

O silêncio óbvio e cauteloso e talvez não houvesse mesmo mais nada a ser dito. Regina foi embora, trabalho como barman por um favor de meu amigo, devo ao banco e não consigo pagar o condomínio do apartamento e o apartamento é enorme e as estantes vazias etc. Tanto que havia se lamentado as palavras pareciam perder o sentido.

Beto levantou-se. Quis falar e lhe escapou *filho*, mas a voz tremeu, reticente, interrompida pelo som da porta de vidro na entrada do hotel, uns passos rumo à recepção ali antes da sala comum e o murmúrio de uma conversa cheia de hesitações. Estevão detectou a prosódia e pensou que mais um gringo para se acostumar às variações de altitude daquela cidade caótica que ia de três mil e trezentos a quatro mil metros em uma caminhada. Não percebeu que nos olhos do pai um desespero, e Beto já um passo atrás e o rosto nas sombras. Murmuraria *boa noite* e tomaria o rumo das escadas. Não parecia má ideia permanecer ali e dispensar o desgaste pela tentativa infrutífera de dormir. Ouviria mais um pouco a conversa do recém-chegado com o recepcionista e então levantar-se, enfiar metade dos pés nas botas e tomar o casaco nas mãos, seguir desajeitado pelo corredor no mesmo instante em que o gringo surgia na outra extremidade da sala; na distância era um tipo alto e magro e loiro e branco e o rosto pouco nítido porque dali as lentes dos óculos e a penumbra e já Estevão se ocupava de mais um súbito mal-estar porque houvesse se levantado muito rápido e o corpo pedia uma trégua pedia pelo amor de deus uma noite de sono um dia de paz e talvez uma refeição que não pimentão e frango e fritura.

*

Patrick e Madalena não estavam no albergue de onde o médico havia saído no dia anterior mas parecia certo que os encontrariam na casa em que a argentina estava hospedada. Antes o café da manhã ansioso no hotel e Helena que quando acordaram não estava mais em seu quarto. Beto mais de uma vez havia dito que ficaria por ali, que não queria saber de Patrick e preferia esperar passar o tempo para voltar para casa. Desistia, vestia o gorro e à merda que já estou aqui vou com vocês. Dante muito sério e um pouco ofendido porque deixado de lado justo quando. Era criança aborrecida e os braços cruzados, a boca fechada e a respiração pesada os passos vagarosos enquanto Estevão conferia no mapa do celular o caminho para o endereço conhecido.

— Por que não podemos falar com Heitor e.

Beto quase sem fôlego em mais uma rua inclinada ladeira acima incapaz de completar a pergunta e ainda:

— Não — Dante interromperia. — Você não ouviu a merda da história?

— Mas por que vocês vão acreditar num médico maluco que pode ele mesmo estar metido com esses traficantes e vai saber que mais ele.

Outra pausa para fôlego e nenhum o pique para continuar falando. Estevão apontava à esquerda e virava a esquina e teria pensado que a insistência do pai era o suficiente para desconfiar de que algo não ia bem, que algo oculto se debatia para subir à superfície.

A casa e a campainha e ali parte mais afastada do centro da cidade e menor o movimento nas ruas e porque sábado também o trânsito sossegado e menor a presa dos *paceños*. Era um sobrado sem recuo: só uma área coberta de menos de um metro quadrado entre a porta e a calçada. A janela que dava na rua estava fechada. Que houvesse um limite de informações de que se pode se ocupar ao mesmo tempo quando tantas as noites sem dormir e mesmo Dante e Beto já não discutiam quando na porta da casa surgiu hesitante a figura de Helena: gorro e casaco e cachecol e passaria para o lado de fora fecharia a porta atrás de si as mãos para trás os olhos muito abertos.

— Vocês precisam ir embora.

Alguns segundos ou um minuto que era o tempo de se processar o inesperado e mesmo Beto a boca um pouco aberta e a expressão descrente. Dante tomava a frente dois passos adiante e muito próximo de Helena mirava-a de cima como se.

— Que você está fazendo aqui?

— Por favor.

Que Dante acreditasse muito em sua própria capacidade de intimidação mas um descompasso e Estevão teve certeza de que senão quando corriam por Huari e perseguidos pelos disparos de arma de fogo não se lembrava de ter visto nos olhos de Helena temor como aquele. Quis falar, empurrar Dante para o lado e perguntar que estava acontecendo — e quem sabe gritar bem alto *que merda está acontecendo* — mas a surpresa e a confusão mal foi capaz de mover os braços.

— Como você descobriu esse.

— Dante, vocês não têm tempo para esse tipo de coisa. Vão embora. Comprem vocês dois a passagem para São Paulo também e voltem para casa. Por favor.

Helena podia tê-los seguido no dia anterior mas ainda assim incompleta a explicação e muito menos a convicção com que os mandava embora dali.

— Nós vamos entrar.

A voz de Dante hesitou, e na incerteza dos movimentos era certo que teria também percebido, como se a mente recalculasse as ações as mais adequadas para a situação.

— Por favor — a resposta.

Era menos ordem e mais súplica embora se endurecesse o olhar e no contorno marcado do maxilar ficasse mais evidente que não se deixaria convencer tão fácil.

— Que você vai fazer? — Estevão perguntou. — Que você quer com Patrick?

— Vão embora.

— E Heitor?

— Heitor nos contratou para fazer um trabalho. O trabalho foi feito. Podem ir embora. Sei que logo vão receber aqueles vinte mil prometidos.

Mas não estaria sozinha porque não poderia fazer com que Patrick e Madalena e o dono da casa esperassem do lado de dentro enquanto discutia na porta; Estevão pensou que pudesse tê-los amarrado mas era demais absurdo seguir por essa lógica de desenho animado e que mais ela poderia fazer senão chamar Heitor e.

— Vai ser melhor para.

Um desespero mas também a paciência se esvaindo pelo ar gelado e Helena deu um passo atrás e encostou o corpo na porta de entrada, chegou a girar a maçaneta e fazer que entraria, mas Dante a tomou pelo braço. Ela se livrou e gesto agressivo o empurrou para cima de Estevão com as duas mãos abertas.

— A expedição acabou — ela disse. — Vocês vão embora. Não adianta falar com polícia ou mandar gente atrás de Heitor. Ninguém vai acreditar em vocês. Vocês dois — e apontou Dante e Estevão — sem trabalho porque ninguém mais se atreve a contratar vocês. Faculdade pela metade, saindo no braço com pesquisador, suspendendo expedição por incompetência e jogando no lixo dinheiro de patrocinador. — E depois o gesto de cabeça na direção de Beto. — Ou você que aposentado nunca foi nem metade do que foi o seu sogro; sempre convencia porque era o genro de César Timber. A única coisa que fez para ter um nome foi casar com a filha dele. Quem vai acreditar num grupo desses? Por que acham que foram contratados? Teimosos e curiosos e insistentes, claro, parabéns, encontraram o médico desaparecido. Agora acabou o teatro, caiu o pano, acabou a brincadeira.

Foi o movimento de Dante outra vez o passo à frente mas os punhos cerrados e Estevão adiantou-se, puxou-lhe os braços para trás e por pouco não foram ao chão no que Dante tentou escapar e Estevão tentou revidar; a porta foi aberta e Helena sumiu do lado de dentro.

— Está louco?

— Que você ia fazer; bater nela?

— Ia passar pela porta e ver o que está acontecendo. Não é para isso que estamos aqui?

— Ela tem razão — Beto interrompeu.

A mão no ombro do filho a outra no braço de Dante era um pouco pedido de paz ou tentativa de acalmar os ânimos que ainda Dante os punhos fechados preparado para um ataque.

— Não, pai.

— Esse médico não está mais desaparecido e não temos mais nada para fazer aqui.

Estevão teria ameaçado retrucar mas só fez olhar o colega. Estereótipo do frequentador assíduo de academia, musculoso e pavio curto apesar do gorro e do casaco pesado porque bastasse a expressão furiosa. Dante virou-se e tocou a campainha, mas de dentro só uns murmúrios incompreensíveis e depois a campainha outra vez, e outra, e outra etc; nada. A casa geminada sem recuo erguia-se impenetrável e fim de linha.

— Claro; quem vai acreditar em nós? Em você, Dante? Em mim? Ela está certa, Estevão. Vamos, já deu o tempo.

Um passo ao lado e os olhos fixos nos outros dois que imóveis feito Beto houvesse dito o maior das sandices. Ora; ir embora! Patrick ali naquela merda de casa ou; que nem mesmo estivesse ali porque das certezas era só que não estava no albergue e tinham ainda o smartphone do holandês com o programa de rastreamento e o dispositivo fixado na bateria do celular de Patrick, mas. Havia também Madalena e pensar que dois dias antes Renato e Pedro e a menina Belinda e como se vai deixar outros dois pelo caminho sem nem saber o que.

Talvez devessem mesmo ir embora, mas não se moveram e Beto hesitou, puxou o zíper do casaco um pouco mais para cima e encarou o filho.

— Você não precisa provar nada para ninguém.

— Não estou tentando.

— Ninguém precisa provar nada para ninguém. Ninguém mais precisa morrer por motivo estúpido. Não sabemos o que.

— Sabemos que Heitor financiou a pesquisa interessado na droga que pode ser feita com o cacto e provavelmente porque esses holandeses o convenceram disso. A merda da ideia deu errado e agora precisam aparar as pontas soltas. Que te parece?

— Me parece que isso não é problema nosso.

Foi o tom de voz e seis meses de silêncio não podem mudar quase trinta anos de convivência. Na fala de Beto uma súplica e parecia despropósito o pavor desmedido ou mal direcionado.

— Renato era seu amigo.

Beto sacudiu a cabeça.

— Renato enganou todos nós.

— Como assim?

— Você disse que Helena está trabalhando para Heitor, mas é mentira. Renato estava fazendo isso.

Chegou a sorrir porque o óbvio do absurdo e que mais se pode fazer.

— O celular dele estava na mochila. As mensagens de e-mail que trocava com Heitor estão todas arquivadas e registram todos os nossos passos até a cidade de Santigo de Huari.

Mas se Renato.

(Vocês precisam ir embora.)

Helena na porta e sabia onde encontrar Patrick e lhes dizia que fossem embora porque quem vai acreditar em vocês.

— Pai.

— Ainda em Oruro escrevi a Heitor como se fosse Renato, disse que estaríamos em La Paz e íamos desistir da busca e voltar para São Paulo e Heitor respondeu que Klaas vinha para cá, que esperássemos e quem sabe vocês dois soubessem de alguma coisa que.

— Klaas?

— Nós dois? — Dante perguntou.

Beto a negação constante e havia se afastado da casa sem perceber, devagar aproximava-se da esquina e também Estevão e Dante que o acompanhavam.

— O holandês, Klaas, aquele que conhecemos no escritório de Heitor.

Um gringo alto e branco e loiro que faz check-in depois da meia-noite.

— Você disse onde estamos hospedados.

— Foi Heitor que me passou o nome daquele hotel.

— Mas Helena.

A pergunta interrompida o pensamento incompleto. Dante o olharia como se compartilhasse a dúvida, como se tão confuso quanto. Helena? Ela queria ir a La Paz e insistiu porque;

por quê?

Ou que Dante estivesse certo: Helena havia dito ao taxista que fosse ao centro, não havia dito um endereço ou o nome do hotel. Em momento algum havia dito o nome do hotel.

— Helena tem razão — Beto repetiu.

— Está louco? Se Renato nos enganou e Helena não tem nada com isso, está aí mais um bom motivo para não irmos embora agora.

— Mas ela disse.

— Esquece o que ela disse.

— Não é isso. Antes de sair de Oruro; ela disse que também precisava vir a La Paz, que precisava encontrar alguém.

Dante os observava calado, mas era nítida em sua expressão a vontade de agredir alguém.

— Vamos arrumar um café com internet sem fio — Estevão disse.

*

Mais difícil não era traçar uma rota de entrada pelos fundos da casa com o auxilio de uma imagem de satélite possivelmente desatualizada. Difícil era prever a existência de cachorros ou moradores insatisfeitos com três marmanjos fazendo as vezes de gatos que caminham pelos telhados. Isso Beto fez questão de apontar, pouco convencido de que deveriam insistir mas mais ainda incapaz de afastar-se quando certo sentia-se responsável pelo problema em questão. Para o inferno com as teorias e motivos e quem estava certo ou errado; se Klaas estava em La Paz de pouco valia adivinhar suas intenções se não fossem capazes de impedir que.

Dante mais habilidoso subiu na frente para ajudar Estevão e por último Beto que forte e ciclista e alpinista, mas sessenta e dois anos e a pouca altura não faziam dele o melhor candidato para escalar muros na periferia de La Paz. Também porque o esforço dobrado e mesmo Dante e Estevão precisaram se encostar como fosse possível e encontrar o fôlego e a força perdidos. Haviam seguido por um corredor tomado por mato seco entre duas casas para alcançar os fundos, que na geografia peculiar da cidade era morro abaixo e o telhado da casa na rua de baixo. Encontraram a parte mais baixa do muro lateral e então subir no telhado da casa vizinha, não sem despertar a fúria de um cachorro vira-lata que certo sequer os via, a duas ou três casas de distância. Atrás deles a imensidão de casas amontoadas pelas encostas do vale.

Engatinharam até chegar ao espaço pequeno nos fundos da casa: um quadrado de dois metros por dois, se tanto, cimentado e rodeado por um muro sem reboco. Havia num canto um amontoado de baldes e produtos de limpeza e foi preciso driblar as roupas no varal para descer ao quintal; Estevão e Dante juntos ofereceram a Beto o apoio necessário e por pouco não foram os três ao chão. Era o sol em fim de manhã e o frio gelado na sombra e gritava a fadiga dos músculos das pernas e dos braços e transpiravam. Estevão pensaria talvez que o revólver em hora daquelas podia lhes ser útil, mas meteria a mão no bolso do casaco e ao menos ali o canivete presente do pai e a certeza de que enfim seu aniversário de trinta anos era o caso de aproveitar a simbologia dos números redondos dezena fechada e assumir a responsabilidade por algo de que podia se arrepender depois.

Dali só uma porta de alumínio e vidro fosco; destrancada: dava noutro espaço estreito que parecia servir de área de serviço e despensa, com passagem para uma cozinha. A luz entrava por uma janela alta e pequena e viam era a penumbra no baixo contraste entre os armários, a mesa com duas cadeiras, as paredes, a geladeira e o fogão. Parariam os três imóveis no esforço por respirar sem fazer ruído e porque puderam ouvir uns passos no cômodo ao lado.

— Qual o plano? — Dante havia perguntado, antes, quando saíram do café e voltavam à rua em que ficava a casa.

— Descobrir o que está acontecendo.

— E depois levar um tiro?

Haveria plano mais elaborado a se aplicar, mas Estevão não tinha tanta certeza dele, e de qualquer forma só ali, na cozinha, a dois passos do corredor e os ruídos anunciação de que o imprevisto aguardava a alguns passos de distância — só ali lhe ocorreria que era o caso de pensar num plano de ação que não apenas aparecer e mostrar a cara e fazer perguntas.

(E depois levar um tiro?)

Olhou os outros dois e gesticulou para que esperassem e ia na frente. Tinha alguma ideia da planta da casa ainda que no dia anterior houvessem ficado apenas na sala. Tirou o casaco porque o nylon era pouco silencioso e o largou no chão ao lado da mesa depois de tirar do bolso o canivete e metê-lo no bolso da calça. A cabeça no corredor e viu na distância um pedaço da lateral da sala conhecida, parte de um sofá e as costas de alguém sentado. Mais alguns passos e reconheceria Helena: o corpo inclinado para frente e cotovelos nos joelhos as mãos no queixo os cabelos nos olhos. Bastaria que se virasse para a direita e daria com Estevão encostado na parede arrastando-se pelo corredor, mas não: permanecia imóvel.

Estevão avançou e ouviria outra vez os passos que mais fortes desciam a escada; depois a voz masculina que pensaria desconhecida, mas. Sim, tinha certeza ou a imaginava, e a possibilidade lhe era suficiente porque era melhor acreditar em coincidências do que esperar surgir um terceiro holandês personagem desconhecido quando começava a entender o que estava acontecendo. O holandês lacônico na sala de reunião no escritório de Heitor, ali no décimo segundo andar de um prédio da Avenida Faria Lima e meu deus em quanto tempo se pode esquecer aquele rumor paulistano e atravessar a rua na faixa mostrar o documento para a mocinha da recepção etc.

(O holandês, Klaas.)

O homem falou em inglês e Estevão demorou a entender que *she'll be fine* apesar do sotaque claro e preciso. *Ela* só podia ser Madalena e não fazia sentido que o homem afirmasse que *ela vai ficar bem* ou coisa semelhante se.

— Você fez bem — Klaas disse, em português difícil. — Daqui a pouco você pode ir embora. Ninguém precisa.

— Fica quieto.

E dali se via que Helena erguia um pouco o rosto e a franja nos olhos lhe ocultava a expressão. Estevão deteve-se. Viu que Helena se levantava e caminhava para fora de seu campo de visão rumo talvez à porta da frente.

— E se chamarem a polícia?

— Não vão acreditar neles.

— Essa é mesmo a sua teoria?

— Sim.

Estevão aproveitou para avançar um pouco mais. Dois ou três passos e Helena na outra ponta da sala, em pé, mirando com algum desprezo o gringo sentado numa poltrona. No susto Estevão recuou: era Helena desviar o olhar ou o holandês virar a cabeça e seria descoberto. O coração acelerado desde o começo do percurso por entre muros e telhados e Estevão precisou fechar os olhos controlar a respiração ou desmaiaria por mero sobressalto.

— Ninguém aqui nos conhece. Essa teoria só funciona a longo prazo e aqui você vai ser detido mesmo assim. O que você está fazendo já é.

— Patrick também.

— Patrick? Ninguém tem provas contra ele.

— *He's proof against himself.*

Foi o inglês ou a resposta mas Estevão prenderia por um ou dois segundos a respiração até que lhe atacasse uma vertigem e outra vez inspirar expirar pensar *ele é prova contra ele mesmo* mas que tinha feito o médico para. E Helena que ameaçava o gringo porque arrependida ou. Na pressa ou na ansiedade Estevão não sabia se porque um passo à frente ou se Helena movimentou-se mas súbito cruzaram-se os olhares e ela mirou o chão, depois a parede, depois voltou para onde estava sentado o holandês. E sorria, sim; sorria?

Agora essa, Estevão; claro que ela te viu. Avançou ainda mais um pouco e devagar ajustou os óculos no rosto para ter certeza de que Helena exibia um quase-sorriso disfarçado numa careta de preocupação.

Ela havia cruzado os braços. Caminhou até o holandês, e Estevão soube que silenciosa ela falava com ele, mas. Apoiaria as mãos nos braços da poltrona o corpo inclinado para frente até que o rosto muito próximo de Klaas e ele imóvel os olhos semicerrados a mão direita sobre um revólver metido entre as pernas.

— Que vai fazer? Entregar Patrick à polícia boliviana? — ela perguntou.

Estevão alcançaria o fim do corredor e então a sala conhecida, a escada logo à direita às costas do holandês. Deslizou pela parede do fundo até alcançar o primeiro degrau retomar um fôlego que desde o começo inexistente e.

— Patrick matou meu.

A frase interrompida porque lhe escapasse o vocabulário na língua estrangeira, mas era o tom de justificativa feito bastasse aquilo. Estevão subiu um dois três degraus e outra pausa para respirar.

— Mas você veio para negociar com.

— Acabou negociação.

A fonética do português maltratada na pronúncia quase incompreensível do gringo e Estevão já não pensava quando avançou mais cinco ou seis degraus e depois outros dois, três, quatro e inferno de escada que não ia terminar nunca. *Patrick matou meu*. Van Dyck? Claro: Van Dyck o seguia e a parada na vila abandonada e Patrick o matou — a sequência toda muito lógica mas ainda cheia de buracos e Estevão chegava ao topo da escada. Dali um corredor curto e estreito e escuro, uma porta para a direita e duas para a esquerda; só uma delas fechada: a primeira da esquerda, que pela disposição do espaço devia ser um banheiro. Ouviu soar a campainha e outra vez a voz do holandês dessa vez em sua língua mãe ou num inglês enrolado.

Pensaria que *acabou negociação* e; nem sabia o que estava fazendo. Havia uma cadeira de plástico ao lado da porta e sobre ela uma chave velha. Destrancou o banheiro e deu com Madalena e Patrick sentados no chão ao lado do box e um casal desconhecido as feições indígenas tão comuns na população boliviana certo que os donos da casa. O homem ameaçou abrir a boca mas Estevão levou o dedo aos lábios e compreenderam o desvio mui bem-vindo nos planos.

Veio o murmúrio de vozes do andar de baixo e Patrick levantou-se num pulo, andou até a porta e apoiou-se no batente ao lado de Estevão o corpo inclinado feito assim pudesse ouvir melhor o que estava acontecendo. Murmurou um *they're here* quase inaudível e virou-se para gesticular que também os outros se levantassem e se preparassem para.

(Eles chegaram.)

Mas o que era murmúrio se transformaria em agitação e agressividade e falavam espanhol embora Klaas mais arriscasse um portunhol confuso. Chegaria a voz de Dante um palavrão em bom português e os passos pesados subindo a escada. Mal foram capazes de alcançar o quarto da frente; o holandês alto e branco e lacônico da reunião no escritório no décimo segundo andar da Avenida Faria Lima chegava ao topo da escada e apontava o revólver o gesto de cabeça que dizia *vamos* ou talvez não dissesse nada, que ele não parecia nem um pouco disposto a perder tempo com conversa e explicação.

*

Não morri na Antártica para levar um tiro na Bolívia, Estevão pensou, quando o jipe deixava para trás os últimos vestígios da cidade e avançava por sobre uma estrada de terra cercada por uma paisagem árida e empoeirada de pedras e vegetação amarelada. Ao fundo viam-se os picos nevados parte da cadeia dos Andes e era vista bonita de se apreciar, mas tudo que Estevão conseguia pensar era que ia morrer com um tiro e que se não fossem matá-lo podiam ao menos parar o carro para ele vomitar. Sentado no primeiro banco de trás espremido entre seu pai e Patrick e Klaas que ao lado da porta com a mão firme no revólver — eram quatro num espaço para três e o jipe sacolejante. No banco dos fundos estavam Dante, Helena e a argentina e na frente dois bolivianos um deles armado o outro provavelmente armado também, embora se ocupasse da direção e de cantarolar sem saber a letra uma música da Madonna que escapava sorrateira dos autofalantes do carro.

Os donos da casa haviam ficado para trás com um terceiro boliviano armado e Estevão não quis adivinhar o que poderia acontecer com eles.

Ou pensar que era sábado dia nove de julho seu aniversário de trinta anos estivesse em São Paulo seriam as irmãs e Marcos telefonando inventando comemoração enquanto ele se escondia no apartamento enorme e maldito contando as horas para sair e ir trabalhar porque o primeiro aniversário sem Regina, o primeiro aniversário desde que a expedição Gatto, o primeiro aniversário desde que seguir em frente parecia a mais estúpida das escolhas.

Beto a cabeça nas mãos metida entre as pernas porque enjoado ou arrependido ou.

Escrevi a Heitor como se fosse Renato.

Porque não lhe houvessem contado sobre as descobertas e desconfianças e Madalena e lhe parecesse muito arbitrário que fossem aos confins de Santiago de Huari para além de um campo de futebol de grama seca observar atrás do muro enquanto Renato e a menina Belinda caminhavam rumo a. Ou porque acreditasse no amigo e temos um trabalho a fazer e prestar contas e ninguém abre mão de duzentos e cinquenta mil reais para montar um teatro de legalidade e se livrar de um irlandês incômodo.

(Renato enganou todos nós.)

Mas também Patrick que.

O médico tinha os olhos fechados e Estevão não se atrevia a olhar para trás e saber de Dante e das outras duas; não morri na Antártica para levar um tiro no altiplano boliviano sem nem entender toda a história e por que se importar; dois holandeses se juntam a um empresário brasileiro depois de ouvir falar de uma nova droga alucinógena desenvolvida na Bolívia por um grupo que muito violento não está disposto a negociar senão nos próprios termos e um médico irlandês ambicioso e descreditado com ganas de salvar o mundo e a própria reputação, tudo ao mesmo tempo num só golpe.

Você disse que Helena está trabalhando para Heitor.

Helena e Madalena haviam trocado palavras mui brevemente antes de um dos bolivianos armados as obrigar a entrar no jipe.

É mentira.

Era aquilo sentir-se manipulado e dar um passo para fora do palco perceber que todo aquele tempo estivera tomando parte numa encenação.

Ela disse que precisava encontrar alguém.

Helena sabia, desde o começo, e talvez por isso o silêncio e deixar que as implicâncias de Renato e desaparecer sem dar satisfações. Também que Madalena sempre os encontrasse, onde quer que estivessem; sim?

E Klaas teria seguido Helena desde o hotel?

Mesmo o esforço por juntar dois e dois parecia naquele instante o maior despropósito; Estevão se concentraria em não vomitar que era mesmo mais nobre tarefa quando num jipe de oito lugares levando nove pessoas.

O silêncio era a agitação do vento pela janela semiaberta do motorista e o sacolejar da estrada irregular. Subiam, e chegaram a passar por um ônibus colorido cheio de turistas que logo ficaria para trás quando o boliviano fez uma curva para fora da estrada antes que alcançassem os pés das montanhas. O terreno ficava cada vez mais acidentado e o jipe foi devagar fazendo a volta por caminho imaginário ao redor das montanhas até que outra curva e desaparecida a estrada atrás deles. À esquerda via-se um lago pequeno de água muito azul; o jipe continuou até que também o lago ficasse para trás e enfim o motorista desligou o motor e saltou para fora do carro, seguido pelo outro boliviano.

Klaas destravou a porta e saiu feito já a arma na mão e um gesto displicente para que saíssem os outros. Viria um vento gelado e Estevão sem o casaco pensou que não morresse com a droga de um tiro morreria por hipotermia que ali uns zero graus e ele só tinha a malha térmica, uma camiseta e uma blusa de malha polar. Também o gorro mas nada de cachecol nem luvas. Parou próximo ao jipe para se proteger do vento e observou enquanto os outros desciam até que parecessem um grupo de excursão numa pausa para fotografias não fosse a falta de simpatia dos guias locais e o gringo mal humorado que gesticulava para não ter de falar em língua que não compreendia.

Para essas horas deve haver uma lista de coisas que podem ser feitas como chorar rir rezar aceitar o absurdo da anunciação da própria morte ou acreditar que há um equívoco e no último minuto tudo se resolve como se por mágica. Estevão calculava distâncias e media o poder de fogo dos três homens armados que os rodeavam; fugir não servia em altitude que ali já passava dos quatro mil de El Alto. Ou nem tanto: dos bolivianos um deles o motorista tinha os braços cruzados e óculos escuros e boné mas não estava armado — havia se postado ao lado do jipe e desinteressado observava a cena.

Porque o frio e o vento Estevão só fez meter a mão no bolso da calça e perceber que o canivete ainda estava ali. Pensaria: a chave do jipe no contato e a porta traseira ainda aberta haveria talvez distração possível para que.

Klaas e os bolivianos conversavam, ainda, discutiam ou se desentendiam e Estevão conseguiu deduzir que a briga era quem matava quem porque o holandês não queria sujar as mãos. Os olhos buscaram os de Dante e Helena e por fim os do pai. Houvesse ali entendimento tácito mas ninguém ousaria se manifestar. Apertou no bolso o canivete e com a outra mão ajustou os óculos antes de se voltar para Klaas.

— Que você vai fazer?

— Quieto.

— Vamos fazer isso direito e conversar. — E hesitou; a voz tremeu, claro que tremeria. — Ninguém aqui precisa.

O holandês ergueu a mão direita e apontou a arma na direção de Estevão. Movimento automático Beto adiantou-se e teria aberto a boca para falar ou dito algo que; logo também ele tinha do boliviano uma arma apontada na cabeça e deteve-se, ergueu as mãos feito fosse instinto e mirou com o rabo do olho o revólver que o ameaçava.

— *Klaas, please* — Patrick interrompeu. — *Let them go.*

E aí;

o giro do holandês até que o revólver apontado para o médico;

a mesma troca de olhares ainda que Beto imobilizado e tivesse fechado os olhos porque soubesse desconfiasse intuísse imaginasse;

soou um disparo e Patrick foi ao chão; vê? Nessas horas — e estou me repetindo porque *nessas horas* feito fosse momento pelo qual todos nós passamos, inevitavelmente: levados por um holandês furioso a um canto ermo aos pés da cordilheira dos Andes e a morte certa —; mas, sim, nessas horas a narrativa se entorta porque fui ao chão frio de pedregulhos e senti uma pedra afiada me rasgar a pele e mesmo Estevão não saberia contar com alguma precisão o que se passou ou como se passou ou o tempo que se passou. Sejamos sensatos: não basta dizer que *tudo aconteceu muito rápido* ou outra dessas formulações batidas que transcendem os idiomas e soam terríveis em qualquer língua.

Dante que empurraria o médico e cairia com ele — ele, eu; sei bem o que vão pensar, mas quero consciente a esquizofrenia calculada e prefiro imaginar que não estava ali, que não era eu e me desconhecia, espectador distante no espaço e no tempo com o que depois Estevão me contaria — no mesmo instante em que Estevão pulava por sobre Klaas já o canivete na mão e a lâmina nova. Alguém gritou — ou havia gritado; vá contar com precisão a ordem das coisas quando a vista se estreita e o sangue sobe à cabeça. Helena avançou em direção a eles e Beto abaixou-se prevendo um disparo que não viria porque o boliviano mirasse o revólver na disputa entre Estevão e o holandês e daí quão difícil podia ser que Madalena como se despertasse de um transe saltasse inconsequente no braço erguido do boliviano fazendo estourar ainda outro tiro e outro grito o motorista de joelhos no chão as mãos na barriga ensanguentada enquanto o outro fazia escapar o revólver com uma mordida de Madalena e Beto que atrás dele lhe torcia a mão esquerda.

Haveria qualquer simetria sinistra na cena quando enfim se instaurou uma imobilidade entre eles, e era Helena apontando a arma para Klaas ajoelhado imobilizado por Estevão, que lhe encostava a lâmina do canivete logo abaixo da linha do maxilar; o boliviano segurava com a única mão livre o braço de Beto que lhe abraçava o pescoço enquanto a mão esquerda ainda torcida atrás das costas e parado porque em pé à sua frente era Madalena o mirando com o revólver; caído num lado estava o motorista as mãos cheias de sangue a cabeça apoiada no chão de pedras e a respiração difícil que se fazia ouvir por cima de todas as outras; no outro lado também Patrick tinha sangue nas mãos porque a pele rasgada com a queda e Dante segurava o ombro ensanguentado o casaco rasgado o tiro que o havia pegado de raspão.

— Ok, ok!

A voz de Klaas quase não saiu. Ergueu os braços devagar e Estevão desencostou a lâmina, afastou-se e pôs-se de pé, sem soltar o canivete. Olharia enfim a nova configuração do grupo mas outra vez se daria conta do vento e do frio e da falta de ar e da moleza nas pernas. O motorista havia parado de respirar e descia um silêncio gelado do topo da montanha Huayna Potosí imponente adiante em seus mais de seis mil metros de altitude.

— Vamos embora — Estevão disse.

Olhou na direção de Dante e Patrick: o médico ajudava Dante a tirar a manga do casaco no lado atingido para avaliar a gravidade da situação. Beto havia afrouxado o braço mas se mantinha atrás do boliviano lhe segurando a mão esquerda torcida e de qualquer forma do homem a mão direita inútil semierguida enquanto ele encarava o revólver apontado para ele.

— Vamos voltar para La Paz — Estevão insistiu. — Vamos a um hospital e à polícia.

É fácil acreditar que acabou, principalmente quando tanto se espera pelo fim e nem mesmo um boliviano morto parece impedimento para respirar — era quase uma ironia —; enfim. Ou porque faz casca nos sentimentos uma semana de tantos mortos. Mas as palavras certas na hora certa e as erradas etc; Klaas abaixou a cabeça por um instante e talvez lhe escapasse um riso pelos lábios semicerrados ou murmurasse uma ofensa em holandês. Ergueu-se e deixou caírem as mãos.

— Quer conversar agora? — disse, irônico. — Vai dizer para a polícia que ele matou Van Dyck?

E apontou com a cabeça na direção em que Patrick cuidadoso observada a ferida no ombro de Dante.

— Matou e fugiu e se escondeu e sob o efeito de drogas, *no*? Vai dizer?

Media muito as palavras, mas sotaque à parte o português lhe saía mais claro do que antes.

— Como se diz? Justiça... seletiva, *yes*? — E sorriu. — E depois quem vai acreditar em vocês?

Estevão buscou os olhos de Helena e se encontraram os olhares: havia nela algo por dizer ou *eu avisei* embora certo não eram dela aquelas palavras. Discurso repetido e voltariam as palavras de Renato quando ainda em São Paulo depois da primeira reunião *parece que ele nos escolheu pelo currículo negativo*.

(Heitor não quer encontrar Patrick.)

Um grupo torto e sem lógica para o caso de dar tudo errado ou tudo muito certo e seria necessário fazer com que tocassem suas vidas sem ímpetos despropositados por justiça.

(Quer ter certeza de que ele está morto.)

Mudança de planos e estava morto o holandês Van Dyck e também Renato e Pedro e o motorista sem nome caído entre eles com as mãos no ventre. Heitor tinha certeza de que Patrick estava morto; estaria, devia estar, só podia estar morto — porque havia inclinado em direção à verdade e a droga e tentar se entender com aquele tipo Enrique Diaz era pedir para tomar um tiro na fuça. Pagasse quatro perdidos para encontrar o corpo ou suficiente confirmação da morte de Patrick e mais um quinto homem que o mantivesse informado caso o grupo se interessasse por investigação paralela. Teatro muito bem armado porque afinal Heitor era amigo da esposa de Patrick era o caso de se fazer preocupado e manter as aparências.

— Isso não é problema seu — Estevão disse.

— Sim, é problema meu. Que grupo é esse para dizer quem está certo? Vai me matar? — E sorriu para Helena.

— Vamos embora e deixamos os dois aqui — Beto disse.

O sorriso do holandês cresceu; ele chegou a erguer as sobrancelhas que era como para afirmar que vê, ainda há gente sensata no mundo. Estevão apertava com força o canivete mas mal sentia os dedos das mãos. A outra mão fechada e lhe doíam os ossos. Segurava-se para não tremer de frio mas movimento involuntário o bater de dentes e os músculos do peito por debaixo da pouca roupa. Klaas deu um passo adiante e sem esforço tomou de Helena o revólver para apontá-lo outra vez na direção do médico que ajoelhado se ocupava do ferimento de Dante. E sorria, ainda sorria; sorriso deformado quase uma careta de ódio que permaneceria em seu rosto ainda por alguns segundos quando algo lhe atingiu por trás e a arma lhe escapou da mão e os mais de um metro e noventa de queda até o chão cinzento de pedregulhos primeiro os joelhos depois as mãos depois os sentidos. Atrás dele era Helena que deixava cair uma pedra grande e pontiaguda e dava um passo atrás os olhos fixos no holandês desmaiado ou.

Seguiria o silêncio, as montanhas, os picos nevados e o vento frio até que Dante deixasse escapar um grito de dor e também Patrick despertou do transe, moveu-se até o lado de Klaas e conferiu pulso e a ferida acima da nuca, o sangue que escorria pelo pescoço. Ergueu-se e um passo para trás, olhou Helena e negou com a cabeça, primeiro sério, depois com um sorriso indeciso. Aproximou-se para um abraço e teria murmurado um *obrigado* antes de se afastar de cabeça baixa e ajudar Dante a se levantar. Também Madalena enfim havia abaixado a arma e o boliviano livre dos braços de Beto só fez aproximar-se do colega morto, meter-lhe a mão no bolso do casaco para tirar de lá uma carteira.

— *Bueno* — disse, e deu de ombros. O grupo todo atenção desviada e o olhavam incrédulos porque se atrevesse a abrir a boca. — *Me llevan a La Paz?*

La Paz, Bolívia, América do Sul etc;
(e pode levar a chave do apartamento).

Não se cura insônia de um dia para o outro ou da noite para o dia mesmo quando parece que os fatos se encaixam para esse efeito imaginário de que se alcança uma resolução. Também a certeza de que a pior semana dos últimos seis meses e sentia-se tão estranhamente satisfeito.

Teria bastado um telefonema para que fosse libertado o casal os amigos ou conhecidos de Madalena; o boliviano mais aquele terceiro ainda armado seguiriam inofensivos com o jipe depois que o grupo se reuniu outra vez na casa de onde haviam saído. Então os esclarecimentos e algumas rodadas de chá de coca até que os batimentos cardíacos e a respiração e o frio etc. Esses gringos todos tão frágeis.

Claro, Estevão: a mais longa das noites. Que o pai lhe houvesse dado um abraço e um *desculpa* e *obrigado* quando ainda no carro na volta à La Paz depois de tirar o próprio casaco e o pôr nas costas do filho. Estevão teve um pouco de raiva que fosse necessário todo aquele enrosco e morrer gente para que se dobrasse a teimosia de Beto Tavares, mas. No silêncio da madrugada a escuridão do quarto as respirações do pai e Dante e parecia coisa menor, insignificante: briga de pai orgulhoso e filho teimoso, seis meses de silêncio, quatro ou cinco meses de noites mal dormidas, a ausência de Regina e carreira no buraco as dívidas no banco o condomínio atrasado.

Trinta anos.

Helena havia ficado com Patrick e Madalena: o antigo professor e a colega da faculdade de biologia no Mato Grosso do Sul única escolha desacertada de Heitor porque ela mais esperta houvesse ocultado muito bem o passado que a deixaria de fora da lista. Certo que Klaas a havia seguido quando ela saiu do hotel para se encontrar com a amiga; apesar da incompetência inicial na seleção do grupo não parecia demais acreditar que logo juntariam dois e dois para descobrir o erro do empresário.

E era sensato que Helena não ficasse sozinha; todo o caminho de volta para a cidade encarando as próprias mãos vermelhas como se para apagar da memória o que havia feito. Também Estevão deitado na cama examinava na penumbra o contorno das mãos a dor do frio feito fantasma dos sentidos. Estava tão cansado e precisava um banho demorado e que da torneira da pia não saísse aquela água de congelar a alma. Pensava no clima ameno do inverno paulistano dezessete dezesseis catorze graus sua cama quente o apartamento enorme a geladeira vazia a estante vazia os dias vazios.

(Que te espera em casa?)

Devia ter dormido algumas horas afinal porque despertou com a mão de Dante em seu ombro. Ele o braço imobilizado com curativo improvisado porque não convinha ir ao hospital depois de matarem o autor do disparo que o havia ferido.

— Estou saindo para falar com Patrick — ele disse. — Quer ir comigo? Paramos no caminho para comer alguma coisa. Já deu a hora do café da manhã.

Livrar-se das cobertas e do peso do sono interrompido e sentar com as costas na parede para encarar o colega. Esfregou os olhos e buscou os óculos no criado-mudo: Dante estava sério mas o semblante tranquilo e lhe parecia um pouco ridículo a manga esquerda do casaco sem o braço que estava junto ao tórax.

— Agora?

— Falei que ia de manhã.

Procurar as horas no telefone celular: passavam das dez. Era noite dormida aquele peso que o afundava contra o colchão e lhe dizia que fique mais um pouco feche os olhos estávamos nos dando tão bem.

— Preciso arrumar umas coisas antes de sair. Onde está meu pai?

— Ele está lá embaixo. Te espero na recepção.

Saiu do quarto sem fazer pergunta e talvez porque soubesse já a resposta. Estevão cogitou encostar outra vez a cabeça no travesseiro, mas pôs-se de pé, buscou a mochila aos pés da cama e a apoiou por cima das cobertas desarrumadas.

*

— Onde você vai?

— Vou com Dante falar com Patrick.

Beto ergueu as sobrancelhas e com os olhos mediu Estevão que a mochila grande nas costas a mochila menor numa das mãos junto do cachecol e do gorro e das luvas.

— Vou deixar na recepção. Depois volto para pegar.

Meteu a mão no bolso da calça e tirou de lá um chaveiro que ofereceu ao pai com um sorriso desajeitado talvez incerto ainda que o gesto decidido.

— Que é isso?

— As chaves do meu apartamento.

Beto talvez não houvesse completado o raciocínio quando estendeu a mão aberta e tomou do filho as chaves: um chaveiro azul de alumínio que era laser e lanterna e que Estevão nunca usava quando chegava bêbado de madrugada e não enxergava a fechadura da porta porque o próprio corpo fizesse sombra com a luz fraca do hall. Então erguer os olhos para mirar o filho e lhe sorrir de volta.

Havia mais a ser dito, havia a expedição Gatto e Regina e a vontade de se atirar de cabeça no rio Pinheiros e a trilha de mortos em expedição de busca de uma semana mas Estevão só fez ajustar a alça da mochila e enfiar outra vez a mão no bolso.

— Veja com minhas irmãs. Pode ser que alguma delas; não sei. Júlia sempre reclama que o apartamento dela é pequeno demais para as crianças.

— O que você vai fazer?

— Mando dinheiro para o condomínio atrasado.

— Não foi isso que eu quis dizer.

Estevão deu de ombros.

— Sempre quis ir ao Peru. Ou Suriname. Sabe o que tem para se fazer no Suriname?

— Não.

— Também não sei.

Beto hesitaria, mas logo um gesto curto da cabeça, que era dizer sim e *faça o que achar certo*. Sorria, ainda, um pouco surpreso. Quisesse dizer *dê sinal de vida* ou *mande e-mail*, mas não disse, não diria. Mastigava distraído a parte interna da bochecha. Guardou a chave no bolso e estendeu a mão para um cumprimento firme e breve e pelo amor de deus, Beto, não foi assim que você criou seu filho; Estevão riu, soltou a mochila pequena e puxou o pai para um abraço.

Assim, vê: às vezes a gente se entende sem palavras e adiante pela porta o neto de César Timber, *aventureiro*. Dante estava sentado num banco da recepção e examinava contra a luz o pote de vidro com mucilagem. Sorriu para Estevão e era dessa vez sorriso fácil e sincero de amizade construída.

— Ainda está com isso? — Estevão perguntou.

— Curiosidade é uma merda.

Fosse preciosismo porque já sabiam da história o que havia para se saber; sim? Que a Dante interessassem consequências possíveis de experiências com a substância e Estevão decidia qual rumo o melhor a se tomar ou.

(Curiosidade é uma merda.)

E se não por isso; enfim.

As mochilas na recepção e o táxi e manhã de domingo La Paz não parecia cidade tão feia e cinzenta e agitada. Estevão pensaria em Coqueza, no deserto de sal, na imensidão branca que lhe havia parecido tão opressiva e certeza de que jamais encontrariam médico algum. Também a ilha Incahuasi e os *cactos corales* imponentes gigantes o céu tão azul tanto horizonte. Era bonito o altiplano e Estevão estava sorrindo quando olhou para o lado e viu que Dante brincava com um isqueiro sem acendê-lo, e deixou-se lembrar as palavras de Patrick, um pouco por se assegurar de que havia mérito em chegar até ali com vida e não era pouca toda a correria a mais de três mil metros de altitude até que enfim se encaixassem todas as peças do quebra-cabeça:

— Naquele dia acordei melhor, mas certo de que não podia ficar parado, que precisava de esclarecimentos ou compartilhar a descoberta com esse outro pesquisador que; enfim. Era meu trabalho minha carreira minha reputação e queria saber em que estava me metendo, não queria peso na consciência ou meu nome associado com substância alucinógena feito aquele suíço infeliz. Vai vendo que as estradas do altiplano e ainda mais essa de terra e buracos entre Uyuni e La Paz não são das melhores e foram duas ou três horas me atacou um mal-estar precisei desviar do caminho, meter o jipe por entre umas casas abandonadas e me esconder para não chamar atenção de algum desavisado. Não demoraria a aparecer Van Dyck num outro carro e descer armado para insistir com a conversa de antes: que a pesquisa havia acabado, que devia voltar a Coqueza reunir equipe e voltar a São Paulo. Que eu fosse num jipe ele ia atrás e se tentar ficar engraçadinho atiro nos pneus, nos vidros. Irlandês morto por saqueador de beira de estrada, quem vai duvidar? Colabora, rapaz, que teu amigo te quer vivo, mas eu não. Só preciso um motivo para acabar com você. Esses holandeses todos têm uma desenvoltura assustadora com o inglês e aprendem língua estrangeira com facilidade terrível. Van Dyck apontando aquele revólver na minha direção e gesticulando displicente mas vou dizer que toda aquela gritaria eu nem sabia muito bem onde estava. As vertigens, sim, esse embaralhar de passado e presente e o sol forte que deixava a paisagem toda meio esbranquiçada. O holandês se distraiu com um barulho de motor e saltei para cima, a arma voou longe, caímos os dois no chão e eu sobre ele, a pedra nas minhas mãos e um, dois golpes até que a pedra me escapasse e Van Dyck parasse de se mexer. Devo ter desmaiado e vai saber quanto tempo até que tivesse forças para arrastar o corpo até a casa mais próxima, aproveitar que as pedras na porta estavam já meio frouxas e abrir passagem para um esconderijo. Já não pensava em Huari nem em Oruro nem Enrique Diaz. Foi esconder melhor o segundo carro, tomar da mochila a carteira e o passaporte holandês, voltar ao meu jipe e acelerar devagar, o mais devagar que fosse possível, o mais cuidadoso que fosse possível.

Distraído ainda hoje me pego enroscado na sensação de que é necessário voltar para a estrada e há algo terrível em ficar parado, esperar, deixar-se levar pela inércia do tempo; sinto-me um pouco estúpido insistindo que os efeitos da droga pudessem se prolongar por tantos dias e afinal *nenhuma explicação lógica e na literatura especializada nenhuma evidência conclusiva* etc. Pode-se talvez falar em lesão cerebral agravada pelas condições climáticas e geográficas do altiplano ou mesmo predisposição psicológica mas sejamos diretos e não vale a pena se perder em digressões médicas, se de qualquer forma aproveitei a indireta da sorte e desisti de reputação e nome e carreira. Não parece o tipo de coisa que funciona com histórico de homicídio sob o efeito de alucinógenos e o esforço para explicar a legítima defesa é sempre muito cansativo. Sei mais do que me contaram e um pouco de invenção, é claro, que diferença faz, se percurso ou caminho e em momento algum afirmei qualquer habilidade técnica nessa área do contar e do inventar.

Quer dizer, vê: tenho quase certeza de que foi isso que aconteceu. Às vezes me pergunto se não teria sido o contrário: que eu sabia (que em algum momento soube) do dispositivo de rastreamento, que eu já esperava para matá-lo, que o revólver era meu, que ele me havia tomado a arma para tentar me acalmar, não sei. Vem nítida a lembrança das pedras empilhadas para remontar a porta na casa abandonada e a dor nos dedos porque as pedras ásperas e pesadas ou o vento gelado. Um passaporte vermelho grená com foto que não era minha mas bem podia enganar os mais desatentos: loiro, branco, gringo. Somos todos iguais. Girar a chave e ligar o jipe, procurar o caminho de volta para a estrada, procurar sempre tão desesperadamente o caminho de volta para a estrada.

22 de setembro de 2012

Agradecimentos

Muitas pessoas ajudaram na construção desse livro, direta e indiretamente, e não posso deixar de agradecer quem me empurrou adiante para terminar um projeto que muitas vezes pareceu sem fim.

Aos amigos viajantes Júlio e Luisa, pelo roteiro no altiplano boliviano e eventuais dicas de sobrevivência, ponto de partida para a viagem dos personagens. Ao Rogério, que corajoso encarou comigo a empreitada de conhecer a Bolívia com uma mochila nas costas e um mínimo de planejamento. Fernando, Diogo, Suzana, Karine e Maggie, companheiros inesperados porque amizade de mochileiro é como miojo e fica pronta em três minutos.

Aos queridos Alfredo e Ricardo Rios, que ouviram ideias e deram palpites valiosos; Maurício e Michele pelo espanhol e pela companhia. Aos amigos em Córdoba e Buenos Aires na reta final do livro, pelo incentivo e ideias em línguas diversas: Luciano, Dani, Caro e Pablo (che, qué importa, hablemos de fútbol!); Ricardo Lopez, Carmen, Roxanne, Juliane, Marina e Alan; Emilie e Bob pela consultoria em nomes de vilões holandeses.

Também ao Erick, que encarou a encrenca; Sandra, Amanda e Zani, pelo acompanhamento administrativo do projeto e principalmente pela eterna boa vontade com minhas crises de autora.

Ao amigo-gêmeo Tiago sempre companheiro e ouvido a quilômetros de distância; e enfim ao Fabio pela companhia e paciência e ouvido, e porque afinal nunca é tarde para descobrir o que há para se fazer no Suriname.